ISABEL ALLENDE

维奥莱塔
VIOLETA
一个女人的一生

[智利] 伊莎贝尔·阿连德 _____ 著

裴枫 _____ 译

译林出版社

图书在版编目（CIP）数据

维奥莱塔：一个女人的一生 /（智）伊莎贝尔·阿连德著；裴枫译. —南京：译林出版社，2024.11
（阿连德作品）
ISBN 978-7-5753-0109-1

Ⅰ.①维… Ⅱ.①伊… ②裴… Ⅲ.①长篇小说－智利－现代 Ⅳ.①I784.45

中国国家版本馆 CIP 数据核字（2024）第072421号

Violeta © Isabel Allende, 2022
Simplified Chinese edition copyright © 2024 by Yilin Press, Ltd
All rights reserved.

著作权合同登记号　图字：10-2021-519号

维奥莱塔：一个女人的一生　　［智利］伊莎贝尔·阿连德／著　裴枫／译

责任编辑	金　薇
装帧设计	韦　枫
封面插画	袁小真
校　　对	戴小娥　梅　娟
责任印制	闻媛媛

原文出版	Penguin Random House Grupo Editorial, S.A.U., 2022
出版发行	译林出版社
地　　址	南京市湖南路1号A楼
邮　　箱	yilin@yilin.com
网　　址	www.yilin.com
市场热线	025-86633278
排　　版	南京展望文化发展有限公司
印　　刷	徐州绪权印刷有限公司
开　　本	787毫米×1092毫米 1/32
印　　张	12
插　　页	4
版　　次	2024年11月第1版
印　　次	2024年11月第1次印刷
书　　号	ISBN 978-7-5753-0109-1
定　　价	68.00元

版权所有·侵权必究

译林版图书若有印装错误可向出版社调换。质量热线：025-83658316

献给尼古拉斯和洛瑞，我垂暮之年的支柱
献给费利佩·贝里奥斯·德尔·索拉尔，我亲爱的朋友

*Tell me, what is it you plan to do
with your one wild and precious life?*

告诉我,你打算做什么
用你疯狂而宝贵的今生?
——玛丽·奥利弗《夏日》

亲爱的卡米洛：

　　我写下这么多页是为了给你留作证明。我想，在遥远的将来，等你老了回忆我时，恐怕记忆会开始模糊——因为你向来糊涂，年纪大了更是如此。我的一生值得被讲述，倒不是因为我的优点，更多是因为我的罪孽，其中不少你无法想象。我全都讲给你听，你会发现我的一生就是一部小说。

　　你得保管我的信件，它们记录着我完整的一生（当然我刚提到的一部分罪孽除外）；不过你得保证，等我死后就把信全烧了，因为里头的内容太伤感了，还不乏邪恶的片段。就让这段小结代替那洋洋洒洒的信件吧。

　　我比世界上的任何人都更爱你。

维奥莱塔

2020年9月于圣克拉拉

目 录

1　第一部　那段流放
　　（1920—1940）

93　第二部　激情岁月
　　（1940—1960）

183　第三部　离开的人
　　（1960—1983）

285　第四部　重获新生
　　（1983—2020）

── 第一部 ──
那段流放（1920—1940）

1

1920年一个风雨大作的星期五,我来到了这个世界上。那一年正值瘟疫流行。我出生的那天下午停电了,这是狂风暴雨的日子里的家常便饭;人们点起蜡烛和煤油灯,他们手头总是备着这些以应对不时之需。我的母亲玛丽亚·格拉西娅感到一阵阵宫缩,对于已经生过五个儿子的她来说,这种感觉再熟悉不过。她默默忍着疼痛,无奈地做好迎接又一个男孩的准备;而她的姐姐们在这种紧要关头已经帮过好几次忙,非常清楚该怎么做。她的家庭医生在一间方舱医院连续忙碌了好几周,为了生孩子这点小事去请他上门似乎有点不懂分寸。前几次分娩时倒是有同一个接生婆在场,可她成了流感中第一批倒下的病人,偏偏母亲只认识这么一个接生婆。

我的母亲觉得自己成年后就反复地处在怀孕、生产或小产后的恢复中。长子何塞·安东尼奥已经十七,这一点她可以确定,因为他出生那年我们国家遭遇了有史以来最强烈的地震之一,半个国家都被夷为平地,数千人遇难;但另外几个孩子的确切年龄她就不记得了,更说不清自己经历过多少次胎死腹中。每一次怀孕都让她连续数月行动不便,每一次分娩都令她长期精力不济、精神抑郁。结婚之前,初入社交场合的她曾是首都最美丽的淑女,苗条的身材、碧绿的眼睛、姣好的面容、白皙的皮肤令人魂牵梦绕;然而过多的孕产经历导致她如今身材走样,失了朝气。

按理说,母亲当然是爱孩子们的,但实际上她更希望能和他们保持舒适的距离,毕竟一大堆精力旺盛的男孩闯入了原先那个小姑娘的世界,不停掀起毁灭性的战争。她曾向牧师忏悔,说她跟中了魔鬼的诅咒似的注定只生得出男孩。因为这番话,她不得不整整两年日日诵读《玫瑰经》,还捐了一大笔钱修缮教堂。从此丈夫禁止她再做忏悔。

在我的阿姨比拉尔的监督之下,任劳任怨的用人多利托爬上梯子,将衣柜里的专用粗绳缠绕在天花板上事先安装好的两只钢制钩子上。母亲穿着宽松的睡衣,跪在地上,一手攥着一根绳子,用力把我推出来,嘴里不停蹦出平时从来不说的、海盗口中才能听到的脏话,她感到自己的痛苦一眼望不到头。我的另一个阿姨比娅弯腰凑到母亲双腿之间,准备在新生儿落地之前将他接住；她已经备好了母亲产后要喝的荨麻、艾蒿和芸香煎茶。屋外，暴风雨呼啸而过，猛烈撞击着百叶窗，掀掉了房顶的几块瓦片，掩盖了我出生那一刻母亲长长的尖叫和叹息。首先探出的是我的脑袋，然后是包裹着黏液和鲜血的身体，最后我却从阿姨的手中滑了出去，跌落在木地板上。

"比娅！瞧你笨手笨脚的！"比拉尔抓着我的一只脚将我拎起来，吃惊地说道："是个女孩！"

"不可能，你看仔细了。"奄奄一息的母亲轻声说道。

"小妹，是真的，这个孩子没有小鸡鸡。"比娅接话。

当晚，我的父亲在俱乐部里吃过晚饭，又玩了几局牌，很晚才回家。一进门，他径直回房脱去外衣，用酒精在身上擦拭一番，才和家人打招呼。见我母亲之前，他先向当值的女仆要了一杯白兰地；这名仆人不太习惯跟男主人说话，居然没想起来把家里的重大新闻告诉他。不过还没踏进房间，满屋子的血腥味就让他注意到发生了什么；母亲穿着干净的宽松睡衣在床上休息，脸涨得通红，头发汗津津的。天花板上的粗绳和盛放脏毛巾的桶已经收走了。

"为什么不通知我！"他亲吻妻子的额头，嚷嚷道。

"你让我们怎么通知你？司机跟着你走了，就算你那些全副武装的仆人放我们出门，外头风大、雨大，我们也没法走路啊。"比拉尔语气不善地答道。

"是个女孩！阿尔塞尼奥，你终于有女儿了！"比娅插话，把怀里的小家伙抱给他看。

"感谢上帝保佑！"父亲喃喃道，不过当他看到襁褓中的小家伙时，笑容立马消失了："她额头上怎么有个包？"

"别担心，有些孩子刚出生时是这样的，过几天就好了。这说明孩子很聪明。"比拉尔随口编道，可不能让他知道女儿是头朝地出生的。

"给她起什么名字好呢？"比娅问。

"维奥莱塔。"母亲坚定地说，丝毫不给丈夫插嘴的机会。

这个响亮的名字来自她的曾外祖母。十九世纪初，她曾给独立战争的第一面旗帜绣过军徽。

大流行病并没有令我们家措手不及。先前传闻港口附近的街道上有不少奄奄一息的病人，停尸间里发青的尸体数量激增；我的父亲阿尔塞尼奥·德尔·巴耶一听到风声，便推断不出两三天这场灾难就会蔓延到首都，不过他一点儿都不慌张，因为早有准备。他应对那场灾难和他做所有事情时一样敏捷，也正是这种机敏助他生意成功、发家致富。我的曾祖父曾是有名有姓的富翁，我的祖父继承了这一头衔，而父亲则是众多兄弟姐妹中唯一有望重新光耀门楣的那位。不过后来，由于祖父子女太多，人又太老实，也渐渐力不从心。祖父的十五个孩子里活下来十一个，父亲炫耀说这个可观的数字证明了德尔·巴耶家族血脉的强大，但养活这么一大家子人需要耗费不少精力和财力，因而家里的财富才逐渐缩水。

早在媒体确切报出这场疾病的名字之前，父亲已经知道这是西班牙流感，因为他一直通过联盟俱乐部里的外国报纸关注世界各地的消息。这些报纸送到俱乐部时早已过期，但仍比我们本地的消息丰富得多。他还有一台收音机，是自己照着说明书组装的，用来与其他听众联络。就在短波通信时而沙哑、时而尖锐的杂音中，父亲得知了瘟疫正在别处肆虐。他从一开始便始终关注病毒的进展，知道它如同死亡风暴一般席卷欧洲和美国，并由此断定，既然它在文明发达的国家都能造成如此惨烈的后果，那么在我们这个资源更有限、百姓更无知的国家，情况必定更糟糕。

西班牙流感简称"流感"，比父亲预料的晚了两年才来到我们这儿。科学界认为，我们之所以没有被传染是因为地理上的隔绝——我国一面是山，另一面是海，都是天然的屏障；气候和距离保护了我们，使我们避免了和已感染的外国人进行不必要的来往。而民间则普遍将其归功于胡安·基洛迦神父，甚至还为预防瘟疫进行了宗教游行。他是唯一值得信奉的圣人，如果为家庭事务祈福，求他是最灵验的，不过梵蒂冈教廷至今还没有将他追谥为圣徒。然而，1920年，病毒还是趾高气扬地来了，且来势汹汹，超出所有人的想象，粉碎了科学和神学的各式论调。

起初，病人会感到置身地狱般无法缓解的寒冷，发烧引起打寒战，头疼得如同不停被钻击，眼睛和喉咙仿佛要烧起来了，还会出现骇人的幻觉，看见死神在半米远的地方候着。渐渐地，皮肤开始发青、发紫并且颜色越来越深，手脚发黑，咳得无法呼吸，肺部充满血沫，惶恐地呻吟直到最终窒息。在几个小时内死亡都算是最幸运的了。

父亲甚至怀疑，流感在欧洲战场上甚至比子弹和芥子气夺走了更多人的生命。这种怀疑并非毫无根据——在战壕里挤成一团的士兵根本无法躲避瘟疫的传播。它给美国和墨西哥也带来了巨大的破坏，并且还在向南非扩散。报纸上说有些国家的大街上尸体堆积如柴，因为没有时间和足够的墓地埋葬；还说全世界三分之一的人群都已经被感染，人数多达五千万。但无论是这些官方报道还是骇人听闻的小道消息，统统都是自相矛盾的。早在十八个月前欧洲就签署了休战协议，终止了持续四年的可怕战争；但人们现在才开始见识到大流行病的真实威力，因为先前军方隐瞒了消息。没有一个国家承认本国伤亡的人数，只有在军事冲突中保持中立的西班牙发布了关于瘟疫的消息，于是，最后这场浩劫被称为"西班牙流感"。

以往，我们的同胞的死亡原因都很寻常：一眼望不到头的贫穷、不良嗜好、争斗、事故、污水、黄热病和衰老。死亡是个自然而然的过程，尚能来得及办一场体面的葬礼，可凶猛如虎的流感一来，人们就不得不放弃临终关怀和哀悼仪式。

最早的病例出现在秋末，在海港附近的风月场所，但除我父亲之外，没有人给予它应有的重视，因为受害者都是失足妇女、罪犯和贩子。人们说是路过的水手们从印度尼西亚带来的性病。然而，大灾难的真实面目终于瞒不住了，人们再也不能将其归咎于滥交和放纵，因为瘟疫对罪人和君子一视同仁。病毒战胜了基洛迦神父的力量，肆意横行，无论幼童还是老人、穷人或是富人，一概毫不留情。当整个说唱剧团和国会的几位议员病倒时，有些小报宣称世界末日来临，于是政府决定关闭边境、管控海港，可已经晚了。

三位牧师一同做弥撒，人们还在脖子上挂着装了香樟的小袋子来预防传染，但都无济于事。转眼冬天来了，头几场雨加重了疫情。人们不得不在运动场上搭建帐篷医院，将市里屠宰场的冷库作为停尸间，挖掘乱葬坑，再用生石灰将穷人的尸体掩埋其中。政府终于知道了病毒是通过口鼻传播，而不是民间以为的蚊虫叮咬或是肚肠里的蠕虫，于是要求人们佩戴口罩。可是，连与病毒作战的一线医护人员都没有足够的口罩，普通百姓更是一筹莫展。

时任总统是第一代意大利移民的后裔，主张进步，几个月前刚凭借新兴中产阶级和工会的选票当选。我的父亲和他的亲朋好友都不信任这位总统，因为他试图推行的改革不利于保守阶层，况且还是个没有冠上卡斯蒂利亚-巴斯克语古老姓氏的异乡人；但父亲非常赞同他应对这场灾难的方式。他先是下令要求人们居家隔离以避免相互传染，见无人理会，便宣布进入紧急状态，实施夜间宵禁，普通市民如无必要禁止出门，违者处以罚款、实施逮捕甚至将被殴打。

学校、商店、公园和人们往常聚集的其余场所全部关闭，但部分公共事业单位、银行，交通系统如卡车、火车都依然正常运行，以保障城市的日常供给。酒铺也照常营业，人们认为酒精加上大剂量的阿司匹林能杀死小虫子。没有人统计过有多少人死于这种混合物中毒，但比娅提醒我们注意这一点，她本人滴酒不沾，也不信任药物治疗。正如父亲担心的那样，警员的数量不足以推行政令预防犯罪，因而不得不求助有暴徒之称的军队，请他们派士兵巡逻街道。这件事在反对党和知识分子、艺术家中间引发了强烈不安与声讨——他们无法忘记几年前军队对手无寸铁的工人大肆屠杀，连妇女和儿童也不放过；也无法忘记士兵曾数次视普通市民如仇敌，向他们举起锋利的刺刀。

基洛迦神父的圣殿里挤满了渴望痊愈的信徒。其中不少人确实得偿所愿，但总有不信教的人会说，既然这些人能有力气爬上三十二级台阶来到圣佩德罗山上的礼拜堂，那说明他的病已经好了。这种言论并未使得虔诚的信徒们泄气。他们不顾政府针对公共集会的禁令，自发集结，在两位主教的带领下试图前往圣殿，但最终在士兵的枪托和子弹的夹击之下被迫解散，且不到十五分钟就有两人死亡，六十三人受伤，其中一名伤者当晚不治身亡。总统压根不把主教们的严正抗议当回事儿，他甚至都没有在办公室接见任何一位高级神职人员，只是通过秘书做出书面回应："等待违法者的只有铁拳，哪怕是教皇也不例外。"从此，所有人都打消了朝圣的念头。

我家没有一个人染上瘟疫，因为早在政府直接干预之前，父亲就参照别国的抗疫方式采取了必要的防范措施。他用无线电联系了名下一间锯木场的总管，这个值得信赖的克罗地亚移民从南边派来了手下最好的两名砍柴工。父亲给他俩配上了步枪，型号老得连他自己都不知道怎么用；然后派他们分别把守住家里的两处大门，除了他和我大哥之外不许任何人进出。这个命令有点不切实际，想想也知道他们不可能朝我们家里人开枪，但这两个男人的出现确实能震慑外面的盗贼。砍柴工摇身一变成了武装守卫。他们不进家门，睡在车库里的茅草垫上，吃着厨娘从窗户递出去的食物，父亲还给他们无限量供应烈酒和一小把阿司匹林，助他们抵御病毒。

父亲保护自己的方式则是买了一把走私的英国韦伯利左轮手枪——它已经在战场上证明了自己的实力。他开始在下人们的院子里练习射击，把母鸡都吓坏了。其实，比起病毒，父亲更惧怕的是亡命之徒。平时这座城市已经充斥着穷人、乞丐和小偷，一旦这里和别处一样发生疫情，失业率会上升，食物会短缺，恐慌便会弥漫，到时，即便是原本只是向议会抗议要求就业机会和公平正义的老实人也会走上犯罪的道路——北部的矿工失业时，就曾在饥饿和怒火的驱使下攻入城市，还带来了黄热病。

父亲还采购了过冬的物资：成袋的土豆、面粉、糖、油、大米、豆子、核桃，成串的大蒜、腊肉和成箱的准备做罐头用的蔬菜水果。在圣伊格纳西奥学校接到政府的停课命令之前，他就把其中四个儿子送去南方，最小的刚满十二岁；何塞·安东尼奥留在了首都，因为等世界恢复正常，他就要上大学。当时长途旅行已经暂停，但我的哥哥们还是赶上了最后的几班客运列车之一，一路来到圣巴尔托洛梅站，克罗地亚总管马可·库萨诺维奇已经在那里等候。按照指示，他安排哥哥们和当地粗鲁的砍柴工们一同干活。这不是小孩子玩过家家，而是为了让他们有事可做并保持健康，同时也免得他们在家碍手碍脚。

母亲、她的两个姐姐比娅和比拉尔以及家里的女佣们被严格要求锁紧家门,无论如何都不许外出。母亲年轻时得过结核病,肺部落下了病根,体质虚弱的她承受不起染上流感的风险。

疫情并未给我家这个封闭的小宇宙带来过多变化。打开桃花心木雕成的大门便是宽敞幽暗的门厅,门厅连通了两间大客厅、书房、招待客人的正餐餐厅、台球室和一间总是关着的房间。这间房名义上是"办公室",因为里边摆放着半打金属家具,每一个都塞满了从来无人翻阅的文件。大宅的中部和前部被一座葡萄牙瓷砖铺成的院子隔开,院子中间有个摩尔人式的喷泉,不过喷水装置坏了。院子里摆满了种在花盆架里的山茶花,我们这座房子的名字正是由此而来——山茶花府。院子有三面都是用斜边玻璃封闭起来的走廊,一路经过的都是日常起居的房间:餐厅、游戏室、缝纫间、卧室和卫生间。走廊里夏天很凉爽,冬天架起炭火盆也还算温暖。大宅的后部是仆人和动物的领地,厨房、洗衣池、酒窖、车库和用人们睡觉的通铺隔间都在这儿。我的母亲很少踏入此地。

这座大宅原本是我祖父母的财产,是他们留下来的唯一值钱的遗产;然而分成了十一份之后,每个人分到手的着实少得可怜。阿尔塞尼奥是兄弟几个里唯一有远见的,他提出一点点买下兄弟们手中的份额。一开始,他们都觉得这个提议简直帮了他们大忙，毕竟就像我的父亲所说，老房子总会有无穷无尽的房屋结构问题，头脑正常的人都不会住进去；但父亲确实需要这么大的空间给一大家子人住——上有年迈的岳母，下有已出生和未出生的孩子，中间还有妻子的两个姐姐，靠他接济度日的老姑娘。后来，父亲开始拖欠支付所承诺的款项，到最后干脆就赖掉了，兄弟间关系开始恶化。父亲并非有意欺骗他们。他也曾遇到过值得赌一把的投资机会，还暗自许诺要连本带利地把剩下的钱还给他们；可年复一年，债拖久了就真的忘得一干二净。

房子确实年久失修，但占地足足有半个街区，两处大门开在不同的街道上。卡米洛，我真希望能有照片让你一睹我的人生和记忆开始的地方。在我们家道中落之前，它曾是那么光鲜亮丽。那时候，我的爷爷说一不二，子女众多，还统领一大帮家仆和园丁。房子打理得井井有条，花园布置得宛如鲜花与果树的天堂，有一间玻璃温室专门种植生长在其他气候条件下的兰花；和当时所有大户人家一样，花园里摆了四尊以希腊神话为主题的大理石雕像，是当地刻墓碑的手艺人雕出来的。等到我们住进去时，老园丁都不在了，新来的园丁用我父亲的话说就是一帮懒虫。他总说："我走到哪儿都是杂草，多得快把房子淹没了。"可他也没做什么。在他看来，大自然确实很美，但只需远远欣赏，不值得多花心思，毕竟他的精力更应该放在有利可图的事业上。父亲并不在意房子的逐步破败，因为他只准备暂住；房子本身一文不值，这块地皮才是肥肉。他计划待价而沽，哪怕得等上几年。他奉行的原则很老套：低价买进，高价卖出。

上流社会纷纷搬去了城郊的住宅区，远离公共事业单位、市场和满地鸽粪与灰尘的广场。人们热衷于拆掉我家这样的旧房子，建造办公楼和中产阶级居住的公寓楼。我们的首都当时是、如今依然是世界上最割裂的城市之一。我家附近这一带自殖民时代起便一直是首都的核心区，而随着它逐渐被底层人民占据，父亲早晚得举家搬迁，免得遭受朋友和熟人的冷眼。在母亲的要求下，他给房子做了局部翻新，通上了电，还安装了抽水马桶，其余部分就任其静静衰败。

2

我的外祖母终日坐在走廊里的高背椅上,像植物人一样沉浸在回忆中,六年来没有说过一句话。我的阿姨比娅和比拉尔都比母亲年长好几岁,也和我们同住。比娅阿姨甜美温柔,熟悉植物的特性,有双懂得治愈的圣手。二十三岁那年,她差一点就和旁系的一个表兄成婚,自打十五岁起她就爱上了他,可终究没能披上嫁衣,因为未婚夫在婚礼前两个月突然离世。家属不同意进行尸检,最后便将死因归结于心脏的先天不足。比娅甘愿为今生唯一的爱人守寡,从此身着全套丧服,再也没有接受别的追求者。

比拉尔阿姨和家里所有女人一样也长得很漂亮,但她极力掩盖自己的美貌,对所有女性特质和女式饰品都不屑一顾。年轻时,曾有几名勇气可嘉的小伙子试着追求她,可她只顾着把人家吓跑。她常常惋惜没有晚出生半个世纪,否则就能一尝夙愿,成为第一位登上珠穆朗玛峰的女性。1953年,夏尔巴人丹增·诺尔盖和新西兰人埃德蒙·希拉里成功登顶之时,梦想破灭的她流下了失望的泪水。她个子很高,身体强壮而敏捷,像个上校似的说一不二;她掌管家里的钥匙,还负责层出不穷的修缮事务。比拉尔阿姨在机械方面颇具天赋,会发明家用小装置,总能想到小修小补的妙招,所以别人总说上帝给她点错了性别。若是见到她在地震之后爬到屋顶上指挥工人更换瓦片,或是在圣诞节前夕面不改色地宰杀母鸡和火鸡,谁也不会感到意外。

流感下的隔离政策对我们家并没有造成太多影响。平日里,女仆、厨娘和洗衣女工每个月只有两天下午出门;司机和园丁更自由一些,因为男人不算作家里的下人。唯一的例外是阿波罗尼奥·多洛。几年前,这个巨人般的少年叩响了德尔·巴耶家的大门乞讨,之后便留下来了。我们都猜测他是孤儿,不过大家都懒得花精力去核实。多利托[1]很少上街,因为他怕被人欺负,这种事情曾发生过好几次,他野兽的外形和孩童的心性很容易招来恶意。家里分配给他的都是运送木柴和煤炭、打磨地板、上蜡等不需要动脑子的粗重活。

---

[1] 多利托是多洛的昵称。——译者注,后同

我的母亲不喜社交，平日里深居简出。德尔·巴耶家族的各种聚会多到足以填满全年的日历：纪念日、洗礼、婚礼、葬礼。她会陪丈夫去参加，但总是不情不愿，嘈杂的环境让她头疼。她以身体不好或是又怀孕了为借口卧床休息，或是去山里的肺结核疗养院治疗支气管炎，顺便休养。如果天气不错，她会开着崭新的福特T型车出门兜会儿风。这款时速高达五十公里的轿车刚流行起来，她的丈夫就买回来一辆。

"总有一天，我会带着你坐上我自己的飞机。"我的父亲向她承诺，然而飞机是她最不愿乘坐的交通工具。

当时，航空学被视为冒险家和花花公子们的心血来潮，但父亲对此很是着迷。他相信，将来这种用布料和木头制成的"蚊子"就和汽车一样，只要有钱就能买到，而他要做第一批投资这一行的人。他的确认真考虑过：可以从美国购买二手飞机，拆解成几部分运回国（这样可以避税），组装妥当之后再以天价出售。在命运的巧手安排之下，多年以后，他的这一夙愿最终由我实现，只不过与他当初的设想稍有偏差。

以往，司机送母亲去土耳其人商店购物，去凡尔赛茶馆同妯娌聚会，听她们聊些家长里短；但最近几个月这些事一样都干不成，先是因为母亲怀孕，后又因为疫情而不得不居家。冬季本来就短，母亲同姐姐们打牌、做女红、同多利托以及女仆们一起诵读《玫瑰经》，日子也就这样过去了。她让人把离家的儿子们的房间、两间大客厅和餐厅都关了起来，书房则只有丈夫和大儿子进出。多利托在书房里升起壁炉，防止书本受潮。其余房间和走廊里终日摆着炭火盆，上面架着一锅开水煮桉树叶，以便清新空气，吓退流感病毒。

我的父亲和大哥何塞·安东尼奥既不居家隔离，也不遵守宵禁，父亲是那种认为离了他经济就无法发展的生意人，大哥则总是跟在他身边。和所有工业家、企业家、政治家、医护人员一样，他们也有通行证。父子俩照常去办公室、与同事和客户见面、去联盟俱乐部吃晚饭——关闭俱乐部等同于关闭教堂，不过随着服务生接连病故，俱乐部餐厅的品质也逐渐下降。出门在外时，他们佩戴阿姨们制作的毛毡口罩，睡前用酒精擦拭身体。他们知道没有人能对流感病毒免疫，但希望这些措施加上桉树叶熏蒸法能将病毒挡在门外。

在我出生的那个年代，像玛丽亚·格拉西娅这样的贵族太太在孕期不能抛头露面，产后也不做给孩子喂奶这种糟心事儿，通常她们会雇佣一名奶妈，让这个可怜的女人把本该属于自己孩子的奶水出租给另一个更好命的孩子。但父亲不允许陌生人进家门，怕把病毒带进来。于是他们在后院里养了一只山羊，就此解决了填饱我肚子的问题。

从出生起一直到五岁，我都是由比娅和比拉尔阿姨专门抚养的；她们对我的百般宠溺差点把我毁了。对此父亲也有责任，毕竟我是他在一群男孩之后迎来的唯一的女儿。同龄的孩子都开始识字了，我还不会用勺子，吃东西都要别人喂，睡觉也是蜷缩在母亲旁边的摇篮里。

有一天，父亲竟然一反常态，起因是我对着墙壁敲击一只瓷娃娃，把它的头撞得粉碎。

"没教养的臭丫头！看我不好好揍你一顿！"

他从不对我大声说话。我立马和往常一样趴在地上开始撒泼，可他第一次失去了往日对我的无限纵容，抓起我的胳膊狠狠地摇晃我，要不是阿姨们及时制止，我的脖子都要被晃断了。突如其来的惊吓让我立刻终止了这场闹剧。

"得给这孩子找个英国家庭教师。"父亲愤然决定。

泰勒老师便这样来了我家。父亲通过一名在伦敦打理他生意的代理请到了她，而对方只不过是在《泰晤士报》上登了一则广告。双方花了好几周时间互通电报和信件，除了距离之外，还得克服语言障碍——代理不会讲西班牙语，父亲的英语也只能应付外汇事务和出口文件。他们最终达成一致，找到了理想的人选——一位经验和品行都有保障的女士。

四个月后，父母和哥哥何塞·安东尼奥带我到码头迎接这位英国老师。我盛装出席：身着蓝色天鹅绒外套，头戴草帽，脚蹬漆皮靴。我们看着所有的乘客经过舷梯走下船，与前来迎接的亲友打招呼，开心地合影，然后取走大大小小的行李；最后等到码头变得空荡荡时，才看到一个孤单迷茫的身影。这时，我的父母发现眼前这个女人和他们心目中的家庭教师毫不沾边，而他们的想象完全建立在那些因语言不通而鸡同鸭讲的通信之上。事实上，在聘用她之前，父亲对她唯一一次直接考察是在电报中问她是否喜欢狗，她回答说比起人来她更喜欢狗。

由于我的家人根深蒂固的偏见，他们原本期待看到的是一位成熟老派的女士，鼻子尖尖的，牙口不好；他们在英国侨民区或是报纸上看到的都是这样的妇人。而约瑟芬·泰勒小姐却是名二十来岁的年轻姑娘，个子矮小，体形圆润，穿着松松垮垮的芥末色连衣裙，戴着圆形毡帽，穿着一字带皮鞋。她有着浑圆的双眼和蔚蓝色的眼珠，黑色眼影更凸显出她惊慌失措的神情；她长着那个寒冷的国度里部分姑娘特有的浅金色头发和米纸一般的皮肤，随着年龄增长它们将无情地变深变皱。何塞·安东尼奥和她用英语交流起来；他在一个短期班学过一点英语，但一直没有机会练习。

母亲第一眼就喜欢上了这个像青苹果般清新可人的泰勒小姐，但她的丈夫却觉得上当了，因为他大老远请她过来是为了教我规矩和良好的举止，并讲授学龄儿童该懂的基本知识。他早就把话放出去了，要我在家里接受教育，从而保护我远离有害的观念、粗俗的习惯和夺走许多儿童性命的疾病。大流行病带走了我们的一些远房亲戚，所幸我们的近亲都安然无恙；但人们还是害怕疫情卷土重来，在孩童间播撒死亡的种子，毕竟他们不像在第一波病毒潮中幸存下来的成人那样具备免疫力。五年过去了，这个国家仍未从那场灾难中完全恢复，公共健康事业和经济遭到了毁灭性的打击。当别的国家纷纷经历"疯狂的20年代"，我们的人民依然畏首畏尾。父亲担心我的身体，他从没怀疑过我的晕倒、痉挛和爆发式呕吐其实是我那时过度夸张的一项特殊天赋，可惜后来我丧失了这种才能。在父亲看来，在码头上接到的这名新潮女郎显然不是驯化野蛮丫头的合适人选。不过这名外国姑娘后来带给他不止一个惊喜，包括她并不是真正的英国人。

在泰勒老师到来之前，大家都不知道她在家里到底应该处于何种地位：既不能归入下人之列，又不算是家庭成员。父亲要大家对她有礼貌但保持距离，安排她和我一同在走廊或是食品间用餐而不是去餐厅，还将她安顿在外祖母的房间里——几个月前她坐在便盆上过世了。多利托把老人那些皮开肉绽的笨重家具搬去地下室，换了一批不那么暮气沉沉的新家具。比拉尔阿姨说这是怕泰勒老师心情抑郁，毕竟她的斗争对象是我，而且还得适应在世界尽头一个蛮夷之国的生活——她指的就是我们这儿。多利托选了线条简洁的墙纸和浅粉色的窗帘，他觉得这种风格比较适合老姑娘，然而见到泰勒老师的第一眼他就明白自己想错了。

仅仅过了一周，这名家庭教师就融入了我们这个大家庭，和我们亲密得远超雇主的预期；而她在这个等级森严的国家里本该有的社会地位问题也不复存在。泰勒老师和善谦逊，但并不内向；所有人都由衷敬佩她，包括我那些人高马大、举止粗鲁的哥哥们。就连疫情期间父亲买回来看家护院、后来变得无法无天的两只猎犬也被她治得服服帖帖：她只要指指地板，轻声地用英语命令，它们就会耷拉着耳朵从椅子上下来。她很快就给我规定了平日的作息，向我的父母提出一份涵盖了户外操、音乐课、科学课和美术课的教学计划，然后便开始教我为人处世的基本原则。

父亲问泰勒老师年纪轻轻怎么懂这么多东西，她说这些知识都可以在书上查到。她首先告诉我请求别人的时候说"请"和"谢谢"有什么好处；如果我不照做还躺在地上撒泼，她会用眼神示意我的母亲和阿姨，阻止她们赶来安抚，由着我在地上翻滚到精疲力竭，自己则若无其事地在一旁继续看书、编织或是插花。我假装癫痫发作时她也无动于衷。

"只要她没流血，咱们就别管她。"她规定，旁人再担心也只好听她的，不敢质疑她的教育方法。

大家都觉得既然她来自伦敦,那必定水平高超。

泰勒老师说我已经长大了,不该再蜷缩在母亲旁边的摇篮里睡觉,于是让人在她房间里再支一张床。头两个晚上,她用尿壶抵住房门防止我跑出去,不过很快我就认命了。她立即开始教我自己穿衣吃饭。采取的方法是由着我半光着身子直到学会套上衣服的一部分;还让我握着勺子坐在盘子跟前,自己像熙笃会特拉帕派修道士[1]一般镇定地等我饿得受不了自己开动。这些方法效果惊人。没过多久,家里以前那个令人苦不堪言的恶魔蜕变成了一个再正常不过的小女孩,整天跟在老师身后,喜欢她身上洋梨古龙水的味道和像鸽子一样在空中挥舞的肉手。父亲的判断是正确的:五年来我其实一直渴望有人能塑造我,如今终于盼来了。母亲和阿姨们将这句话视为对她们的责备,但也不得不接受这个事实:有些东西发生了实质性的变化,家庭氛围也变得温馨起来。

泰勒老师对弹钢琴的热爱大于天赋,唱歌的嗓音也有气无力,不过调子倒是很准;她的听力很敏锐,所以很快就开始讲一口不标准但能听懂的西班牙语,其中甚至包括我的哥哥们常

---

[1] 熙笃会是曾盛行于欧洲的罗马天主教修道士修会。1664年,熙笃会特拉帕修道院制定了严厉的规定,接受这些规定的修道士形成特拉帕派。

挂在嘴边的脏话，当然她脱口而出时并不知道是什么意思。她的口音比较重，所以这些话听起来并不刺耳，也没有人纠正她这个毛病，于是她继续使用这些词语。她向来都接受不了重口味的食物，但对于我们这儿的菜她能始终保持英国人的淡定，一如面对这里冬季的暴雨、夏季的干旱和扬尘、能让吊灯飞舞和椅子移动的地震时那般波澜不惊。不过，有一样是她无法容忍的：在用人的院子里宰杀动物，她说这是原始野蛮的习俗。她认为在土豆烧肉里吃到我们熟悉的兔子或母鸡是异常残忍的。有一次，多利托宰了一只羊，为了主人的生日他特意花了三个月时间把它养肥，结果泰勒老师发烧病倒了。于是比拉尔阿姨只得从外面买肉回来，虽然她并不觉得在家里宰杀和在菜市上宰杀有任何区别。我得声明：这只羊可不是我刚出生那会儿的"奶妈"，那只羊是几年后寿终正寝的。

泰勒老师那只泛绿的黄铜行李箱里装着英文的各科课本和艺术书籍、一台显微镜、一只装着化学实验必需品的木盒以及1911年出版的最新版《大英百科全书》全二十九卷。她坚信这世上的万物都能在百科全书上查到。她带来的比较正式的衣服包括两套正装和各自搭配的帽子（其中一套就是她下船时穿的芥末色连衣裙），外加一件大衣，领子用某种难以辨认的动物皮制成；其余都是朴素的裙子和衬衣，平时用防尘袋罩起来。她换衣服的动作如柔术演员一般灵巧，所以即便我们同住一室，我也从未见过她只穿衬裙的样子，更不用说光着身子。

母亲监督我睡前用西班牙语祷告，她觉得用英语说祷告词是异教徒行径，再说也不知道天堂里的神祇能否听懂。泰勒老师加入的是英格兰国教会，因而不用陪我们去做天主教的弥撒和诵读教团《玫瑰经》。我从未见她读过床头柜上的《圣经》，也不见她有一丝拉拢信徒入会的热忱。她每年在英国侨民区的信徒家中参加两次宗教仪式，唱唱颂歌，结识别的外国人，这样平时就可以经常一起喝茶、分享杂志和小说。

有她在身边，我的人生显著美好起来。童年时期的最初几年，我不断试探、要求他人服从我的意志，因为屡屡得逞，便反而没有安全感，觉得无法得到保护。父亲是对的，我比成年人还要强大，没有人能让我依靠。我的家庭教师也没能完全驾驭我的叛逆，但她教会了我社交时应有的良好举止，也让我改掉了总爱谈论身体机能和疾病的坏习惯，这可是这个国家的人最偏爱的话题。男人们爱谈政治和生意，女人们爱聊小毛小病和家务琐事。一早起来，我的母亲就开始细数自己哪儿哪儿疼，并记录在一个小本子上，上面还记着她过去和现在使用的药物清单。她常常翻看这个小本子解闷，脸上的神情比浏览家族相册时还要温柔。我原本也步了母亲的后尘，装病装多了，就真成了多种疾病的专家；不过幸好泰勒老师没理睬我，我也就不治而愈了。

刚开始,我写作业和练习钢琴都是为了取悦老师,但后来我真心感受到了学习的乐趣。我刚能流畅写字,泰勒老师就给我一本带锁的真皮笔记本,让我在上面写日记,这个习惯几乎跟随了我一生。当我能流利阅读时,《大英百科全书》就归我了。泰勒老师设计了一个小游戏,我们互相考对方书里的生僻词,要求背出其释义。很快,何塞·安东尼奥也加入了这个游戏。他已经快二十三岁了,但丝毫没有离开父亲提供的舒适生活而出去闯荡的打算。

我的哥哥何塞·安东尼奥学过法律。这并非他的职业理想,只不过那个年代他这个阶级的男性可以接受的职业十分有限,而法律在他看来胜过医学和工程学这另外两个选择。何塞·安东尼奥帮着父亲打理生意。父亲跟旁人介绍他时总说这是他最钟爱的儿子,是他的左膀右臂;全心全意追随父亲的他也对得起这份殊荣,不过他并不总是赞同父亲的决定,有时也觉过于冒进。他不止一次提醒父亲不要将摊子铺得太大,以致一直在债务中周旋;可父亲认为生意无债不立,任何一个有生意头脑的人都不会放着别人的钱不用而拿自己的去投资。何塞·安东尼奥看得到那些生意的入账情况,觉得凡事应当有个限度,绳子绷得太紧必然会断,但父亲信誓旦旦地说一切尽在掌握。

"将来有一天，你会接手我正在打造的这个帝国，可你要是不放机灵点儿，不学着冒点风险，那可成不了事。还有，儿子，我看你有点心不在焉。你在家里的女人堆里待久了会变得愚钝懒散。"父亲对他说。

百科全书才是何塞·安东尼奥真正的兴趣之一，这一点与我和泰勒老师志同道合。哥哥是唯一一位把我的老师当作朋友，对她直呼其名的家庭成员，其他人都叫她泰勒老师。每个悠闲的午后，哥哥都会给我的老师讲我们国家的历史；讲南部的森林，说以后会带她去那儿参观家里的锯木厂；也讲政坛新闻——一位上校成为竞选总统的唯一候选人，因而顺理成章获得全数选票，像管理军营一样掌控政府。从那以后，哥哥便格外关注政坛新闻。他不得不承认，这位总统之所以能赢得民心，是因为他大刀阔斧地启动公共建筑工程，进行体制改革；但他还是向泰勒老师指出独裁的军阀统治对民主政治意味着何等危险，这种危机自独立战争以来就在拉丁美洲层出不穷。"民主太俗气，你们确实更需要一位专制君主。"她嘴上不屑，可内心很为自己的爷爷骄傲：1846年在爱尔兰，他因为捍卫工人的权利、争取所有男性的普选权而被行刑，因为当时的法律规定只有工厂主才有这样的权利。

约瑟芬曾告诉何塞·安东尼奥，她的爷爷被控参与宪章运动、背叛君主，最后被绞死并分尸。她说这番话时以为我没有听到。

"换作再早几年，他会在数千名亢奋的看客面前活生生地被劈成两半，掏空内脏并阉割，然后再绞死分尸。"她轻描淡写地说给哥哥听。

"那我们不过杀只鸡，你就说我们原始野蛮！"何塞·安东尼奥惊恐地喊道。

这些骇人听闻的故事从此频频出现在我的夜梦中。她还跟哥哥提到了为女性争取选举权的英国女斗士，她们为此甘愿忍受羞辱、监禁和绝食，当局政府甚至从喉咙、直肠或阴道塞入管子强行喂食。

"她们像英雄一样忍受了可怕的折磨，最终赢得了部分选举权，现在仍在争取同男性平等的权利。"

何塞·安东尼奥深信这样的事永远不会发生在自己的祖国；他一直囿于自己狭隘保守的圈子，因而对于当时中产阶级正在暗自积蓄的力量浑然不觉，殊不知我们很快就会见识到它。

泰勒老师从不在家里其他人面前说这些话题，她可不想被赶回英格兰。

3

"她的肠胃太娇弱了。"到达的第二天,泰勒老师突发腹泻病倒时,比娅阿姨如是诊断道。

这是所有外国人的通病,来到此地喝下第一口水就会生病,不过几乎所有人都能挺过去,所以无人在意。而我的老师却始终没能对我们这里的细菌免疫,两年来同消化系统一次又一次冲击抗争,并一直服用比娅阿姨配的茴香加母菊汁汤药和家庭医生开的神秘药包。我想她并不适合吃焦糖甜品、辣酱猪排、玉米蛋糕、奶油热巧克力下午茶等等,可出于礼貌又不好拒绝。她一直坚强地忍受着痉挛、呕吐和腹泻,从不声张。

泰勒老师身体越来越虚弱,但她不声不响,直到我们家人注意到她大幅消瘦、面色惨白,终于开始介入。医生做过检查之后,嘱咐她吃鸡汤泡饭,并且一天两次、每次喝半杯加几滴鸦片酊剂的波尔图红酒。私底下，他告诉我的父母，病人肚子里长了一只橙子大小的瘤。他说，国内有和欧洲一样优秀的医生，但现在动手术已经太迟了，最人道的做法还是将她送回家人身边。她只剩几个月的寿命了。

向病人透露部分病情的艰巨任务落到了何塞·安东尼奥头上，不过她很快就猜出了全部实情。

"啊，那多麻烦啊。"泰勒老师说，依然波澜不惊。

何塞·安东尼奥告诉她父亲会安排好一切，让她乘坐头等舱回伦敦。

"你也想赶我走吗？"她笑道。

"天哪！约瑟芬，没有人想赶你走！我们只是希望你能有人陪伴、疼爱、照料……我会向你的家人说明情况。"

"恐怕你们才像我的家人。"她答道，接着开始告诉他一些从来没有人问过她的事情。

约瑟芬·泰勒的爷爷确实是个因为得罪英国王室而被行刑的爱尔兰人，但先前和我的哥哥讲起这段故事时，她隐去了一个信息：她的父亲是个暴躁的酒鬼，唯一的优点就是有个为正义而战的父亲；她的母亲独自拉扯大几个孩子，日子过得穷困潦倒，年纪轻轻就过世了。之后，年幼的几个孩子被分别送给了不同的亲戚，十一岁的大儿子被拉去煤矿干活，而九岁的约瑟芬被送去一家修女开的孤儿院，那里的主要收入来源于洗衣房，她便在洗衣房里一边干活谋生，一边盼着好心人来领养她。她告诉何塞·安东尼奥给别人洗衣服是个多么浩瀚的大工程：打肥皂、边敲边刷、用大锅煮沸、漂洗、上浆再熨烫。

十二岁那年，已经过了领养年纪的她被发配到一个英国军人家里当免费仆人。她一直在那里干活，直到男主人开始自认为拥有她的身体，可以肆意蹂躏，全然不顾她还是未成年少女。第一次是在夜里，她正在厨房隔壁的房间睡觉，他忽然闯入，捂住她的嘴，整个人毫无征兆地压了上来。从此，这就成了她既熟悉又恐惧的家常便饭。军人的妻子总是忙于慈善事业和社交生活，一等她出门，他就向女孩使眼色要她跟着自己，惶恐但逆来顺受的她根本没想过可以反抗或是逃跑。男人在车库里用马鞭抽她，但很小心地不留下任何显眼的伤痕，并屡次对她发泄兽欲。她苦苦忍受着肉体折磨，也从未想过求饶，只是默默安慰自己："会过去的，会结束的。"

就这样过了几个月，妻子终于看出一些端倪：家里的女仆整日如同惊弓之鸟，尤其是一听到丈夫回家的声音就瑟瑟发抖，迅速躲到角落里。结婚这么些年，她也觉察到丈夫有些变态疯狂的苗头，但她一直选择无视，因为她相信只要没说出口就不存在，只要面子上过得去就不必深究，毕竟每个人都有自己的秘密。然而，她发现家里的下人们都背着她窃窃私语，还有一个邻居说常听到车库里有鞭打声和呻吟声，问她丈夫是不是在里面抽打马儿。于是，她明白自己得抢在外人之前弄清楚家里究竟发生了什么。她花了一番心思，最终撞见了丈夫手里拿着马鞭，而女仆半裸着被绑住身子、堵住嘴巴的一幕。

遇到这种事情，女主人通常会把下人赶出家门；但这个太太没有这样做，而是把她送去伦敦陪伴自己的母亲，条件是要女孩发誓绝不会将丈夫的行为透露半个字，她必须不惜一切代价杜绝丑闻。

约瑟芬的新主人是一个身体硬朗的寡妇，去过世界上很多地方，还打算继续周游列国，为此需要一名助手。她傲慢霸道又好为人师，一心想将约瑟芬改造成一位有良好教养的淑女，她不希望自己的旅伴是个爱尔兰洗衣女工。第一步是改掉折磨她耳朵的口音，于是逼着女孩学伦敦上流社会的腔调；接着便要她改入英格兰国教会。

"天主教徒无知又迷信，所以才穷酸，还跟兔子似的生那么多孩子。"老太太总结道。

她的这个目标很容易实现，因为约瑟芬并不觉得这两种信仰有多大差别；甚至可以说，她宁愿尽量远离上帝，自打她出生以来这位神明从未垂怜于她。她学会了在公众场合举止无可挑剔，严格控制自己的情绪和体态。老太太允许她进出书房，还指点她阅读；她就是这样开始痴迷《大英百科全书》，带着它从纽约到开罗，去她从未想过能见识到的地方。后来，老太太突发脑中风,没几周就过世了,留下一点钱给约瑟芬。她靠着这笔钱熬了几个月,当看到报纸上来自南美的家教招聘消息时,便毛遂自荐。

"我运气真好,遇到的是你们一家,何塞·安东尼奥,你们待我非常好。总之,我无处可去,如果你们同意,我想死在这里。"

"约瑟芬,你不会死的。"何塞·安东尼奥嗫嚅道,眼眶早已湿润;此刻他才发现她在自己的生命中有多重要。

得知我的老师打算在我们家里度过生命中最后的岁月,父亲的第一反应是趁她还能动,让她坐最早的一班远洋轮船离开。他怕我受到伤害,不希望我眼睁睁看着自己喜爱的老师慢慢死去;但何塞·安东尼奥生平第一次站到了他的对立面。

"爸爸,如果您赶她走,我永远不会原谅您。"他先是放狠话,接着劝说父亲无论医生的诊断多么悲观,身为基督徒的他有义务竭尽全力救治她。他说:"如果泰勒老师死了,维奥莱塔确实会难过,但她这个年龄的孩子能理解。可如果泰勒老师突然消失了,她才无法释怀。爸爸,这件事交给我吧,您就别管了。"

他说到做到。

一支医学团队在军队医院里为泰勒老师做了手术,领衔的是同辈中最知名的外科医生,而军队医院更是当时国内最顶尖的医院。父亲因为出口生意与英国领事有些交情,请他帮忙动用了一点私人关系。公立医院和里头的病人一样穷,有条件的人都去为数不多的私立诊所,但那里的医疗水平又很一般。军队医院与这两类医院都不一样,它足以与美国和欧洲最负盛名的医院相提并论。原则上,它只服务于武装部队和外交人员,但对关系过硬的人也可以破例。医院大楼设计现代,设施齐全,有敞亮的花园供康复中的病人散步;这里的管理工作由一位陆军上校负责,保证了它毫无瑕疵的卫生和医疗水平。

第一次问诊时,我的母亲和哥哥陪泰勒老师一同前往。一名穿着笔挺的制服、每走一步都沙沙作响的护士领他们去了医生办公室。这位医生七十多岁,已经谢顶,表情冷漠,举止傲慢,一看就习惯于发号施令。他在办公室的隔墙后面给泰勒老师检查了很久,之后完全无视两位女士的存在,单单对着何塞·安东尼奥说病人的瘤很可能是癌症,可以尝试放疗缩小体积,手术摘除的风险太大。

"医生,如果是您的女儿,您会尝试手术吗?"泰勒老师插话了,一如既往地云淡风轻。

医生顿了顿,这一瞬间长得仿佛永无止境,最后他同意了。

"那么,请告诉我手术时间吧。"她开始做准备。

两天之后,泰勒老师住进了医院。秉承"实话实说最简单"的信条,出发之前,她告诉我肚子里有颗橙子必须取出来,但不太好操作。我央求她动手术时让我陪着。当时我已经七岁了,但仍然爱黏着她。她哭了,这是我们认识她以来第一次见她落泪。之后,她和用人们一一告别,拥抱多利托和阿姨们并交代他们必要时该如何分配她的财产,要他们永远记着她。最后,她交给母亲一捆用带子扎起来的英镑。

"太太,这是给您压箱底的钱。"

她的薪水全都存着,为的是有朝一日回爱尔兰把失散的兄弟们一个个找回来。

我得到的临别礼物是她最心爱的宝贝——那套《大英百科全书》。她向我保证一定竭尽全力争取回来,但没法打包票。我知道医院里会发生可怕的事,对于死神不容分说的力量我并不陌生。我见过外祖母躺在棺材里的样子,如同一尊安放在皱巴巴的白色绸缎上的蜡像;也见过老死或不幸丧命的猫狗;还见过被多利托宰了下锅的各种禽类、山羊、绵羊和猪。

被推进手术室之前,约瑟芬·泰勒见到的最后一个人是一直陪在身边的何塞·安东尼奥。强效麻醉剂令眼前的好友模糊得如同蒙了一层雾气,也没听明白他的耳语和告白,但她感受到了唇上的轻吻，于是微微一笑。

手术长达七个小时。这期间，何塞·安东尼奥一直在医院大厅等候，喝着保温壶里的咖啡，来回踱步，回忆起他们之间的点滴：纸牌游戏、花园里的下午茶、郊外的散步、百科全书猜谜游戏、午后钢琴边的歌声、那些关于被分尸的爷爷无谓的争论。他这才发现，那些竟是他从出生起就被规划好的一成不变的生活中最幸福的时光。他决定，只有和她在一起才能逃脱父亲的掌控，冲破束缚他的牢笼。他从来没有自己做过决定，只是默默满足旁人对他的期待，这个模范儿子早就受够了这一身份。约瑟芬挑战他，动摇了他的信念，向他投来一道明亮的光，让他看清自己的家庭和社会环境。她曾逼着他跳起查尔斯顿舞、了解为妇女争取选举权的斗士；同样，她也推动他开始想象自己的未来，它与他先前被安排好的人生截然不同，充满了冒险色彩。

我的哥哥才二十四岁，却养成了自己厌恶的沉默寡言、谨小慎微的性格。站在镜子面前刮胡子时，他会厌弃地喃喃自语："我真像个小老头。"多年来，他一直帮着父亲打理自己不感兴趣、甚至顾虑重重的生意，试图融入一个与他格格不入的圈子，始终觉得自己像个飘在空中的闯入者，因为他根本不认同圈中人的兴趣和理想。

在医院大厅等候的时候，他想象着和约瑟芬在别处开始新生活：他们可以去爱尔兰，在她出生的小镇买一座简朴的小房子，她教课，他做工。约瑟芬比他年长五岁，也从未对他表露过一丝特别的情意，但这些问题在他坚定的决心面前根本不值一提。他想象着宣布婚讯时蜂拥而至的流言蜚语和家里压抑的气氛——家人们希望他娶一个门当户对、知根知底的天主教徒，比如表姐弗洛伦西亚。不过到时他们已经在去欧洲的路上，将这一切纷纷扰扰抛在身后。卡米洛，我是怎么知道哥哥的想法的呢？一部分是我这些年来从他嘴里一点点套出来的，还有一部分他不用说我也猜得到，我可太了解他了。

泰勒老师肚子里的橙子其实是良性肿瘤。我的阿姨们说这得感谢基洛迦神父的庇佑。医生说癌细胞已经扩散到卵巢，不得不将其摘除，病人以后无法生育；不过她是单身，也不年轻了，这应该不是什么大问题。他还说手术很成功，不过病人术中毕竟流了很多血，仍然非常虚弱。若好好休息，照顾得当，自然能恢复。比娅和比拉尔阿姨照顾泰勒老师，我和那两只猎狗寸步不离地守在她身边。

几年前那个打扮入时、意气风发的年轻姑娘如今成了一个暗淡无光的影子。数月来默默忍受的病痛和手术的残酷令泰勒老师饱受摧残；只有手背上的小坑还能依稀让人看出她曾经的圆润，皮肤则泛着令人忧心的蜡黄色。她吃了近一个月的滋补鸡汤、加花粉的当季水果甜汤、鸦片酊剂和一种加了甜菜和酿酒酵母、味道难闻但补血的饮料，终于能站起来了，却发现衣服空荡荡地挂在身上，头发也掉了一半。何塞·安东尼奥却觉得她从来没有像现在这么美丽。他像游魂一样在泰勒老师的房里飘来飘去，一等阿姨们走开就坐在床边给她念西班牙语诗歌，也不知服用了鸦片酊剂而半睡半醒的她能听见多少。我建议哥哥不如念百科全书，不过他还在感情尚未明朗、追求浪漫的阶段。

约瑟芬的术后恢复期持续了几个月，但她并没有闲着，而是坐在走廊里的扶手椅上给我上课。全家人日常生活的中心也随之挪到了这里。母亲搬来了她的缝纫机，多利托在这里维修散架的家具，比拉尔阿姨捣鼓她发明的瓶子烘干器，比娅阿姨则参照她的草本宝典潜心配置各种粉末、酊剂、汤药、胶囊和片剂。她先前托人从亚马孙平原位于玻利维亚境内的地区弄来了椰枣树果子，从中提取出一种治疗脱发的油。她把约瑟芬所剩无几的头发全部剃光，每天两次用这种神奇的油按摩头皮。第七周，头皮上真的冒出了细小的绒毛；没过多久，更是长出了浓密的深色头发。比拉尔阿姨鄙夷地说安第斯高原的土著人才长这种头发，不过也承认它比原先的一头稻草更衬泰勒老师。

日子过得缓慢而平静，唯一无法平静的是何塞·安东尼奥。他迫不及待地盼着带泰勒老师去凡尔赛茶馆向她求婚的那一刻。她一定会答应,对此他毫不怀疑;唯一没把握的是经济方面,去爱尔兰当工人这个想法如今越来越没有吸引力,再说成家后也应该给妻子足够的生活保障和支持。虽然打从十七岁起就跟着父亲做生意,但他没有固定的薪水,只是零星地领到一些钱,时多时少;与其说是报酬,更像是慷慨的小费,根本存不下来。

父亲曾承诺以后会让他参与自己的各项生意,而且份额绝对令他满意;但事实上父亲赚到的利润并不直接分配,而是再投到别的生意中。阿尔塞尼奥·德尔·巴耶先生总是贷款做项目,一旦能转手就立刻卖掉再转投新项目,如此周而复始,因为他坚信在银行、股份、债券构成的无形世界里,钱能生钱。何塞·安东尼奥明确反对过这种方式,还将它比作实验室的小白鼠,在跑轮上不知疲倦地跑着,但永远停留在原地。他说:"您这样下去永远债务缠身。"可父亲认为没有谁能凭借老实打工、谨慎投资就发家致富,未来只属于有胆识的人。

4

经过长时间的休养，再加上比娅阿姨各式汤药的调理，约瑟芬·泰勒恢复了健康，有了出门的念头，她在玻璃走廊里实在闷得太久了。她依然瘦削，但气色好多了，一头短发令她看起来像被剃了半身毛的小鸟。她的第一次出门散心是同我、母亲和阿姨们一起去德尔·巴耶家族一个侄女的告别单身派对。简洁的邀请卡上印着"家庭下午茶"的字样，淡化了这场活动的隆重程度；在一个高调炫耀被视为品位低俗的国家里，人们就得这么做。这已经是很久以前的风气了，卡米洛，如今人人都爱吹嘘自己。侄女的"小型下午茶"实则是一场真正的盛宴。桌上摆满了各式糕点、盛满热巧克力的银壶、冰淇淋和倒在波希米亚水晶杯里的甜酒；一旁还有人表演助兴：几名小姐在演奏弦乐器，一名魔术师从嘴里吐出绢帕，还能从女士们的领口变出鸽子来。

现场约莫有五十多名女士，都是准新娘的女眷和朋友。泰勒老师就像误入别人家的小鸟，衣着不入流，也插不上话。在一阵惊呼和掌声中，一辆小推车推着一个三层蛋糕登场，她趁这工夫逃去了花园，碰到了同样逃出来的另一名宾客。

特蕾莎·里瓦斯是当时少数穿男式阔腿裤和马甲的女性之一，这是一名法国女设计师刚刚掀起的新潮流，特蕾莎还另外搭配硬挺的白衬衫和领带。她正抽着烟斗，烟嘴由骨头制成，烟锅则雕成了狼头的形状。黄昏微弱的光线下，约瑟芬把她错当成了男人，而这正是她想要的效果。

她俩在一把椅子上坐下开始交谈，椅子周围是精心修剪的灌木和鲜花，空气中弥漫着浓烈的藿香和烟草味。特蕾莎听到约瑟芬来我国好几年了，却只认识雇主一家和偶尔在英格兰国教会仪式上碰面的几个英国侨民，于是跟她讲起了另一个国度，一个生活着工人阶级、中产阶级各阶层、矿工、农民和渔夫，首都之外的另一个真实的国家。

直到听见我来花园里喊她时，约瑟芬才发现派对结束了，天都黑了。她俩匆匆道别，但我听到特蕾莎让老师去找她，还给了她一张写着自己名字和工作地址的卡片。

"小约，我想带你走出洞穴，去看看这个世界。"她说。

约瑟芬很喜欢眼前这个陌生人给她取的昵称，也准备接受她的邀约。或许她会成为自己已经扎根的这片土地上的第一个女性朋友。

回到家后,我说出了所有人的心声:我们是时候跟上潮流,穿上齐膝短裙、印花布料和低领露胳膊的衣服了。阿姨们总是像修女一样穿着长至脚踝的黑色连衣裙;母亲也觉得没必要赶时髦,因为她千方百计回避社交活动,丈夫也早就懒得恳求她陪同出席;泰勒老师参加这场派对时穿的还是几年前下船时的那条芥末色连衣裙,只是裁掉了几公分。母亲派司机去买几本从布宜诺斯艾利斯进过来的女性杂志找点灵感。泰勒老师只对特蕾莎·里瓦斯的风格感兴趣。即便当时的天气不适合穿厚衣服,她还是买了几米华达呢和粗花呢料子,照着样版,瞒着家人偷偷裁剪起来。

"我像个营养不良的毛头小子。"做好衣服试穿时,她看着镜中的自己说道。

确实如此。一米五的个子,四十六公斤的体重,新长出来的毛躁凌乱的短发,再穿上裤子、马甲和夹克,她看着的确像个小男孩。只有和她共处一室的我私下里见过她这身男装打扮。

"我爸妈一定不喜欢这身打扮。"我告诉她,不过也答应不告诉任何人。

周日,泰勒老师带我去武器广场散步,特蕾莎·里瓦斯已经在那里等我们。她对泰勒老师的装束不置可否,挽起她的胳膊便一同朝西班牙冰淇淋店走去。她们旁若无人地谈笑风生,我竖起耳朵也只能偶尔听到只言片语。

"男人婆!不知羞耻!"一名戴着礼帽拄着拐杖的男士经过我们身边时大声嚷嚷。

"先生您过奖啦!"特蕾莎放声大笑回应道,泰勒老师则羞红了脸。

吃完冰淇淋,特蕾莎带我们去她家,那地方比我们想象中远多了。

鉴于特蕾莎叛逆的处世态度和举手投足间的贵气,泰勒老师一直以为她出身上流社会,或许是有家庭和财富作为后盾,才有底气嘲讽世俗。她还是不善分辨社会阶级,其中部分原因是她一直以来接触的只有我的家人以及家里的用人们。

所谓的"法律面前和上帝眼中人人平等"都是骗人的鬼话,卡米洛,希望你不要轻信。法律也好,上帝也罢,对待每个人的方式不尽相同,这一点在我国体现得淋漓尽致。初识一个人时,只要通过他轻微的口音、餐桌上用餐具的方式和对待地位较低者时是否坦然自若,我们就能迅速判断出他来自哪个社会阶层。很少有外国人能拥有这种天赋。卡米洛,原谅我特意强调这一点,我知道你有多厌恶这个狭隘而残酷的阶级体系,但为了让你理解约瑟芬·泰勒,我不得不提。

特蕾莎住的是老房子的阁楼。房子位于一条又脏又破的街道上，一楼是家修鞋铺，二楼是间制衣坊，几个裁缝在里面做护士的制服和医生的白大褂。上阁楼必须经过昏暗的走廊和年久失修、被白蚁啃坏了的木板楼梯。

于是我们来到了一个宽敞的房间，屋顶很低，两扇窗户脏得几乎透不进光。屋里有一张当床用的长沙发，一套似乎是被淘汰下来的家具，还有一个门上镶着镜子的高大衣柜，算得上是唯一能看出曾经的好日子的物件。这儿仿佛飓风过境一般凌乱，到处散落着衣服，堆着粗绳捆起来的报纸杂志。我估计得有几个月没打扫过了。

"你是怎么认识德尔·巴耶一家的？"泰勒老师问特蕾莎。

"我不认识，我是陪我哥哥去那场派对的。就是罗伯托，那个魔术师，你还记得吗？"

"你哥哥太了不起了！"

"魔术只是消遣。没有人靠吞下匕首和把兔子变没了来养活自己。"

特蕾莎点起炉子烧水，用有裂口的杯子给我们端来了茶水；她给我的茶放了糖，给约瑟芬的浇了一点普通白酒。她们抽起了苦涩的深色香烟，特蕾莎说这种烟能清肺。她告诉我们，她的父母都是南部某省的老师，而她和哥哥罗伯托等到时机成熟便离开了家乡，哥哥去上大学，她出来闯荡；她说自己性格不羁，与原生家庭环境格格不入。她的父亲几年前得了西班牙流感，虽然活下来了，却从此落下了肺病。

"我爸妈最近退休了，小约，当老师收入少得可怜。新的养老金制度来得太晚了，他们没赶上，所以没什么积蓄，只好去开销小的乡下生活，现在还在免费教书。我也想帮他们一把，可我是个无可救药的孩子，连自己都快养不活了；罗伯托不一样，他会有份好工作，又是个慷慨、有责任心的孩子，将来一定能成为爸妈的依靠。"

特蕾莎告诉泰勒老师，她哥哥必须服兵役，所以耽误了学习，不过再有一两年就能毕业当上农技师了。他白天学习，晚上在餐馆当服务生；她自己在国家电信公司上班。

"当然，我在公司里可不能穿得像个男人。"她笑着加上一句。

她给我们看了父母在村里的小广场上拍的几张照片，还有一张哥哥穿着新兵制服的照片，照片里的少年清秀干净，同先前宴会上那名胡子拉碴、幽默风趣的魔术师判若两人。

多年以后，老迈的约瑟芬·泰勒告诉我，那个下午她和特蕾莎认定了彼此，开始了一段注定改变人生的友谊。此前，她仅有的性经历是年少时遭遇的英国军人的强暴和蹂躏，这在她的身体上和记忆中留下了印记，也使得她内心强烈抗拒肉体上任何形式的亲密接触。性愉悦在她看来简直无法想象，或许这也是她不懂何塞·安东尼奥情愫的原因。特蕾莎让她发现了爱情，并一点点地发掘自己身上从没想过的性感。三十一岁时的她依然有着难能可贵的单纯。

特蕾莎自豪地说，对于命运的安排她来者不拒，从不在意伦理和他人强加的规则。对于法律和宗教，她同样不屑一顾。她向约瑟芬坦白自己过去的爱人中有男有女，还认为忠诚是一种荒诞的束缚。

"我相信自由的爱，你别试图拴住我。"几周后，她躺在沙发上一边爱抚着赤身露体的约瑟芬，一边警告她。

尽管如鲠在喉，泰勒老师还是同意了。但她没有想到，在后来她们长久的亲密关系中，她从来没有吃醋的机会，因为特蕾莎才是这段感情中更忠贞不贰、付出更多的那个人。

1929年9月初，美国股市大跌，10月更是急转直下，濒临全面崩盘。父亲推测，世界上最强大的经济体若是崩溃，将给其余国家带来毁灭性的冲击，我们的国家也不例外。这只是时间问题，或许不出几日，他的金融帝国将轰然坍塌，他也会和无数美国富豪一样面临破产。他的生意、眼看就要落实的大宅出售计划、投资的造楼工程都该何去何从？为了炒股，他抵押财产，欠下高利贷，还用了一些见不得光的手段，为此不得不准备阴阳两本账簿，只有何塞·安东尼奥知道那本秘密账簿的存在。

恐慌令阿尔塞尼奥·德尔·巴耶内心焦灼，皮肤冰冷。他焦虑得一刻不得平静，无法冷静思考，呼吸急促，冷汗直冒。他细数依靠他生活的人：不仅有家人，还有家里的用人和办公室的员工、锯木厂的工人，甚至包括北方葡萄园的农民，而葡萄园才刚刚开始实现他的梦想——干馏出足以与秘鲁皮斯科酒媲美的精制白兰地。所有人将会落得无家可归。除了何塞·安东尼奥之外，其余四个儿子没有一个帮他处理生意，只是一味享受他提供的锦衣玉食，从来不思考其背后的代价。绝望之余，他开始考虑该如何保护妻子、妻子的姐姐和我这个女儿，如何摆脱破产和失败的耻辱，如何面对社会、债主和我的母亲。

落入这种境地的并非只有父亲。联盟俱乐部里同样弥漫着恐慌，这种情绪令父亲窒息，还随着在会员间相互传染而愈演愈烈。俱乐部的各厅装饰为英式风格，以绿色和暗红色为主色调，挂着描绘国人从没见过的猎狐场景的装饰画，摆放着正宗的奇彭代尔式家具。厅里边坐着上流社会的老爷少爷们，他们原本都有雄厚的经济实力（虽然未必有政治权力），习惯了高枕无忧地享受特权，如今却时刻关注着令人瞠目结舌的消息。这片土地上有层出不穷的地震、洪水、干旱、贫穷和民怨；然而在此之前，所有的不幸从来都与他们毫不相干。

服务生们端着酒水和新鲜的牡蛎、蟹腿、卤鹌鹑、炸馅饼等美食来回跑动，因为焦虑使得大家无法安坐在桌旁用餐。忽然间有个乐观的声音议论说，只要某些矿产资源的价格稳定，我们国家就能躲过这场劫难，但这一幻想很快就被其他人的驳斥声碾碎。数据是不容忽略的事实。

令父亲提心吊胆的事情果然发生了：10月的最后一个周二，全世界都听闻了国际证券市场彻底崩盘的消息。父亲和何塞·安东尼奥躲进书房深入分析眼前形势，终于意识到自己的糊涂阻碍了他提前采取措施来防范灾难。他开始怀疑一切，尤其是自己。曾为他奠定社会地位的一身本事都辜负了他：挣钱的天赋、能发现被别人忽略的良机的独特眼光、及时察觉并解决问题的猎犬般灵敏的嗅觉、让人被骗还对他感恩戴德的人格魅力、令人羡慕的摆脱困境的灵巧。这一切都使得他没有做好面对脚下万丈深渊的准备；纵然有无数人与他同病相怜，也根本算不上什么安慰。他想，历来稳重理智的儿子应该能给些建议。

"很遗憾，爸爸，我想我们什么都没有了。"何塞·安东尼奥再次核查阴阳两本账簿之后，郑重地向父亲宣布。

哥哥解释道，现在股票一文不值，几乎半个世界都是他们的债主，还要祈祷父亲不会因为逃税而被抓走。他们无力还债，不过眼下国内人人如此，债主们也只能等待。银行将没收锯木厂、北方的葡萄园、建筑项目甚至我们的房子，因为他们无法支付抵押贷款。往后的日子该怎么办？唯有尽力削减开支。

"就是说，我们还得降低生活水平……"父亲嘀咕着，声音小到几乎听不见。

他从未料到竟会沦落至此。

发生在别国的这场金融灾难着实让我们这个国家瘫痪。当时我们都没想到它会成为受这场危机影响最深的国家，因为它赖以生存的出口经济崩溃了。富人们虽然损失巨大，却总有法子离开首都去自己的庄园，那里至少不愁吃喝；普通百姓毫无缓冲余地，只能硬生生地忍受贫穷的鞭笞。

随着企业相继宣布破产，失业人数攀升。没过多久，大锅煮饭的时代又回来了，成千上万饥肠辘辘的穷人排起长队，就为了领一碗寡淡如水的汤。男人们四处奔波找活干，妇女儿童们沿街乞讨，可没有人再停下脚步施舍躺在人行道上的乞丐。绝望的人群中频频发生暴力冲突，城里的犯罪率不断上升，走在街上人人自危。

政权落入将军之手，他已将原先的总统流放，开始以铁腕施政。据说他的政敌们在港口被投入海底，如果有人潜得足够深，能看到他们被鱼啃食过的残躯，脚踝上还绑着水泥块。尽管施行高压统治，将军的权势却反而渐渐衰弱；一波又一波人民抗议游行步步紧逼，按照普鲁士军队方式受训的新警队持枪相向。首都仿佛一座战火中的城市。学生、教师、医生、工程师、律师等各行各业纷纷罢课、罢工，所有人联合起来要求总统辞职。躲在办公室里的将军不愿相信一夜之间自己的命运被反转，一再要求警察履行职责，说违法之徒活该吃枪子儿，说这是个忘恩负义的国家，他的统治带来了秩序和进步，可人们居然还不满足，全球的灾难又不是他造成的。

第二天，何塞·安东尼奥和我另外四个哥哥也上街凑起了热闹，与其说是出于政治信仰，不如说是借机宣泄郁闷，同时也是不甘落后，毕竟所有的朋友和熟人都已经参与其中。街上，西装革履的官员、衣衫褴褛的工人甚至衣不蔽体的游民混在一起，人们从来没有见过这样齐心协力并肩前进的队伍；以往失业情况最严重的时期，只有穷苦人家列队游行，中产阶级和权贵们只是在阳台上远远观望。何塞·安东尼奥习惯了控制情绪和按部就班的人生，眼前的经历对他来说是一种释放，这几个小时里他有了一种归属感。他几乎不认识此刻的自己——一个挑衅武装警察，逼得他们棍棒相向、朝天放枪的偏激之徒。

就在这时,他在一个角落看到了和周遭混乱的人群一样激愤的约瑟芬·泰勒,手里还牵着惊慌失措的我。刚刚沸腾的血液瞬间冷却下来。他的口袋里还揣着那只小盒子,里面放着他跪地求婚遭到婉拒时捧着的那枚镶着石榴石的钻戒。

"何塞·安东尼奥,我不打算结婚,但会永远爱你,把你当作最好的朋友。"这是她的回应,此后对他一切如常,仿佛压根没有听过他的告白。

然而,自从两人相识以来便一直很亲近,这给了何塞·安东尼奥希望,以为她会日久生情。后来,这枚戒指在他手里保存了三十多年。

游行者中很少出现女性的身影,约瑟芬穿着裤子、夹克,戴着鸭舌帽,俨然一副男人的模样。站在她身边的女人也穿着男装,何塞·安东尼奥没见过。他也没见过泰勒老师这身打扮,身为家庭教师的她平日总是以传统女性形象示人。他一手拉着泰勒老师的胳膊,一手提着我的大衣领子,把我俩强行拖至远离警察的一栋大楼门口。

"你们会被踩扁或者挨枪子儿的!你来这儿干吗,约瑟芬?还带着维奥莱塔!"他斥责道,全然不知这名爱尔兰小姐压根不把当地警察放在眼里。

"和你一样,燃烧自己的力量啊。"她笑道,喊久了的声音有气无力。

何塞·安东尼奥没来得及问泰勒老师为什么这身打扮,就被她的女伴的自我介绍打断了:"我是特蕾莎·里瓦斯,女权主义者,愿为您效劳!"他没听过这个词,以为她说的是"共产主义者"或是"无政府主义者";但现在不是追问的时候,因为远处突然传来一阵胜利的欢呼,人们开始跳跃,将帽子抛到空中,并爬上车顶举着旗帜异口同声地高喊:"他倒了!他倒了!"

是真的。将军最终明白:他已经彻底失去了对这个国家的掌控,连他一手培植起来的同僚和警队也不再听命于他。他离开总统府,带着家人乘坐流亡的火车逃去国外;没过多久被他罢黜的前任总统坐同一辆列车回来了。那天晚上,泰勒老师再次说我们还不如走君主制道路,父亲完全赞同。大街上的庆祝持续了好几个小时,但这场稍纵即逝的政治胜利丝毫没有扭转整个国家贫穷和绝望的局面。

5

父亲在银行和私人债主的紧追不舍之下,耗尽了所有的手段和资源,挺过了世界经济大萧条的第一年。那段时间里他利用金字塔骗局避免了彻底溃败,这种手段模仿其他同类骗局,在其他地方都是违法的,但在我们这里还不为人知。他心知这只是权宜之计,金字塔坍塌之时他必将跌入谷底。此刻他才明白自己孤立无援,一路走来,他不计后果地追求金钱,早已树敌太多。他用金字塔骗局坑过几个熟人,还有和他同陷失败项目的合伙人,可他无法解释为何人家血本无归,他却毫发无损。父亲的兄弟们也指望不上,他们在经济危机刚开始的时候甚至还向他借钱,他自然是拿不出钱来。他干脆承认自己破产了,可他们不信,最后落得不欢而散;他们忘不了父亲当初是怎么骗取家产的。他不再光顾联盟俱乐部,因为交不起会费;

像他那么骄傲的人又不愿接受俱乐部的临时宽限，俱乐部对大部分境遇相同的会员都是如此慷慨。他曾经爬得那么高，冒了那么大的风险，此刻也摔得特别响亮。

只有何塞·安东尼奥知晓全部实情；其余几个儿子被中断了习以为常的"月俸"，便各自住进表亲和朋友家，试图置身事外，远离父亲的丑闻。家里的女眷们不得不缩衣节食，遣散了几乎所有下人，但直到父亲开了那一枪，她们才知道情况究竟有多么糟糕；事实上她们也没想打听清楚，这不是她们该管的事，留给男人们操心吧。

驱使父亲一生前行的热忱此刻消失殆尽。白天他借助杜松子酒忍受焦虑，晚上用妻子的神奇滴剂对抗失眠。早上醒来时总是头昏脑涨，双膝发软。他吸完白粉，费力地穿上衣服；为了逃避妻子的提问，只得溜去办公室，无所事事地等着时间流逝，看着绝望蔓延。他依靠酒精、可卡因和鸦片勉强度日，但这些东西造成胃反酸使得他没有食欲。父亲日渐消瘦，眼圈发黑，皮肤泛黄，身体佝偻，短短数月仿佛老了一百岁。只有我注意到了他的状况。我像小猫一样静悄悄地跟在他身后，打破了不许进入书房的禁令；当他坐在真皮扶手椅上盯着墙发呆时，我就坐在他脚边。

"爸爸，你是不是病了？你为什么不开心？"我嘴上问着，却并不期待他的回答。

我的父亲变成了游魂。

军政府垮台两日后,阿尔塞尼奥·德尔·巴耶迎来最后一击:他将被赶出山茶花府,离开这座他和所有孩子出生的大宅,一周内就得搬空。伴随这个噩耗一同传来的还有逮捕令,罪名正是何塞·安东尼奥一直担心的欺诈和逃税。

谁也没有听见枪声——这座老房子房间众多,水管、木头、墙上的老鼠和家人们日常走动发出的各种声响此起彼伏;第二天早上我们才发现他。我走进书房准备端杯咖啡给父亲,自从辞退女仆之后我经常这样做。书房里拉上了厚重的毛绒窗帘,唯一的亮光来自书桌上的蒂凡尼彩色玻璃灯。高大宽敞的书房里摆满了书架和古典油画的仿画。这些复制品出自一位乌拉圭画家之手,仿真度足以骗过专业买家,父亲也确实干过一两次以假乱真的勾当。原本的仿画中,如今只剩下一幅巨大的朱迪斯和托盘里的赫罗弗尼斯的头颅;波斯地毯、熊皮、两把巴洛克式座椅、中式彩绘大花瓶和大部分藏品也都不见了。这里曾是家里最豪华的房间,如今变得空荡荡的,只剩下零星的三四件家具。

走廊里的晨光使得我的眼睛过了几秒才适应书房里的昏暗,然后我看到父亲靠在书桌后的椅子上。我以为他睡着了,本想着让他好好休息,但空气中的死寂和微弱的火药味让我不由警觉起来。

父亲用大流行病时期买回来的英国左轮手枪对着自己的脑袋开了一枪。子弹干脆利落地射入他的太阳穴,除了硬币大小的一个小黑孔之外,几乎没有造成其余伤痕。一条细细的血迹,从伤口一直流向他的印度羊绒睡衣,继而延伸到地毯并被其吸收。我在他身旁静静站立许久,一直望着他,端着咖啡杯的手不住颤抖,轻声呼唤"爸爸""爸爸"。我依然清晰地记得整个人都仿佛被掏空了,却异常平静,这种复杂的感受一直持续到葬礼之后很长一段时间。最后,我把咖啡杯放在书桌上,默不作声地去找泰勒老师。

那个场面如同定格的照片一般分毫不差地刻在我的记忆中,并多次出现在我的梦境里。五十岁那年我接受过几个月的心理治疗,心理医生让我剖析这个场面剖析到我都快吐了;但无论是治疗时还是现在,我都没有再次体会到站在饮弹自尽的父亲面前那一刻的感觉。我既不害怕也不伤心,可以清楚地描述所看到的场面和刚刚提到的空洞及平静,仅此而已。

四十分钟之后,整栋屋子的人都被这场悲剧惊醒了。此时,泰勒老师和何塞·安东尼奥已经清理了血迹,用父亲冬天的睡帽盖住了伤口。这番值得称赞的努力,目的在于将父亲的死因伪装成压力过大而引发的心脏病。无论是亲属还是外人都不信这番说辞，但公然质疑经过医生证实的官方说法实在有失礼节。医生愿意这么做既是为了替我们省去麻烦，也是为了父亲能被安葬在天主教徒墓园，否则他就只能待在属于穷人和异教徒外国佬的市立公墓。他不是第一个，也不会是最后一个那段时期破产自杀的富翁。

我的母亲将丈夫的自杀视作懦夫的行为：他酿下的苦果，却丢下无依无靠的她独自承受。那几年里她对他很冷淡，甚至与他分房而睡，此刻这份冷漠更是化为鄙夷和怨恨。这一次的背叛比曾经被她发现且毫不在意的出轨情节更严重；这是对她的羞辱，是整个家族无法抹去的耻辱。她既装不出丧夫之痛，也不愿穿丧服，哪怕如此一来德尔·巴耶家绝不会原谅她。由于同时还得搬家，葬礼进行得很仓促，只通知了儿子们；第二天报纸上才登了一则简讯，看到的人也来不及参加葬礼了。既没有讣告也没有花圈，前来哀悼的也不过寥寥数人。我未被允许参加葬礼，因为发现了书房里父亲的遗体之后我开始发烧，据说一连好几天都不开口说话。泰勒老师一直陪着我。我的父亲阿尔塞尼奥·德尔·巴耶一生有钱有势，妻儿顺从他，很多人怕他，最后却走得如同乞丐一般毫无体面可言。

家人们商定尽量不提这件事免得费力解释；他们做得很好，我直到五十七年后才得知当年导致父亲自杀的破产和欺诈事件。卡米洛，是你年少时的刨根问底挖掘出了我们家族的秘密。对父亲之死的沉默，让我一度怀疑自己是否真的看到了他太阳穴上的小孔，而心脏病发作的说辞重复了太多次使我差点信以为真。我很快察觉到这个话题在我们家属于禁忌，因而只能在反复发作的梦魇中一遍遍地为父亲哀悼。不过多亏泰勒老师教会我控制情绪，我终于不再歇斯底里。母亲和阿姨周围的空气都仿佛要凝固了，因而我学会了什么都不问。

何塞·安东尼奥召集我的哥哥们、母亲和家里其他女眷们（包括泰勒老师）一起开了个会，将眼前的形势和盘托出，他们这才明白这场金融灾难比原本以为的要严重得多。他们把我排除在外，因为觉得年纪尚幼的我听不懂，又刚遭受父亲自杀的打击。他们依依不舍地辞退了空荡荡的屋子里仅剩的两个女佣，毕竟主仆双方已经相识多年。猎犬死了，猫也不见了。其余的下人、司机和园丁几个月前就离开了，只有阿波罗尼奥·多洛留了下来，因为我们就是他的家人。他从没领过一分工钱，而是替我们干活来换取住处、食物、衣服和偶尔的零花钱。

我的哥哥们已经成年，他们纷纷离我们而去，以摆脱令人窒息的社会压力，并很快找到工作彻底自立门户。如果说我同他们曾有过手足之情，那么在我发现书房里的父亲的那个早晨之后，这点感情也荡然无存。幼时我和他们相处不多，后来更是很少见面。对我来说,十一岁那年,人丁兴旺的德尔·巴耶家族已经后继无人,卡米洛,所以你根本不认识他们。唯一一个从未抛下母亲、阿姨和我的只有何塞·安东尼奥。他立马进入了长兄的角色,直面丑闻、应对债务,担起了照顾家里女眷的职责。

他想好了一个计划,只同泰勒老师商量过,因为他知道我的母亲和阿姨们从来不用做任何重要决定,什么忙都帮不上。老师想到了一个现实的办法,而他很难接受这才是最合理的。他一直生活在闭塞的圈子内,大家族里的成员总是互相庇护,永远不会孤立无援;而泰勒老师出身贫寒,思维方式没有他这样的局限性。她让他看清了整个家族疏远冷漠的态度其实是宣判对我们进行流放。阿尔塞尼奥·德尔·巴耶有辱家门,而身为他后代的我们自然要承担后果。我们被排挤了。

父亲留下没来得及卖掉或典当的少量珠宝和一套象牙藏品,所以何塞·安东尼奥弄到了一点钱带我们远走高飞。我们必须找一个能以最少的开支生存下去的地方重新开始,直到他找到新的出路。父亲的丑闻也牵连到他,不仅因为他们的父子关系,更因为他从年少时起便跟在父亲身边,在外人看来也直接掺和了父亲的生意。没有人相信他屡次提醒父亲警惕风险,也不相信父亲从来不问也不听他的意见,甚至不给他任何实权。在他为自己正名之前,没有人愿意雇他当律师;而他熟悉的圈子正处于经济萧条时期，他在别的行业也找不到工作。泰勒老师的建议确实是最明智的出路。

我的老师面对逆境时拥有异于常人的果敢。她坚信，贫苦的童年、爱尔兰孤儿院里的日子和第一任主人丧尽天良的行径让她把这一生的苦都受完了，往后的日子绝不可能比之前更糟糕。看到何塞·安东尼奥安葬父亲之后一筹莫展的样子，她突然想到最好的办法是离开熟悉的环境，至少离开一段时间。

"我们都不愿面对他人的恶意和怜悯。"她对他说，很自然地把自己也当作德尔·巴耶家的成员；还说他们可以用她的积蓄，我的母亲把那沓英镑还给她之后她一直藏在内衣里贴身保管。

她还说连去哪儿都想好了，她全都计划好了。何塞·安东尼奥第若干次地向她求婚，她则一如既往地强调自己终身不婚，却没有告诉他唯一一个他能接受的理由：她已经和特蕾莎·里瓦斯缔结了精神上的婚姻。

火车把我们带到终点站纳维尔，接下来再往南走就只能坐拉车、骑马以及坐船，因为这片土地由岛屿、运河和峡湾，甚至冰川组成。荒凉的站台上空无一人，只有木头平台、半遮蔽的金属瓦楞纸顶棚和写着站名、年久褪色的站牌。我们带着一筐煮鸡蛋、冷冻鸡、面包和苹果，坐了好几个小时的硬座。快到终点站时车厢里只剩下我们一家,其余乘客早就在前几站下了车。

我们随身带着好几个衣箱和行李箱,把能装的都装上了:衣服、枕头、床单和毛毯、梳妆用品和有情感寄托的物件。托运车厢里还有我们的缝纫机、外祖母的摆钟、母亲的安妮女王式写字台、《大英百科全书》、厨房用具、三盏灯,还有几尊玉雕——不知为何母亲把它们也算作新生活的必需物品,债主们清点并瓜分大宅里的财产时,它们居然奇迹般地躲过一劫。我们的钢琴也保住了,搬去了特蕾莎·里瓦斯家一个空置的小房间。既然只有泰勒老师勉强会弹钢琴,何塞·安东尼奥便送给了她。还有一个木箱塞满了比娅阿姨的药材、比拉尔阿姨的工具、罐头、熏火腿、陈年奶酪、烈酒和储藏室里舍不得丢下的其他美食。

"行了!我们去的又不是荒岛!"何塞·安东尼奥见她们还打算带上活鸡,赶紧劝阻道。

"这里是文明的终点,再往下就进入土著人的领地了。"我们在纳维尔站等多利托和何塞·安东尼奥把一众行李卸下火车时,司机这样告诉我们。

对于舟车劳顿、担忧未来的母亲和阿姨们来说,这根本不是宽慰,但却让我和泰勒老师振奋起来,或许这个被遗忘的角落会比我们期待的更有意思。

我们坐在屋檐下的行李箱上避雨，喝着铁路工作人员端来的热茶恢复体力，他们都是当地人，不苟言笑，但热心好客。这时来了一辆两只骡子拉着的小车，驾车的男人戴着大檐帽，披着厚重的黑色斗篷。他自称阿贝尔·里瓦斯，同何塞·安东尼奥握了握手，脱下帽子向女士们示意，并亲吻了我的双颊。他中等身形，看不出年纪，皮肤饱经风霜，头发粗硬发灰，戴着一副金属框的圆形眼镜，一双大手因为关节炎而有些变形。

"我女儿特蕾莎通知我说诸位坐火车来。"他告诉我们，还说马上带我们去住处。"过会儿我再来取行李，骡子一趟拉不了这么多。诸位放心，这里不会有人偷东西。"

板车在雨水浸湿的泥泞小路上缓慢前行，仿佛永远走不到头，这让我们体会到身处多么遥远的异乡。何塞·安东尼奥和阿贝尔·里瓦斯一同坐在车夫的位置上；比拉尔扶着咳得直不起腰的母亲，她的老毛病发作得越来越频繁、病程越来越长；比娅阿姨无声地祈祷着；我坐在泰勒老师和多利托之间的一块木板上，观察沿途的植被，期待看到司机口中的土著人。在我的想象中，他们和我看过的唯一一部电影——一部讲美国西部故事的默片里凶悍的阿帕切人差不多。

整个纳维尔只有一条很短的街，两边有几间大小不一的木屋。有一家小商店，这个点就已经打烊了。唯一的砖房据阿贝尔说兼具多重身份：平时是邮局，有神父来的时候就成了礼拜堂，同时也是人们开会商讨镇上的大事或举行庆祝活动的场地。几只毛发乱蓬蓬的狗排成一溜趴在屋檐下躲雨，还没精打采地对着骡子叫唤了几声。

骡子经过小镇之后又继续走了半公里，然后进入了一条小道，两旁的树因为过冬变得光秃秃的。最后它们停在了一栋房子跟前，和镇上那些差不多，但更宽敞些。一个女人撑着一把巨大的黑伞出来迎接，扶我们下车，像老朋友似的拥抱欢迎我们。她是露欣达，也就是阿贝尔的妻子、特蕾莎·里瓦斯的母亲。她很瘦小，一刻都闲不下来，凡事都爱做主，亲切热情，对待家人和生人、人类和动物都一视同仁。我估计当时她已经快六十岁了，但只有花白的头发和皱纹透露出她的年纪，她的举止灵活敏捷得像个小姑娘，和她那个慢悠悠、有时甚至略显沉闷的丈夫截然不同。

我人生的第二个阶段就此开启。我的家人们称之为"那段流放"，但于我而言却是一段探索与发现的岁月。我在这里度过了接下来的九年时光，当年人迹罕至的这个南方省如今成了旅游胜地：广阔的冰雪森林、白雪覆盖的火山、祖母绿色的湖泊，还有波涛汹涌的大河，只要有鱼线和鱼钩定能在一小时内钓上满满一筐鳟鱼、三文鱼和鲶鱼。天空中的景象永不重复，各种色彩完美融合，风吹着云疾速飘过，雁群来来往往，时不时还有一只雄鹰庄严地飞过作为点缀。夜幕如同一块黑色披风突然盖上大地，披风上繁星闪耀，我后来还学会了这些星星的古典名和土著语名。

露欣达和阿贝尔·里瓦斯是方圆数里内仅有的两位老师。特蕾莎和泰勒老师提过，几年前她的父母退休后便离开了一直任职的小镇，搬去了更需要他们的地方——他们回到了阿贝尔家的农场，那里如今归他的弟弟布鲁诺。圣克拉拉只是一处小田产，养活一家人之余，还能到邻近的小镇卖点自产的蜂蜜、奶酪、肉干等，但与德国、法国移民的大庄园显然无法相提并论。除了主屋之外，农场里还有一两间最简单的农舍、一间做熏肉的房间、每周一次用金属浴盆泡澡的棚屋、面包房、工具间、一个猪圈和养着奶牛、马、两头骡子的牲畜圈。

布鲁诺·里瓦斯比哥哥阿贝尔年轻不少，只有五十岁，是一名很勤劳的农夫；人们说他身体和心理都很强大。他的妻子第一次分娩时难产去世，从此他一直孤身一人，虽然变得不苟言笑，但依然热心助人，很乐意借出工具或骡子，或是把吃不完的鸡蛋、牛奶送给别人。

法孔达是个年轻的土著姑娘，表情丰富，膀大腰圆，强壮得像个码头装卸工，她在布鲁诺家里干了好几年的活。她的丈夫不在身边，一双儿女由外婆抚养，她很少见到。她很擅长做面包、蛋糕和馅饼,平日里爱唱歌。她嘴上说自己崇拜布鲁诺先生,实际上却像母亲一样责备和宠着他,虽然论年纪她该给他当女儿。

露欣达和阿贝尔在旧屋几米开外的一间小房子里住下了。哥嫂的陪伴和帮忙对布鲁诺来说简直求之不得,农场的事情永远忙不完,无论起得多早,白天总是一晃就过去了。到了农活最多的春夏季节,布鲁诺就雇一两个短工帮忙,因为露欣达和阿贝尔会趁天气不错的时候外出教书。他们在广阔的土地上骑着马和骡子赶路,随身带着几盒本子和铅笔。文具都是他们自掏腰包,政府对偏远的农村地区放任不管。虽然国内实行四年义务制基础教育,但在全国范围内落实起来相当困难;没有通畅的道路、足够的资源和愿意在这里安家的教师。

里瓦斯夫妇每到一处农舍,就用牛铃声通知孩子们。他们会在当地逗留几天,每天从早到晚讲课,和乡民们培养感情,甚至被视作上天派来的天使。乡民们没钱付学费,就硬塞给里瓦斯夫妇一些东西:腊肉、兔子皮、亲手做的凉鞋和织物……有什么就送什么。晚上夫妻俩就留宿在乡民家,之后再赶往下一个地方。临行前,他们会给孩子们布置几周的作业,并提醒说等回程经过这里时就给他们考试,这样孩子们将来就能拿到小学毕业证书了。他们梦想着有一间属于自己的教室,能让孩子们每天吃上一口热饭——有时候这竟然就是乡民们唯一拿得出手的东西。可惜这个计划遥不可及。既然学生没有条件走好几公里路去学校，那么学校就得走到他们身边去。

"我弟弟布鲁诺正在收拾另一间屋子给诸位住。那儿空置了好些年，但绝对住得舒坦。"阿贝尔对我们说。

火炉堪称屋子的灵魂。我们围坐在火炉边，喝着南部特产的青绿苦草泡的马黛茶，配着法孔达给我们拿来的面包、炼乳和楹桲甜点。傍晚，先是布鲁诺来了，然后乡邻们过来打招呼。他们把湿透的斗篷和沾着泥土的靴子脱在门口，腼腆地向我们问好，然后在桌上摆上他们的见面礼：一瓶果酱、一块猪油膏、一块用布包起来的山羊奶酪。他们好奇地打量我们，不知道他们如何看待我们这些从首都远道而来的客人：双手细白柔嫩，大衣单薄得经不起风雨，说话的方式也很特别。唯一看起来比较正常的只有多利托，那双粗糙的大手一看就经常干活，块头大得必须弓着腰才能不碰到房梁，脸上永远挂着老实人的憨笑。

天黑时，乡邻们纷纷离开了。

"明天见！法孔达会给诸位做新鲜面包当早饭。"露欣达边穿斗篷边预告。

我们这才明白里瓦斯夫妇是把他们的住处腾给了我们，自己去别处过夜。

"这几天暂且将就下，诸位的房子马上就好了。我们正在修葺屋顶,还得装个火炉。"阿贝尔解释道。

头几日我们都在拜访邻近农户和纳维尔的邻居中度过,既是介绍自己,也是回应他们的关照。既然我们收了他们的东西,就得回礼,在我们国家不能两手空空地登门拜访,乡下尤其讲究这些礼数。我的阿姨们带来的瓶瓶罐罐终于派上了用场,只不过味道和村民们自制的罐头没的比。何塞·安东尼奥和多利托也帮忙一同修葺给我们安排的屋子,一周后我们搬进去时,布鲁诺已经给我们张罗来几件旧家具摆在里头。

在这几间用木板搭建、风一吹就嘎吱作响的简陋房间里,樱桃木书桌和摆钟显得像是偷来的宝贝,蒂凡尼台灯也毫无用武之地,因为根本没有通电。我不太记得那几尊玉雕后来放哪儿了,估计是就裹在棉花里再没拿出来过。他们的提醒果然没错,在这里生活绝对不能没有黑铁火炉,无论是做饭、取暖、烘干衣服都离不开它,也只有它能让全家人聚到一起。无论冬夏,火炉从早到晚都烧着柴。我的阿姨们几乎连泡茶都不会,也开始学着生炉子;但我母亲根本不做任何尝试,她被咳嗽和寒冷折磨得精疲力尽,终日懒洋洋地躺在扶手椅或是床上。

只有多利托和我打从一开始就适应了新环境,其他人还假装只是在这里临时过渡一下。他们很难接受物资匮乏(甚至不愿意用"贫穷"这个字眼)和与世隔绝的生活就是摆在我们眼前的现实。头几周,这里的潮湿是一道难以跨越的坎儿。暴风雨来临时,狂风狠狠鞭笞着金属屋顶;日常的绵绵细雨下得不紧不慢,永无止境;就算不下雨,也是雾气缭绕。总之永远没有干燥的时候,因为就算太阳难得从云层间露出身影,也不足以升高气温。这加重了母亲的慢性支气管炎。

"我的病已经发展成肺结核了,这里的气候会要了我的命,我熬不到春天了。"母亲裹着毯子喝着热汤叹息说。

我的阿姨们说,乡下的空气软化了我的性格,磨平了我的棱角。在圣克拉拉的时候,我整天忙忙碌碌,日子过得飞快,眼前总有做不完的事,而且每一件都是我喜欢的。我喜欢缠着布鲁诺叔叔(我一直这样喊他),也确信这份喜爱是双向的。我是他刚出生就夭折的女儿的化身,他是我失去的父亲的替身。和我相处久了,他又变回一部分人记忆中那个开朗调皮的年轻小伙。法孔达总唠叨:"布鲁诺先生,你别和那丫头走得太近了;他们总有一天会回到城里,留你一人在这里伤心。"我跟着他学会了钓鱼、铺陷阱逮兔子、给奶牛挤奶、给马上鞍,还在一个总是生着炭火烘干食物、烟雾缭绕的圆形水泥棚子里熏制奶酪、肉干、火腿和鱼肉。后来,法孔达还是乖乖听布鲁诺的话接受了我。此前她从来不许别人踏入厨房这片圣地,后来却教我和面、搜罗母鸡四处产下的蛋、煮冬天的炖肉、做德国人传到这里的大名鼎鼎的苹果派。

春天终于来了，外头风光明媚，"被流放者"也振奋起来。我们喜欢这样自嘲，不过只在没有里瓦斯家的人在场之时，因为这听起来有辱他们的盛情款待。野花四处盛开，果树结满果子，随处可见啼啭的小鸟。阳光的力量终于能让我们脱去斗篷和雨靴，晒干路上的泥泞，我们还能摘取最新鲜的时令蔬菜、采收蜂蜜。按照最初的设想，何塞·安东尼奥和约瑟芬·泰勒该离开了。他们计划把其他人在这里安顿好、托付给里瓦斯一家之后便告辞，因为他俩都不能在乡下过日子，必须工作才行。

泰勒老师决定回首都，她在那里可以教英文，总有人对此感兴趣；但她不肯承认真正的原因是她渴望待在特蕾莎身边，和她分开的每一秒都是在浪费生命。何塞·安东尼奥则必须挣到足够的钱来养活家里的女眷，她们不能一辈子靠里瓦斯一家的施舍。虽然我们吃住不用花钱，但免不了还有别的开销，比如我的鞋子和母亲的药。

那个冬天，哥哥和布鲁诺一起干农活，尽最大努力帮忙，但他实在不是拉犁劈柴的料。他犹豫着要不要和约瑟芬一起回首都，或许他的坚持不懈能打动她的芳心，他准备等将来父亲的阴影消散之后再努力一把。

"何塞·安东尼奥，你不必为父亲的过错付出代价。我要是你，就径直去联盟俱乐部点上一杯双份威士忌，和那些说闲话的当面对峙。"泰勒老师这样劝过他，她不了解我们这个社会的规则。

我们必须等待，只有时间能驱散过往的一切阴云。

趁着阴雨连绵的那几个月，哥哥制订了一个计划，顺利的话他将去这个省的省会萨克拉门多定居，这样离我们也不过两小时火车外加一小段骑骡子的路程。

纳维尔的无线电报务员接过了寻找马可·库萨诺维奇的重任。自从银行关停了锯木厂之后，这个人就消失了。父亲在某次贷款时将锯木厂作为抵押，后来还不出钱，银行便将其没收，辞退工人，停止生产，找人收购；这已经是一年多之前的事了，机器都渐渐生锈了。何塞·安东尼奥打听到，克罗地亚移民大多定居在我国最南部的省，他们中很多人来自中欧同一块地方，相互认识甚至成婚，任何一个新来的移民都会迅速投入同胞热情的怀抱。他推测马可在那里应该也有家室和朋友。

无线电报务员联系了奥匈俱乐部，克罗地亚移民都是那里的注册会员。九天之后，何塞·安东尼奥终于和库萨诺维奇通上了话。他们彼此基本不认识，而这次通话虽然不太顺畅，时不时被嗡嗡的噪声打断，却奠定了他们日后天长地久的友谊。

"您来萨克拉门多吧，马可，未来就在这里。"哥哥说，而克罗地亚人也很爽快地答应了。

6

那几天,露欣达和阿贝尔准备在周围的村落进行新一场巡回授课。他们决定,既然我的教育水平远高于他们的授课能力,那我也应该运用自己的知识来服务于他人。他们教会我骑马,帮我克服了对这种会打响鼻的大怪物的恐惧,并招募我当他们的流动小课堂的助教。他们给家人留下话:"夏天结束时我们就回来。"

多利托本想和我们一同上路,说是"保护我不被印第安人掳走"。里瓦斯夫妇向他解释说,如果他是指土著人的话,其实生活在当地的都是印欧混血的美斯蒂索人,除此之外就只有外国移民,他们在政府的许可之下来南部进行垦殖与开发。纯正的印第安土著人早就被政府用一套"行之有效"的方法赶走了,比如以荒唐的价格买下他们的地,或是把他们灌醉后让他们签根本看不懂的文件；假如这些做法都不奏效，就直接使用武力。从独立战争开始起，政府就计划通过军事占领和压迫来征服这些"蛮夷"，吞并他们的领地，降服他们，将他们改造为"文明人"，若是能成为天主教徒就更好了。从十六世纪开始，土著人就遭到屠杀，起初是被西班牙征服者，后来是任何一个即便这么做也能逍遥法外之徒。里瓦斯夫妇告诉多利托，原住民完全有理由憎恨所有外乡人，尤其是共和国政府，但不用怕他们，他们不会掳走小女孩。

"况且，你应该留在这儿帮助布鲁诺，照顾妇女们。维奥莱塔和我们在一起很安全。"

于是，十三岁那年的整个夏天，我都是在跟随里瓦斯夫妇到破落的小村庄里教课中度过。刚开始我过得很煎熬，屁股生疼，格外思念母亲、泰勒老师和阿姨们；但我一旦适应了骑马，就喜欢上了这段旅程。和里瓦斯在一起时发牢骚是没用的，他们既不安慰我也不同情我，于是我彻底改掉了童年时爱撒泼装晕厥的坏毛病。如今我可以骄傲地说我身体健康、心理强大，几乎没什么事能吓倒我。

我们的流动小课堂不紧不慢地随骡子的步伐前进，它替我们扛着教材、睡觉用的毯子和少量个人物品。我们每天刚好够在天黑之前赶到有人烟的地方，但也遇到过几次只能在野外过夜的情况。我向胡安·基洛迦神父祈祷，千万别让我们遇上凶猛的害兽，不过他们向我保证这里的蛇没有攻击性，唯一算得上危险的大猫是美洲狮，但它只要看到火光便不会靠近。

阿贝尔有肺病，总是咳个不停，有时还像垂死之人一样喘不过气。教育是他的理想，是流淌在血液里的第二天性。他趁露宿的夜晚给我讲星座，白天教我动植物的名称。露欣达知道数不清的民间故事和神话故事，我永远都听不腻："再给我讲讲两条蛇创造世界的那个故事吧。"

我们大部分的路程都是羊肠小道，有时候人走过的痕迹都被冬雨冲刷掉了，辨别不出方向；但里瓦斯夫妇从不迷路，他们可以毫不犹豫地钻进树林，安然无恙地蹚过河水。只有一次，我的马在石头上滑倒了，把我也一起拽进水里，不过阿贝尔立即抓着我的衣服把我拖到了对岸，当天他就给我上了人生第一堂游泳课。

我们的学生分散在各地。我先从记住每个孩子的名字开始，慢慢地和里瓦斯夫妇一样同他们熟络起来。我看着他们一年年成长，跳过迷惘的少年期直接进入成年生活，繁重的生存压力不容许他们有遐想的空间。他们生活困顿，虽然物质上要好过城里的穷人，但永远无力挣脱苦难。女孩们身体还没有发育成熟就当上了母亲，男孩们只能和父辈一样在田里干活，除非借着服兵役的机会逃离一两年。

我迅速告别了贯穿我整个童年时期的天真。里瓦斯夫妇从不向我隐瞒诸如酗酒、殴打妇女儿童、持刀斗殴、强奸、乱伦之类的悲剧。现实与我们初来乍到时想象出来的田园生活大相径庭。我发现即便是在纳维尔这种热情好客的村镇，扒开表面，底下也同样隐藏着丑恶。里瓦斯夫妇向我反复强调这并不代表人性本恶，而是由于无知与贫穷。他们说："饱肚子的比饿肚子的人更容易成为慷慨的利他主义者。"我却从来不这样想，我知道不管在哪里都同时存在善与恶。

在有些村落里，我们能一下子将十几个年龄各异的孩子集中起来上课；但也经常遇到孤零零的一两处房子，家里只有三四个光脚的小孩子，于是我们尝试顺便教成年人识字，他们基本上都没有接受过任何教育。然而我们的努力收效甚微：既然他们长到这么大都不识字，那就说明他们根本没有这个需求。我们试图告诉多利托会写字的好处时他也是这么说的。

土著人贫穷又备受歧视，他们散居在这里、那里的小块土地上，只有茅草屋、几头牲畜和种着土豆、玉米、蔬菜的园子。我原本觉得这种生活太过悲惨，后来里瓦斯夫妇让我明白这只是一种不同的生活方式：他们有自己的语言、信仰、经济，并不渴望我们看重的那些物质财富。他们才是这片土地上原本的主人，外来移民几乎都是巧取豪夺、不讲信誉之徒，鲜有例外。无论在纳维尔还是其他村镇,他们和其他居民都有一定程度的融合,住木头房子,说西班牙语,在能争取到的田产上劳作;但大部分仍以农村公社的形式生活,每个公社由几户人家组成。里瓦斯夫妇每年都专程去公社拜访,尽管土著人对外面来的人抱有天然的不信任,但里瓦斯夫妇在那儿却很受欢迎,因为教师被视为崇高的职业。不过他们并不是去授课的,而是去听课的。

酋长是个矮胖结实,五官硬朗的老头。他在位于公社的家里招待我们,房子的主体框架是木桩,屋顶和墙体都是稻草,没有窗户。他露面的时候穿戴着正式的饰品和项链,身边跟着几个表情严肃、咄咄逼人的小伙子,还有孩子和几只狗走来走去。我和露欣达跟其他女人一起在屋外等候,得到许可才能进去;此时阿贝尔正向酋长献上烟酒以示敬意。

由于语言不通,他们先是静静地喝上一两个小时的酒,然后酋长示意女人们入内,这时候露欣达就开始充当翻译了。她懂一点土著语言,还有一个服兵役时学过西班牙语的小伙子从旁相助。他们谈论马和收成、驻扎在附近的士兵;议论政府,说过去将酋长们的子女当作人质,如今则妄图让孩子们忘记自己的语言、习俗、祖辈和骄傲。

正式的拜访通常持续好几个小时。谁也不着急,这里的生活不过就是雨水、丰收和不幸。我毫无怨言地忍受着无聊,被这个不通风的地方点起的烟熏得头昏脑涨，还被男人们无礼地盯着看而心里发毛。等我体力不支倒下的时候，拜访也终于结束了。

天黑后，露欣达带我去巫医亚伊玛的茅屋学习植物、树皮和草药知识。亚伊玛很乐意分享，不过总要事先声明如果不施以相应的魔法，草药就起不了作用。为了讲得更清楚，她一边念咒语，一边有节奏地击打一面皮鼓，鼓上的图案代表四季、东南西北四个方向、天空、大地和地下。她特意说明："但鼓只属于人。"意思是只属于她的族人，外族人不能敲，因为不算是"人"。露欣达把知识记在本子上，包括每种植物的土著语名称并配上简图，来帮助自己在大自然中辨认它们。过后她再和比娅阿姨分享笔记，如此一来阿姨便用新的配料扩充了她的偏方清单。她不需要神奇的鼓，而是用双手的力量去治愈。露欣达学习时，我就在泥土地上和两只浑身是跳蚤的狗蜷缩在一起睡觉。

亚伊玛看起来五十岁左右，不过据她说，当西班牙人夹着尾巴逃走、共和国诞生的时候，她已经记事了。"从前就没好日子，后来更是糟糕。"她总结道。露欣达估算了下，假如她说的是真的，那么她得有一百一十岁了。不过也没必要驳斥她，每个人都有随自己的心意讲述人生的自由。亚伊玛穿着他们的传统民族服饰，过去一整套都用手工织机制作，但受城里的影响，工艺也渐渐改变。她在又长又宽的花布裙外面披了一块用大别针固定的黑披肩，头上裹着头巾，胸前穿戴着肚兜和银饰。

我十四岁时，酋长向阿贝尔·里瓦斯提亲，不知道是替他自己还是某个儿子。他说这是双方友谊的印证，还送上最好的马作为求娶的聘礼。阿贝尔通过露欣达艰难的翻译巧妙地拒绝了；他给出的理由是我性格不好，再说也已经是他的另一个妻子。酋长提议把我换成别的女人。从此我再也没有陪他们去公社，免得被过早地嫁出去。

在这个逍遥学派的课堂里，我验证了泰勒老师一直以来的观点：以教促学。空闲之余，我必须在露欣达和阿贝尔的指导下备课，于是我终于解开了数学的奥秘，记住了国内历史和地理。跟着泰勒老师上课的六年里，我能按时间顺序背出大英帝国的所有国王和王后，但对自己的祖国反而不甚了解。

何塞·安东尼奥经常来看我们。有次他回来时和大家商议是否送我去英国皇家学院寄宿，这所学校由一对英国传教士夫妇创立，坐火车过去要三个小时。学校的名字取得浮夸，实际不过就是一栋房子，几个房间里住着十二个孩子，那对传教士夫妇就是仅有的老师；但它享有省内最好学校的美誉。我急得差点旧病复发。我告诉他们,如果把我送去那儿,我就逃走,他们再也别想见到我。

"我在这儿学到的东西比在任何一所学校都多。"见我说得如此坚决,他们也就信了。时间证明了我是对的。

我的生活只有两个时节:雨天和晴天。漫长的冬季阴暗潮湿,白昼很短,夜晚很冷,但我不觉得枯燥。除了挤奶、和法孔达一起下厨、照顾家禽猪羊、洗衣熨烫,我还有许多社交生活。比娅和比拉尔阿姨成了纳维尔及周边地区的灵魂人物。她们组织聚会请大家来打牌、编织、刺绣、踩缝纫机做衣服、用手摇留声机听音乐、诵读九日斋祷文来为生病的动物、伤心的人、收成和天气祈福。最后这项活动其实包含着她们的私心:将信徒们从新教的牧师那里争取过来,如今他们在整个国家的势力越来越大。

阿姨们大方地用亲手酿的樱桃酒或是梅子酒招待客人们,这样的酒让人喝了心情畅快。她们很愿意听妇女们休息或是烦闷时跑来抱怨和倾诉。方圆几公里内的人都知道了比娅阿姨徒手治病的本事,她不得不尽量低调以免与亚伊玛为敌。这两位神医被请去看病的次数比医生还多。

白天,只要雨不是特别大,我就帮布鲁诺叔叔照料动物或是在马场干活。下午通常用织布机或者棒针做编织,学习,看书,陪比娅阿姨制作药剂,给当地的孩子上课,甚至跟无线电报务员学习莫尔斯密码。偶尔发生事故或是有人生孩子，我还能去给这里唯一的护士做帮手。这名护士有半个世纪的工作经验，但若论口碑还是比不上亚伊玛和比娅阿姨，情况严重时人们还是选择向她俩求助。

隆冬时节，泰勒老师和特蕾莎·里瓦斯会来住上一两个星期，她们坦坦荡荡地闯入我们的生活中，连糟糕的天气都被吓跑了。她们说只有她们这两个疯子才会跑来全世界气候最糟糕的地方度假。她们带来首都的新闻、杂志和书本、给里瓦斯夫妇的教科书、缝纫用的布料、比拉尔阿姨的工具、留声机的新唱片，还受左邻右舍委托采买些小物件，不过从来不收钱。两个女人教我们跳时兴的舞蹈，引得众人放声大笑，被雨水浇得麻木了的神经终于兴奋起来。连布鲁诺叔叔都受到侄女和爱尔兰老师的鼓舞，与我们一同载歌载舞。比拉尔阿姨在乡下的这段日子里变了很多，她的机械知识有所精进，着装从裙子换成了裤子和靴子，还同我争夺布鲁诺叔叔的关注。泰勒老师说她爱上了他。他俩年纪相仿，志趣相投，因此这种说法并不荒谬。

有天，泰勒老师和特蕾莎·里瓦斯这两位阳光灿烂的女士突然想到我们应该帮多利托庆祝一下。他从来不过生日，甚至连自己出生于哪一年都不知道，因为我的父母给他登记户籍时他已经是个半大不小的少年了，所以证件上的年纪应该比实际年龄小十二三岁。她们当下决定：既然他姓多洛，又忠厚倔强，想必他的星座是金牛座[1]，所以应该出生于四五月份；不过还是等人全到齐的时候再庆祝他的生日吧。

布鲁诺叔叔从集市上买了半只羊，这样就不用宰杀农场里唯一的绵羊，它可是多利托的宠物；法孔达做了一只焦糖大蛋糕。我也在布鲁诺叔叔的帮助下给他准备了一份礼物：用木头雕成的一只小十字架，一面刻着他的名字，另一面刻的是我的名字，可以用一根猪皮绳子挂起来。多利托把它视作千金不换的宝贝，把它戴在脖子上，从此再也没摘下来过。卡米洛，我跟你说这么多是因为很多年后这个十字架起了至关重要的作用。

如果她们事先通知，何塞·安东尼奥会尽量选同一时间回来，借机再次向爱尔兰姑娘求婚，这似乎已经成了一种惯例。他和马可·库萨诺维奇一起工作，和我们这儿的直线距离相对来说并不遥远，但刚开始他在城里还没有办公室时，必须从危机四伏的小路下山才能坐上火车。我和布鲁诺叔叔去车站接他，趁母亲和阿姨们不在场时告诉他家里的近况。我们越来越担心母亲的状况，整个潮湿气闷的冬天她都没下过床，把自己

---

[1] "多洛"为西班牙语单词toro的音译，意为"公牛"；而"金牛座"在西班牙语中为Tauro。

包裹得严严实实,胸口涂着温热的亚麻籽敷料,兀自沉浸在一连串祷告词中。

到了第三年,我们觉得这样下去她恐怕熬不过这个冬天了,得送她去山里那家以前去过的疗养院。何塞·安东尼奥已经能赚到足够的钱支付这笔开销。于是,露欣达和比拉尔阿姨陪着病人一路乘坐火车和巴士来到疗养院,母亲在那里休养四个月,治疗肺病和心病。春天,她们把母亲接回来时,她精神好多了,又能再撑一段时间。由于母亲长时间不在身边,也因为我几乎很少见她正常生活,我对她的记忆比伴随我成长的其他人要模糊得多,比如我的阿姨们、多利托、泰勒老师和里瓦斯夫妇。她缠绵病榻的人生恰恰是我身体健康的原因。为免步她的后尘,我对这一生遇到任何烦恼都泰然处之。我明白一个道理:如果我不把它们放在心上,通常它们会自然化解,不如把一切交给时间。

春夏季,里瓦斯的农场里永远忙个不停。夏季大部分时间我和阿贝尔、露欣达出门巡回授课,但也有部分时间在圣克拉拉度过,帮着其他人干活。比如采摘蔬菜、豆子和水果,炖煮食物做成密封罐头,制作甜点、果酱、牛奶酪和羊奶酪、熏肉和熏鱼。这是家里饲养的动物产崽的季节,也是我短暂的犹如过节一般的快乐时光,因为我可以用奶瓶喂它们,给它们取名。可我们刚培养出点感情来，它们就会被卖掉或者宰杀，我不得不把它们忘掉。

每到杀猪的日子，布鲁诺叔叔和多利托会特意到一个棚子里屠宰，但无论我躲得有多远，依然能听见撕心裂肺的惨叫声。之后，法孔达和比拉尔阿姨开始制作细香肠、熏肠、火腿和萨拉米肠，从手指到手肘都糊满了血。我吃的时候毫无心理负担；我这一生几次尝试素食主义，奈何意志实在是不坚定。

这就是我的少女时代，"那段流放"的岁月，也是我记忆中最清澈纯净的时光。那些年我过得平静而充实，专注于简单基础的农活，与里瓦斯夫妇一同潜心钻研教书。我看了很多书，都是泰勒老师从首都给我寄来的；我们还在信中或是她来农场度假时当面交流阅读心得。我也会和露欣达、阿贝尔分享观点和读过的书，逐渐开拓视野。从小我就明白，我的母亲和阿姨们属于旧时代，她们不关心外面的世界和任何有悖于她们信仰的事物；但我懂得尊重她们。

我们的房子很小，共处一室的生活也很局促，我几乎没有独处的时候。不过年满十六岁时，我收到了一份礼物：在主屋几米开外的地方，多利托、比拉尔阿姨和布鲁诺叔叔跟变魔术似的给我盖了一座草屋。鉴于它六边形的形状和屋顶的天窗，我给它起名为"鸟舍"。我在这里终于拥有了必需的独立空间，有了学习、阅读、备课、远离家长里短、编织梦想的隐私。晚上，我依然和母亲、阿姨们一同在主屋过夜，每晚在火炉边铺上被褥，早上再收起来；因为我惧怕在"鸟舍"里独自面对黑暗。

每当小鸡破壳而出或西红柿被从菜园端上饭桌时，布诺鲁叔叔都和我一同为生命的神奇而喜悦；他教会我观察和倾听、在森林里辨别方位、在冰冷的河水与湖水里游泳、不用火柴如何生火、尽情享受把脸埋进新鲜多汁的西瓜里大快朵颐的酣畅；他还总说一切生命都有终点，让我学着消化告别他人和动物时的那份悲伤。

我不认识同龄的少年，所有的朋友都是身边的成年人和孩童，因此我没有可以比较的对象，也就没有经历青春期的叛逆，只是麻木地从一个季节过渡到另一个季节。同样，我也跳过了这个年纪常有的悸动期，因为没有男孩来撩拨我的心弦。除了那个企图用一匹马把我换走的酋长之外，没有人把我当作女人，我只是个小姑娘，是布诺鲁·里瓦斯没有血缘关系的侄女。

我与曾经那个令人难以忍受的小女孩如今几乎判若两人。泰勒老师刚认识我时，我还动不动就使出口吐白沫哭得惊天动地那一套。她说乡村生活和与里瓦斯夫妇的相处胜过她能教给我的一切，还说给奶牛挤奶绝对比背诵死去的国王的名字更具教育意义。体力劳动和与大自然的接触带给我在任何学校都学不到的东西，这恰好印证了当初家人们想送我去英国传教士的寄宿学校时我的预言。

当我看到仅有的两张那个年代的照片时，我确定十八岁的自己是美丽的，非要否认的话可就太虚伪了。但当时的我并不知道这一点，因为美貌在我家里和对那个地区的人来说毫无用处。没有人说过我漂亮，我也只在梳头时会照一下家里唯一的镜子。我长着漆黑的双眸，这是造物主的失误，橄榄般的眼珠与我苍白的肤色并不相称。一头干燥浓密、闪亮有光泽的深色秀发被我拢到背后扎成一根辫子，平日里我用含天然树皮精华的肥皂洗头。我的十指修长、手腕纤细，但被农活和漂白剂糟蹋得不成样子。泰勒老师以她在爱尔兰孤儿院的经验告诉我，洗衣工的手就是这样。我穿的是阿姨们亲手缝制的衣服，只考虑实用性而不在意时尚与否。平时在家就穿工装裤和猪皮木底鞋，出门再换成一条简单的连衣裙，仅以花边领口和珍珠扣作为装饰。

讲到这儿，我还没怎么说过阿波罗尼奥·多洛的故事。令人永生难忘的多利托值得我尊敬，他生前陪伴我多年，死后也从未离开。我猜想他的基因应该异于常人，世界上找不到第二个这样的人。首先，在我们国家他可以算得上巨人，过去的国人又矮又胖；当然现在不同了，年轻一代比祖辈们普遍高出一个头。体形太大，行动便迟缓，这使得他显得愈加粗鲁、凶悍，与他实则温和的天性形成鲜明反差。他有能耐徒手掐死一头美洲狮，但被人嘲笑时却从不生气，似乎对自己的力量一清二楚，却不愿使出来攻击他人。他的额头很窄，一双小眼睛深陷于眼窝中，下颌凸起，嘴巴总是半张着。

有一回在集市上，几个男孩围住他但又小心翼翼地保持距离，边朝他扔石头边喊着"呆子""傻子"欺负他。多利托强忍着，面不改色，也不保护自己，搞得眼角破了条口子，血流满面。等布鲁诺叔叔注意到哄闹声而赶来，气鼓鼓地与惹事者对峙时，多利托身边已经围了一圈好奇的路人。"是大猩猩先打我们！""就该把他关起来！"他们嘴上嚷嚷道，脚步却不停往后退，最后骂骂咧咧地跑了。

我总见他坐在长凳上，普通椅子对他来说太小了。他怕热，所以爱坐在远离火炉的地方，用小刀把木头雕成小动物的样子，送给被法孔达的饼干吸引过来的孩子们。这些小孩刚开始都怕他，后来却像条尾巴一样跟在他身后。女人们都睡在屋子里面，但他需要透气，所以只要不下雨，他就披块毯子睡在屋檐下。我们都说他连睡觉都睁着一只眼睛，时刻保持警觉。我无数次被噩梦惊醒时，都会蜷缩在他怀中。多利托一听到我喊叫总是第一个赶来，像哄婴儿一样摇晃我，低声哼唱："我的小宝贝，好好睡乖乖睡，妖怪走了再不回。"

多利托在乡下找到了这个世界上真正属于他的地方。我甚至觉得他懂动植物的语言，轻声细语间就能安抚一匹烦躁的烈马，吹吹口琴就能让播种的土地生机盎然。连布鲁诺叔叔都得依赖征兆才能判断天气变化，他却能在出现征兆之前就准确预测。这个在城里笨重迟钝的大块头到了大自然里突然变得敏感细腻，仿佛安上了能感知周遭环境和捕捉人们情绪的天线。

每隔一段时间，多利托都会消失一阵子。如果看到他给靴子换底，或是打包斧头和刀、钓鱼竿、铺陷阱用的工具，我们就知道他要出门。一同打包的还有法孔达准备的粮食，我们的厨娘对他的感情和对布鲁诺叔叔一样，是带点蛮横和絮叨的宠爱。他把所有东西都裹在毯子里，然后把包裹斜挎在背上，用皮带系在胸前。和我们简单说几句告别的话之后，便步行离开家。他不肯要坐骑，说自己太重，会压垮马和骡子。消失几周后他就回来了，变得干瘦黝黑，胡子拉碴，但特别开心。我们问他去了什么地方，他的回答永远是"四处看看"。这个简单的回答实则有着丰富的含义：难以深入的冰雪树林、火山和山顶、自然边境处的悬崖和崎岖的道路、湍急的河流、撞击出泡沫的白色瀑布、岩石缝隙间的潮汐池。除了四处看看风景，他还结识了不少对这片土地了如指掌的向导、放牧人和猎人，以及敬重他、因为他的体形而喊他福昌的土著人[1]。和这些人在一起时,多利托不再是镇上的傻子,而是无所不知的巨人。

秋末的某个周六,附近庄园上一个曾在牲畜栏里见过我的工人说要买几头猪,来到里瓦斯家。我没想到他是冲着我来的。我还记得他胡子刮得乱七八糟,骑在马背上跟我们说话,语气和举止都傲慢无礼。猪崽还太小,不适合售卖,布鲁诺叔叔让他两个月后再来;但他还赖着不走,继续说着话,叔叔便请他进屋歇个脚。我给他们端上用苹果发酵的奇恰酒后准备退下,可那个男人像逗狗一样啧啧舌头叫住我:

"你去哪儿呢,漂亮妞?"

布鲁诺叔叔一下子站起来,还顾不上生气,更多的是震惊,因为我们从没遇到过这般无礼的行为。他叫我去找母亲,同时暗自想办法打发眼前这个陌生人。

当天下午是我每周一次的泡澡时间。法孔达和多利托在棚子里生火,烧了巨大的一锅水,然后全部倒在木盆里。多利托把帆布帘子放下来当作门,之后就出去了;法孔达留下来帮我洗头擦身,直到我全身发红,容光焕发。在这个令人享受的漫长仪式中,混合着水的热气和午后的寒气、头发上的树皮精

---

[1] "fuchan"一词在马普切语中意为"很大的"。

华、揉搓皮肤的硬海绵，以及法孔达浸在澡盆里的薄荷和罗勒叶散发的清香。洗完后，我用破布擦干身体（我们没有毛巾），法孔达帮我把头发梳通。平时我也按同样的步骤帮她、露欣达和阿姨们洗澡；但给母亲洗澡时我们怕她受凉，只能一部分一部分地进行。男人们则直接用一桶桶冷水浇在身上或是去河里洗澡。

当我告别法孔达往自己家走时，天色渐渐暗下来了。我穿着睡衣，外面罩了件厚马甲，正准备回家和阿姨们一块儿吃浓汤和奶酪面包，这些是我们常吃的晚饭。突然，我又听到了几小时前那个男人发出的咂嘴声，还没反应过来他就出现在我面前：

"你去哪儿呢，漂亮妞？"他再次用厚颜无耻的口吻问道。

隔着几步远我都能闻到他身上的酒气。我不知道他如何看待我，或许他以为我是里瓦斯家的下人，是可以任他发泄的微不足道的小人物。我赶紧加快步伐往家跑，但他拦住了我的去路，随即贴了上来，用一只手抓着我的脖子，另一只手捂住我的嘴。

"你要是敢喊，我就杀了你，我可有刀。"他吞了很多字，含糊不清地说，并用膝盖在我肚子上顶了一下，疼得我直不起身。

他把我拖进了"鸟舍"，一脚把门踹上，我的草屋里一片漆黑。"鸟舍"离我家那么近，如果我当时喊了，一定会有人听到，但恐惧令我忘了思考。他把我推倒在地，一只手依然死死抓住我，我感觉到后颈重重地撞在了地板上。他空着的那只手试图掀起我的睡衣，脱掉我的裤子，我被他紧紧压住，只能绵软无力地蹬腿反抗。他生满老茧的手捂住了我的嘴和部分鼻子，我无法呼吸，感觉自己快要窒息了。我死命挠他的胳膊想要他松开，甚至顾不上捍卫自己的清白，呼吸才是更要紧的事。

我不记得后来发生了什么。或许是我当时失去了意识，又或许是创伤从我记忆中永远抹去了这件龌龊事。可能是多利托见我迟迟没有回家，就出来找我，他应该是听到了什么声音，因而来到"鸟舍"，用他的大手抓住那个男人，在他强暴我之前把他从我身上赶走了。这些都是阿姨们后来告诉我的，她们还说多利托把那个男人提在半空中一路拎到圣克拉拉的入口，像扔一袋土豆一样丢在路中间，走之前狠狠给了他一脚作为告别。

两天后，警察来询问附近的居民。几个渔夫在两公里外的河间苇塘里发现了一具男尸，死者名叫帕斯瓜尔·弗莱雷，是旁边的莫罗家庄园的管家。他的身份很好确认，因为他是这一带出了名的酒鬼，爱招惹是非，曾不止一次触犯法律。醉酒溺亡是很合理的死因，但他的脖子上有伤痕。警方没有任何清晰的线索，实际上他们对侦查工作也并不上心，不一会儿就走了。

我永远都无法得知究竟是谁指控了多利托，也永远都不会知道他是否真的应该为那个男人的死负责。那个周末，他被捕了，关在纳维尔，等上头一下令就要被押去萨克拉门多。我们立刻给何塞·安东尼奥打电话，他坐第二天最早一班火车赶回来。同时，里瓦斯家三个人都去提供证词，证明阿波罗尼奥·多洛是个非常温和的人，没有一丝暴力倾向，很多人都可以为此做证，尤其是孩子们。他们唯一争取到的是当天暂时不把他押去萨克拉门多，这样我哥哥还能赶得及。

何塞·安东尼奥没怎么当过执业律师，但当地连大字都不识几个的小警察并不知道这一点。这个地方的监狱实际就是个有笼子可以关押犯人的小破房子，何塞·安东尼奥出现时戴着礼帽打着领带，提着一只黑色公文包，其实空空如也但看着架势十足，说话的口气仿佛龙颜大怒的王者。他先是用法律术语把对方说得一愣一愣的，一看把他们唬住了，又塞了几张钞票作为给他们制造了麻烦的补偿。警察释放了多利托，并警告说以后一定会盯着他。多利托搭乘布鲁诺叔叔的小卡车回到家，在别人搀扶下才下了车，因为他被狠狠打了一顿。

我们一家和里瓦斯一家什么都没问。法孔达端出她的糕点房里最好的东西精心料理他,而比娅阿姨和她的老对手亚伊玛联手为他治疗。多利托尿中带血,因为伤着了肾;还断了好几根肋骨,连呼吸都困难。我寸步不离守着他,几乎被负罪感吞噬:他为了救我搭上了自由,差点连命都没了。当我向他表达感激之情时,他却重复着审讯中警察问起帕斯瓜尔·弗莱雷时他的回答:

"死掉的那个人,我不认识。"

何塞·安东尼奥说这句话可以有多种理解。

— 第二部 —
激情岁月（1940—1960）

7

到了第二年夏天,帕斯瓜尔·弗莱雷依然阴魂不散地出现在我们的交谈中,当然是趁多利托不在的时候,我们不希望他回想起那场噩梦。我在这时候认识了法比安·施密特-恩格勒,一个德国移民大家庭里的小儿子。这家人刚来我们国家时身无分文,但经过一二十年的辛勤工作,凭借长远的眼光和政府批给他们的土地及贷款,如今已然富甲一方。法比安的父亲是这附近最好的奶牛场的主人,他的母亲和姐姐们在距离纳维尔四公里的湖岸边经营一家颇受欢迎的旅馆,那里是远道而来钓鱼的游客们最喜欢去的地方。

二十三岁的法比安已经完成了兽医学的课业,正四处行医完成必需的实习以拿到文凭。他骑马来到里瓦斯家,马背上挂着两只皮袋子;身穿探险家的衬衫和裤子,全身上下得有三十个口袋；头上抹着发蜡，和所有外国人一样，一副找不着北的模样。他明明出生在这里，却庄重教条、倔强守时，仿佛初来乍到。

我刚好精心打扮完走出家门，准备坐布鲁诺叔叔的卡车去纳维尔火车站。今天我哥哥要从萨克拉门多过来，他和马可·库萨诺维奇在那里开了一间办事处。这是我第一个不跟随阿贝尔、露欣达巡回授课的夏天，因为要为秋天搬回城里做些准备。看到那个穿得像个地理学家的年轻人时，我以为他是几天前来这里观测鸟类猎奇的外乡人。谁也不信他们的说法，大家都无法理解怎么会有人好几个小时一动不动地用双筒镜盯着天空，就为了远远看一眼红头美洲鹫，还埋头做笔记。乡亲们都说他们可能是来考察地皮，做点只有英美佬才想得出来的生意。

"这里没有珍稀鸟类。"我跟他打招呼。

"那……有牛吧？"那个生面孔结结巴巴地说。

"有两头，叫格洛蒂尔德和莱昂诺尔，但是不卖。"

"我是兽医，我叫法比安·施密特-恩格勒……"他边说边下马，结果一脚踩在新鲜马粪上，把靴子弄脏了。

"这儿没有动物生病。"

"但以后可能会有的。"他说，耳朵红得快烧起来了。

"布鲁诺叔叔和比娅阿姨会给动物治病，如果情况严重我们就去找亚伊玛。"

"那，如果有需要你可以去巴伐利亚旅馆找我。"

"哦！你是开旅馆的施密特家的吧。"

"对，我们那儿有电话。"

"我们这儿没有，不过纳维尔有一部。"

"不要钱……我是说，我治病不收钱……"

"为什么呢？"

"我在实习。"

"我可不信布鲁诺叔叔会允许你拿格洛蒂尔德和莱昂诺尔来练手。"

法比安并未因此退缩。第二天的下午茶时间，他又来了，还带着旅馆里烤的库肯蛋糕。后来我才知道，突如其来的爱情令他前一晚辗转反侧，他一反往日的谨言慎行，从厨房里偷拿了一块蛋糕，骑了四十分钟的马来这里，期待着再次见到我。德尔·巴耶一族全体成员齐刷刷出面招待他，布鲁诺叔叔和多利托也在场。每个人都牢牢盯着这个突然闯入我们生活的兽医，生怕他试图拐走我。法孔达给他上茶的时候也很不满。

"少爷，您犯不着自带食物，我们这儿多的是。"看到库肯蛋糕时她嘀咕了一句。

法比安身上也有助他们发家致富的良好品质——自律和顽强。他打定主意要追到我，任何人和事都无法阻止他。无论是布鲁诺叔叔起初毫不掩饰的不信任,还是法孔达的唠叨,抑或是我的无动于衷,都没有让他打退堂鼓。我过了很久才察觉到他的心思,一直以来都把他当作有点无趣的远亲看待。那个夏天的整整两个月里,他每天都来看我们,以追求者卑微的姿态,大无畏地忍受喝不完的茶,对法孔达的各式蛋糕赞不绝口——他再也没有犯过带库肯蛋糕来这样的错误,从早到晚都陪我的母亲和阿姨打牌解闷。而我却躲在"鸟舍"里静静地看书。他的温和与平淡能帮他迅速获得他人的信任。

等感到自在之后,法比安终于改掉了让我恼火的那种吞吞吐吐的说话方式,但他是真的不爱说话;他和我这辈子认识的其他男人不同,对于不熟悉的话题,他宁可不发表任何看法。他的谨慎也可能被认为是无知,但并不妨碍他在治疗动物这个值得歌颂的职业上获得惊人的成就。如果我能记得的话,后面我会讲到。布鲁诺叔叔曾经粗暴地赶走了一个又一个年轻人,最后也习惯了他的来去自如;有一天还准许他出现在格洛蒂尔德产崽的现场,于是我们知道这个年轻人已经彻底获得了认可。

他的陪伴消减了我们一家的烦闷,与世隔绝的生活让我们没有太多可聊的话题,说来说去无非就是农田、乡邻、食物、疾病和药物。只有泰勒老师和特蕾莎来的时候,我们才能聊得火热。广播里的新闻对我们来说几乎是另一个星球的事情,和我们八竿子也打不着。法比安虽然不怎么发起话题，但他乐于倾听的态度鼓舞了其他人，我就是这样了解到一些原先不知道的家族史。比如我的阿姨们讲起了何塞·安东尼奥出生那年的地震、我出生那年的大流行病和我的另外四个哥哥出生那年各自的灾难。阿姨们认为这是命运的暗示，但我不这样想。这个国家多灾多难，任何一条生命的开始和终结都能轻松与其扯上关系。我还知道了我的奶奶妮维雅在一场可怕的车祸中被撞断了脖子，脑袋掉进了一个马场；我有一个阿姨能和鬼魂对话；曾经有只狗长到后来和单峰骆驼一样大。

也就是说，我父亲的家族比我以为的要传奇得多，我有些遗憾和他们断了联系。卡米洛，他们都是你的祖辈，你应该再深入了解，有些特质往往是刻在基因里的。当然，我们闭口不谈父亲，也从来不提为什么会远离这些亲戚而流放到圣克拉拉来。小伙子也忍住了没问。

法比安完全不懂得掩饰内心的躁动，所有人都看得出来，唯独我例外。见家里最小的孩子情窦初开，他的姐姐们便开始打听对方的情况，从而发现里瓦斯家境普通，但在当地口碑很好；德尔·巴耶家则是首都的一个大贵族，但八成是其中没落的一支，否则怎么沦落到成了里瓦斯家的亲戚，还住在他们家农场。她们当初若是打听到了阿尔塞尼奥·德尔·巴耶的丑闻，必然会要求弟弟和我断绝来往。我想他们家庭内部也讨论过，最后决定还是见一见法比安相中的这个姑娘。就在我动身去萨克拉门多之前不久，母亲、阿姨和我受邀去巴伐利亚旅馆吃午餐。布鲁诺开着小卡车送我们去，它早就取代了骡子拉的那辆老木板车。

施密特-恩格勒家的娘子军列队欢迎我们：母亲、姐姐和嫂子，还有一堆年纪不一的孩子，全都和法比安一样一头金发，白净优雅，是纯正的雅利安人。旅馆从那时起到现在一直都是一栋简洁的红衫木建筑，设计成斯堪的纳维亚风格，位于湖边高地上，透过巨大的落地窗能看到白雪皑皑的火山壮观的景象，正午时分宛如晴空中一座耀眼的灯塔。露台上的花园直接通向狭长的湖滨，里头繁花似锦，纵横交错的小径供宾客们散步。

露台上远离嘈杂的餐厅的地方已经摆好了一张长桌，铺着白色桌布，沙拉和冷肉盘之间都摆着插在玻璃瓶中的玫瑰花。后来我的阿姨们说，自从父亲开始走上破产的不归路、我们告别山茶花府之后，她们还是第一次享受此等精致午餐。

我想当时我的辫子、稚气的衣着和大家闺秀的举止给那几位女士留下了不错的印象，虽然我不是雅利安人，还有无法掩饰的贫穷。如果我和法比安结婚，在经济层面对他们家族没有任何助益，反而还成为一个醒目的污点。她们心里一定这样想过，但嘴上没说，因为她们受过的良好教育不允许她们明确表示反对。移民和第二故乡的人迟早要融合，这是不可避免的；不过这种事恰好落到他们家头上也确实无奈。卡米洛，这并不是我的偏见，当时有些外国移民依然生活在封闭的圈子中。有半打有地位又优秀的适龄德国女孩比我更适合法比安；况且他还太年轻，也没有拿到文凭，无法自力更生又不愿意子承父业。

法比安确定我没有被他家人彻底否决后，决定趁他们还没改主意，赶在我去萨克拉门多之前行动。第二天，趁我的阿姨们不注意之际，他把我拉到一边，声音微颤着说要跟我单独谈谈。我把他带去了"鸟舍"，这里除我之外几乎无人踏足。我在门上挂了一块木牌，上面写着"男女禁止入内"。午后的阳光照亮了还散发着松木味道的屋子。家具主要包括一块架在铁棍子上、当书桌用的大木板，几只书柜，一只行李箱和一张显得格格不入的长沙发。我指了指沙发让他坐，自己坐在了唯一的一把椅子上。

"你知道……我……我要说什么，对吗？"法比安话说得磕磕巴巴，手里不停揉搓着一块手帕，他习惯在身上众多的口袋里塞上三块手帕。

"不啊，我怎么会知道呢？"

"请你跟我结婚吧！"他突然抛出这么一句话，几乎是喊出口的。

"结婚?我才刚满二十岁呢,法比安,怎么能结婚呢?"

"不一定……非得是现在……我们可以等等……我很快就毕业了。"

我的阿姨们和布鲁诺叔叔不止一次拿兽医的每日来访打趣,这显然也给我制造了一个印象:他对我有意思;在圣克拉拉也不可能有第二个人吸引这个年轻人的视线。可他的这番表白还是让我吃了一惊。我确实对他有好感,只是有点厌烦他的频繁出现;但如果哪天下午他没按时出现,我又会略带焦躁地不停看摆钟。

他提结婚时,我第一个想到的是对于在德国侨民区生活的畏惧,觉得自己如同一只混在天鹅群中的光秃秃的丑小鸭,嫁给法比安简直是痴心妄想。可见到眼前的他手足失措、在初恋的激流中挣扎的样子,我又不忍心断然拒绝。

"对不起,但我现在不能给你答复,我得好好想想。我们再等一段时间,正好彼此也加深了解,你看行吗?"

法比安深吸一口气,约莫有一分多钟不敢呼吸,并用手帕擦拭额头,如释重负,连眼睛都湿润了。我怕他哭出来,于是往前走了几步,踮起脚亲吻他的脸颊。但他直接吻住我的嘴唇打定主意要引诱我。我被这个看似谨慎有分寸的男人出人意料的举动吓得往后一退,但他没有松开我,而是继续吻着,直到我在他的怀中放松下来并开始主动回应，探索着新发现的这种亲密接触。

卡米洛，我很难描述当时令我震撼的那些复杂而矛盾的情绪，因为过了这么多年，那种迫切的欲望早已消失，这段回忆变得光怪陆离，仿佛是发生在另一个人身上一时的精神错乱。我想应该是既感受到了性意识的觉醒、愉悦、兴奋、好奇，也混杂了对于轻易承诺、没有退路的恐惧。不过对与性相关的事情我都不太确定，我都忘了那是什么感觉了。

我没有跟任何人说过发生了什么，但所有人（包括单纯的多利托）都猜到了，因为法比安和我之间的气氛变了。我们被难以抑制的冲动驱使着，寻找各种借口躲进"鸟舍"。温存的亲密程度也很自然地不断加深，但他固守着婚前所允许的底线，没有任何事能让他逾矩，无论是他炽热的爱还是我热情的回应。我怕怀孕，也受过严格的教育，但面对法比安伪君子的这一套我偏就生出了叛逆心理。要是他同意，我们早就赤身裸体地做爱了，也不用这么衣冠不整地小打小闹累个半死了。这么说吧卡米洛，在那个年代，我这样的女孩是不应该在婚前同未婚夫或者其他人睡觉的。我可以肯定很多女孩其实都睡了，不过就算打死也不承认。那时候避孕药还没有被发明出来。

趁我离开前我们还可以每天见面的那段日子里，我们躲在茅屋里、马厩里或马场的玉米地里探索彼此的身体，法比安就此坚定了要爱我一辈子的决心，后来又在他的信里对我重申了千百次。我则平静地接受了将来嫁给他的想法，毕竟每个女人最终的归宿都是成为妻子和母亲。

"法比安是个好人，勤劳正派，光明磊落，和家人感情好，兽医这个职业也受人尊敬。"比拉尔阿姨说。

"这个小伙子就是那种忠贞不贰，一生只为轰轰烈烈爱一场的人。"比娅阿姨还是这么无可救药地浪漫。

"阿姨，他就是个闷葫芦，而且一成不变，我现在就能看到他十年后、二十年后，甚至五十年后的样子。"我驳斥道。

"找丈夫，沉闷的总好过轻佻的。"

这两个老姑娘哪里懂什么爱情和婚姻呢？我喜欢和法比安之间的性爱游戏，虽然会让我既渴望又气恼；但这个高高瘦瘦、体态僵硬、举止庄严、有着清教徒习惯的男人对我缺乏肉体和情感上的吸引力。他应该会是个很好的丈夫，可我一点儿也不急着结婚。我想再多品尝些自由的味道，然后再待在他身边安心过日子，在他家族一成不变的安稳中生儿育女。那样的未来就像一马平川的草原，没有任何非同寻常的大事，没有邂逅与纠缠，没有冒险，只有一条大路笔直地通向死亡。

8

十九世纪末,十四岁的马可·库萨诺维奇孤身一人离开克罗地亚,身无分文的他只有一张字条,上面写着一个十年前去了南美的亲戚的名字。他从来没有见过地图,也没想过有多远的距离;不确定该朝哪个方向走,也不会说一句西班牙语。他在一艘货船上干活来抵路费,船长也是克罗地亚人,很同情他,让他给厨师打下手。下船后,他却怎么也找不到字条上的那个亲戚,因为他搞错了国家,人家其实在伯南布哥。他比同龄人都强壮,所以为了谋生找的都是码头装卸工、矿工之类的体力活,直到最后在阿尔塞尼奥·德尔·巴耶的锯木厂当总管。他天生有领导才能,也喜欢山中粗放的生活。他在锯木厂一干就是十一年,直到它最后关门,便准备重找一个户外作业的工作,因为在城里实在是待不惯。何塞·安东尼奥的那通来电仿佛是命运的安排。

和马可·库萨诺维奇谈妥之后,我的哥哥与他紧紧握手,这一举动对于双方来说足以代替签署协议;但出于法律因素的考虑,他们还是得在萨克拉门多一家公证处注册公司。签文件时,何塞·安东尼奥将他的姓氏写作德巴耶,代表与过去一刀两断,也证明他与父亲毫无关联。

何塞·安东尼奥在杂志上看到,其他国家已经兴起装配式的预制木屋,但在我们这儿还没人动过这方面心思,这里动不动就来场地震连地基都毁掉,然后又得匆忙重建。马可懂木材,何塞·安东尼奥能筹措贷款、摆平法律和行政事务。他跟着父亲做生意学到不少,父亲的惨败也给了他很多教训。

"我们会以诚信而为人所知。"他这样对马可说。

首先是构思一张基本设计图,图中的各部分嵌板尺寸固定,一部分是平滑的,另一部分带门窗。如果要扩建房屋,只要增加样板组件的数量就够了;这样可以装配小至微型住房,大到整间医院。何塞·安东尼奥夹着设计图去了萨克拉门多地区银行,申请到了足够赎回原先那间锯木厂的贷款。临走时,银行经理请求成为项目的注资合伙人。这为哥哥打开了全省金融世界的大门,从此没有人再质疑德巴耶这个姓氏。于是,"乡间小屋"公司就这样成立了——现在它依然存在,只不过已经不属于我们家。

第一年，何塞·安东尼奥和马可一起驻扎在山林里，他们让锯木厂起死回生，并安排好将木板运送至开设在萨克拉门多郊外的嵌板工厂。第二年他们进行了分工，马可主管生产，何塞·安东尼奥开了一间办事处负责卖房子。起初的订单都来自省里的农场主，他们需要微型住房提供给雇用的临时工；后来的订单是低收入家庭的套间。这里的人从来没见过这么高的效率。几个工人先来浇筑水泥和铺设管道；水泥刚一干，运样板组件的卡车就来了，两天内就能搭建完毕；第三天把屋顶装上，工人们就可以享用一顿用葡萄酒腌过的美味烤肉来庆祝完工。这是乡间小屋公司对他们的犒劳，也是绝佳的广告。

他们建造的第一个样板间很实用，但看着像狗窝。房子外观太过简洁，容易让人联想到凄苦的生活，在这一点上马可、何塞·安东尼奥和我三个人意见一致。他们提议用植物装点掩饰一下，但恐怕得要整个树林才能把屋子完全盖住。我突然灵光一现，想到可以在屋顶上铺上一层尖叶须芒草，印第安人就用这种稻草搭茅屋。这既呼应了"乡间小屋"这个名字，又能遮住瓦楞纸板太过普通的外表。这个方法一举成功。省里的报纸刊登了何塞·安东尼奥站在样板间旁的照片，还评价说房子不但舒适、便宜，戴上稻草假发还很美观。没过多久，他们的生意越做越大，因而有能力扩大嵌板生产工厂并聘请建筑师。

那一年，我说服了哥哥雇我工作，因为稻草屋顶的主意是我想出来的。我在圣克拉拉这一方小天地里生活了这么多年，已经快闷坏了；我必须在被法比安平淡无奇的人生拴住之前看看外面的世界。里瓦斯一家想让我学着做老师，因为我有教书的天赋和经验，但我不喜欢小孩子；小孩子唯一的优点就是会长大。

我的母亲和阿姨们也认为在萨克拉门多待一两年对我有好处，只有多利托反对，因为他无法想象没有我的生活；法比安也是一样。相反，施密特-恩格勒家想必为我俩的暂时分开暗自欣喜——运气好的话没准就是彻底分开了。他们一定在想，城里有更适合我这种女孩的年轻人，同时他们也能在德国侨民中积极物色更适合法比安的结婚对象。

旅途的准备工作提前开始了，因为我需要置装；我不能在萨克拉门多也整天只穿麻布工装裤、木底拖鞋和印第安斗篷。泰勒老师从首都给我们寄来了做衣服的模板和做帽子的料子，缝纫机连续工作了几个星期。连平时喜欢和布鲁诺叔叔一起钉马掌、犁地的比拉尔阿姨也加入了集体工作。他们将一根铁棍临时当作挂衣架，一点一点地把我要带去城里的衣物挂上去：从泰勒老师给的杂志上学来的裙子、外套、一件兔皮领子和袖口的大衣、丝绸衬裙和睡衣。除了何塞·安东尼奥带回来的布料，我们还用上了母亲那些优雅高贵的裙子，不过它们已经被闲置了十年，只能被改制成现在流行的款式。

"你可得爱惜这些衣服啊，维奥莱塔，以后它们就是你的嫁妆了。"比拉尔阿姨提醒我时，手里正拿着剪刀准备把我的辫子剪掉。

所有人——包括几乎从不下床的母亲——都去车站送我。我带着三只沉甸甸的行李箱和一盒帽子，这四件行李当初曾陪伴我们开始"那段流放"；我还带了一只很大的篮子，里面装着法孔达给我准备的干粮，足够分给同行的旅客。法比安选在最后一刻从车窗递给我一个装着钱和情书的信封，这样我便无法拒绝。信里的措辞热情似火，我甚至怀疑是有人口述他照着听写下来的，因为实在难以相信他有这样的文采。一说起感情他的舌头总是格外不利索，手中握着纸笔时却能表达得无拘无束。

临行前的最后几天，众人的紧张情绪也传染给了我；这是我第一次独自出远门，法比安提议由他一路护送我到萨克拉门多车站，何塞·安东尼奥会去那儿接我。然而，在露欣达的坚持下，我拒绝了。她是特意中断了夏季巡回教学和阿贝尔一起来送我的。

"你不是个小女孩了。你得维护你的独立性，不要让别人替你做主。所以你得学会靠自己。懂我的意思吗?"她这样说道。

我永远忘不了她这番告诫。

我去了萨克拉门多,给哥哥何塞·安东尼奥当助手;一年之后的一天,布鲁诺叔叔给我们打电话,说母亲情况很不好。我们不是第一次接到这样让人胆战心惊的电话。二十年前母亲的身体就垮了,我已经多次在脑中预演过她临终的场景,最后学会不去在意她的病情。但这次情况很严重。布鲁诺叔叔要我们尽快回去,并找到我的另外几个哥哥,希望他们来得及见她最后一面。

就这样,我们德尔·巴耶六兄妹在父亲的葬礼之后第一次团聚。十年过去了,我几乎认不出另外四个哥哥,他们已经是几个孩子的父亲,有着良好的事业和崇高的社会地位,是家底雄厚的老派富翁。我想他们也觉得我很陌生。他们记忆中的我还是最后一次见面时火车车窗里那个扎着辫子的小女孩,而眼前的我已经是个二十一岁的成年女人。卡米洛,感情也需要悉心培养,就像给植物浇水一样,但我们任由它枯竭了。

我们见到母亲时她已经陷入昏迷,整个人萎缩得只剩皮包骨头。我以为我们来迟了一步,母亲已经离世,而我还没来得及告诉她我爱她。我的胃开始不住抽搐,每当我极度焦虑的时候就会有这种折磨人的反应。母亲的皮肤发青，嘴唇和手指因为多年来一直与呼吸不畅抗争而发紫，而她最终还是败下阵来。她艰难而痛苦地断断续续吸气，突然会有一两分钟没有呼吸；当我们以为她走了时，又出乎意料地呼气。厅里的桌子和沙发搬走了，她的床移到了这里，方便家里人照顾。

几小时后，法比安闻讯赶来，还给我们带来一名医生，也是他的一个姐夫。病人已经无法出门看诊；这一带有几家诊所，但最近的医院在萨克拉门多。医生诊断说母亲的肺气肿已经发展到了末期，回天乏力，时日无多。所有人都同意一点：眼睁睁看着母亲继续这样遭罪实在是太可怕了。比娅阿姨承认连自己的妙手也无法减轻妹妹的痛苦，那便只剩最后一个办法：去请亚伊玛。

阿贝尔和露欣达去她的公社找她。亚伊玛出身巫医世家，先天具有治病、做预知梦和感知神启的天赋，后天更是通过练习和良好的品行强化了这一能力。"有些人用自己的力量作恶，有些人治病要收钱，这样做都会扼杀天赋。"她说。她是灵魂与大地之间的纽带，懂植物和仪式，必要时能消除负能量让生命恢复生机。她让我的哥哥们离开屋子，只留我的阿姨们、露欣达、法孔达和我在她身边，然后正式开始。她跟我们解释说，她要做的是帮玛丽亚·格拉西娅渡往"那一边"，就和帮助即将出生的孩子渡到"这一边"一样。

三年前,里瓦斯家的田产就通上了电,是我们私自从高压线上接来的。但亚伊玛命我们关掉灯和广播,点燃蜡烛并围着床摆成一圈,还点燃鼠尾草让烟雾在周围弥漫来净化能量。

"大地是母亲,赐给我们生命,我们求她保佑。"

亚伊玛用一根黑布条蒙住眼睛,仔仔细细地触摸着检查病人。

"她用双手能摸到眼睛看不见的东西。"法孔达对我说。

接着,亚伊玛摘掉布条,从袋子里找出一些粉末,掺了一点水混合之后用小勺子喂给母亲。我想垂死之人应该不会吞咽,但那汤药还是留了一点在她口中。亚伊玛拿起我第一次去公社时在她的草屋里见到的那面鼓,开始有节奏地敲击起来,还用她的语言念念有词。后来法孔达告诉我们她在召唤天父、地母、临终之人的祖先的灵魂,请他们来寻她。

击鼓仪式持续了好几个小时,中间只有一次中断,是为了重新点燃鼠尾草树枝,用它的烟雾净化能量,并给病人再喂一次药。刚开始,比娅和比拉尔阿姨念诵她们的基督教经文;露欣达在一旁观察,努力记住细节准备过后记录到笔记本上;法孔达也用她的语言与亚伊玛齐唱;而我胃疼得蜷缩起来,轻轻抚摸着母亲。但没过多久,幽闭、烟雾、鼓声和死神的存在感令我们不觉恍惚起来,所有人都停了下来。每一次击鼓都似乎作用在我的身体上,直到我不再强忍疼痛和痉挛,向一股奇怪的倦意投降。

我一定是灵魂出窍了,否则无法解释这种游离于时空之外的感觉。这种经历无法描述,仿佛消失在宇宙的黑洞里,脱离自己的身体、情感和记忆,丢失了将我们与生命相连的脐带。过去和现在统统消失不见,但同时我又无处不在。我无法说这是一趟灵魂之旅,因为连相信灵魂存在的直觉也随之一同消失了。我想这种感觉就如同死亡,在我生命的最后一刻我将再次体验。魔性的鼓声停下时,我终于恢复了意识。

仪式结束后,亚伊玛和其他人一样筋疲力尽;她接过法孔达拿来的马黛茶,然后在一个角落里沉沉睡去恢复体力。烟雾开始散去,我确认了母亲的情况,她静静睡着,不再受到窒息的折磨。当晚,她的呼吸微弱无力,我好几次把镜子放到她嘴边看她是否还活着。凌晨四点,亚伊玛敲了三下鼓,宣布玛丽亚·格拉西娅已经去见天父了。我一直躺在母亲身边握住她的手,但她离开得太过平静,我居然丝毫没有察觉。

我们六兄妹坐火车将母亲的遗体送回首都,将她和丈夫一起安葬在家族的墓地。好几个月里,我都无法为母亲的死流下一滴眼泪。我想起她时心中总是隐隐作痛,回顾生命中有她出现的那些年,怨她郁郁寡欢,不够爱我,也没做任何事来拉近我们的距离。我为我们失去了做一对普通母女的机会而气恼。

有天下午,我独自一人在办公室忙着处理订单时,突然感觉周围变得冰冷；我抬起头想看窗户是不是开了，却看到母亲站在门旁，穿着旅行大衣，手里拎着提包，似乎在车站等火车。我纹丝不动，甚至不敢呼吸，生怕把她吓跑。

"妈妈，妈妈，你别走！"我无声央求道，但她瞬间消失了。

我无法抑制地大哭，喷涌而出的泪水洗涤我的内心，带走了所有的怨恨、责备和痛苦的记忆。从此，母亲的灵魂常常悄然而至。

9

我按当时的风俗为母亲服丧一年,加上世界大战的爆发,我和法比安的婚期推迟了。他的职业不受重视,因为农业的发展水平还停留在上个世纪,这其中也包括畜牧业。一些欧洲移民的庄园里已经在效仿美国的高效生产方式,但像里瓦斯家这样的小农户仍然用骡子或者借来的水牛耕地。他们的牲畜都是格洛蒂尔德和莱昂诺尔这样的奶牛,吃苦耐劳,肯听使唤,但没什么派头,看着不起眼。

在这个省里当兽医就像推销员;他们挨家挨户上门给动物打疫苗,治疗生病或受伤的动物。干这个工作是发不了财的,但我俩对发财都没有什么欲望。法比安喜欢动物,他干这行不是为了钱,纯粹是理想;我过惯了清贫朴素的日子,也没想过要换一种生活。我们只求过得相对舒适,这个要求不难满足,因为我们可以靠施密特-恩格勒家族的支持,他们最终无奈地接受了我未来新娘的身份。法比安的父亲和对待其他儿子一样,送给他几亩地;何塞·安东尼奥提出帮我们盖一栋自己的乡间小屋,这座小屋是由我自己设计的,将未来有孩子的生活一并考虑在内。

欧洲爆发第二次世界大战的消息令人不安,但毕竟远在千里之外。尽管美国向我国施压,要我们向轴心国宣战,出于经济和安全因素的考虑我国仍保持中立。我们容易受到海面上的进攻,假如可怕的德国潜水艇发动攻击,我们将无力招架。另外,众多的德国侨民和意大利侨民也不容忽视。甚至有纳粹党闹出不少动静,戴着纳粹十字臂章,在街上举着旗帜游行。日本人未曾出现在这里,至少我记忆中没有。

施密特-恩格勒一家和当地所有德国人一样支持轴心国的立场,但也避免与支持同盟国的其他人为敌。法比安对这一话题闭口不谈,冲突不是他平日的关注对象。我不明白战争爆发的原因,不清楚细枝末节,也不在乎谁输谁赢;不过哥哥和里瓦斯一家努力引导我反对希特勒和法西斯。当时人们还不知道种族灭绝营里穷凶极恶的罪行;直到战争结束时,随着照片的公布和相关影片的拍摄,我们才有了详细认知。

何塞·安东尼奥和里瓦斯一家密切关注军队的行动,他们用大头针在欧洲地图上作标记,可以明显看出德国人正在蚕食欧洲大陆。1941年，日本轰炸了珍珠港的美军舰队，罗斯福总统向轴心国宣战。美国的介入是阻止德国人步伐的唯一希望。

人类在欧洲相互厮杀，众多历史古城沦为战火中的废墟，留下数百万寡妇、孤儿和难民；与此同时，法比安正致力于人工授精。当然，是给动物，不是人类。这个想法并不是他的独创，几年前就有人在羊和猪身上试验成功过，但他想到了在牛身上施展这一技术。细节我就不展开了，我只能说整个过程在我当时和现在看来都缺少对母牛的尊重。我也不愿去想如何从公牛身上获取需要的东西。在法比安的试验成功之前，繁殖遵循大自然的规律，是结合了本能与运气的产物。通常公牛骑到女朋友的身上，小牛犊就出生了。最好的公牛是出租的，得调运它们，把它们圈起来好生看管，因为它们脾气可不太好。这也解释了母牛为什么经常抗议。

法比安研究出了能将品种优良的动物精子保存数日的方法，这样他只需要有一头公牛，把握好时间，就能给几公里内的上百头母牛授精。如今精子可以保存几年之久，也可以送往世界各地；因此，巴拉圭的年轻母牛甚至可以生下已经过世的得克萨斯公牛的后代，这在当时只可能是科幻小说的情节。

唯一一个迅速明白这个新概念拥有很大优势的是法比安的

父亲,因为他的奶牛场养了一大群母牛;于是,在父亲的支持下,法比安在棚屋里搭建了一个实验室,开发技术,添置必要的器具,研究操作器具的最佳方式。后来的数月,甚至数年内他一心扑在这件在我看来很色情的事业上,渴望在多种动物身上进行试验:赛马、品种名贵的狗和猫、动物园里的珍奇动物和濒临灭绝的动物。我承认我嘲笑了他好久,但他没有受我的嘲讽影响,依然沉迷其中;他唯一的请求是要我当着别人的面不要发表评论让他难堪。

当我发现他的项目为我的公公和其他农民带来切实的好处时,便再也不嘲笑他了。很长一段时间内他都是全国最知名的兽医,接受报社的采访、开讲座、写教材、去各地农村出差培训农民,改善了好几个拉美国家的牛群状况。他经常向我诉苦,他面临的最大困难是未找到长时间储存精子的方式,而这个问题似乎到六十年代才得以解决。法比安的名气并没有化作金钱;假如没有父亲的帮助,他甚至无法继续自己的研究。

虽然工作强度大得令他无暇顾及其他,法比安仍然以日耳曼式的坚持不懈恳求我嫁给他。他说,我们还等什么呢?我二十二岁了,也已经在萨克拉门多锤炼了两年。他所谓的"锤炼"实在是个笑话:我随哥哥生活和工作,他像看犯人一样管着我;萨克拉门多是座懒散的城市,生活在其中的人虚伪狭隘,爱嚼舌根。相比之下,里瓦斯的农场都比这个省会城市对人的头脑提出更多的挑战。

在我曾经的家教老师和特蕾莎·里瓦斯这对爱人所生活的年代，同性恋是贵族和艺术家的特权。前者行事谨慎，极其隐蔽，比如我一个名字不值一提的远亲。后者向来无视社会规则和宗教戒律，他们中公开的极少：某个记者、一些作家、一位世界知名的诗人、个别演员，但还有很多秘而不宣的。

起初，泰勒老师和特蕾莎·里瓦斯住在特蕾莎的阁楼里，生活拮据；没过多久，泰勒老师在一所女子学校找到了当英文老师的工作，之后在那里教了二十年的书，从未有人怀疑过她的私生活。在世人眼中，她是个老姑娘，是像阿米巴原虫一样的无性恋。她薪水不多，但也上私教课，因此租得起中产阶级社区里的一套简朴的小房子，终于有地方摆下那架三角钢琴。何塞·安东尼奥宽裕之后，就每月给她补贴，否则光靠泰勒老师的薪水她们只能勉强应付基本开支。

特蕾莎·里瓦斯辞掉了国家电信公司的工作，全身心地投入到女权运动中。她参与了一些专门争取女性权益的机构的活动，这些权益包括：投票、子女抚养权（过去只属于父亲）、自由支配收入和享受劳动保护、遭遇暴力时的自卫权等等；总之，都是些得益于后来天翻地覆的法律改革，如今我们看来理所应当的权利。他们还提出了堕胎权和离婚权，被天主教廷斥为最具煽动性的言论。那个年代还有下地狱一说。特蕾莎说，假如是男人生孩子，又得忍受丈夫，那么堕胎和离婚甚至会被尊为圣事。她认为男性对于女性的身体无权发表看法，更不用说对此立法约束；他们根本不懂怀孕的艰辛、分娩的疼痛和母亲这一身份所意味着的永无止境的奴役。

特蕾莎每隔一段时间就只能在监狱里宣扬这些激进观念，因为她公开发表这类观点，在街头制造混乱，鼓动工人罢工，闯入国会，甚至有一次在公开活动中袭击国家总统——报纸上说在一家奶粉工厂的落成典礼上，一名疯狂的女权主义者向总统投掷熟番茄。对此她辩解说美国人的这桩生意就是为了用罐装垃圾取代神奇的母乳。她被关了四个月，最后何塞·安东尼奥帮她恢复了自由。

这两个女人冬日的圣克拉拉之行成了我们的年度盛会。她们带来首都的新闻和全世界的进步观念，我们听得既惊恐又羡慕。我想，不知何时何塞·安东尼奥已经接受了泰勒老师永远不会嫁给他的事实，但我怀疑他并不清楚个中缘由。谁也没料到她俩之间存在着超出友谊的关系，至少我从来没有想过。

特蕾莎·里瓦斯及其他女性为改变世俗观念和法律的持续斗争逐渐取得了成果。虽只是龟速前进，但我漫长的一生确实见证了我们的进步。我想如果特蕾莎和泰勒老师还活着，一定会为她们的成果自豪，并继续为未竟的事业奋斗。特蕾莎总说,任何东西都不是别人给我们的,只能靠自己争取,稍不留神还会被夺走。

我从不和母亲或阿姨们谈论这些,也不和法比安提,更不用说和他的家人。我背着未婚夫偷偷看特蕾莎给我的书和杂志,只跟露欣达和阿贝尔讨论,他们和自己的女儿一样激进。一想到我将结婚生子,变成家庭主妇,成为丈夫的影子,过完平庸的一生,我的内心就萌生出无声的反叛和压抑的愤怒。

"如果你没有和法比安共度余生的信念,那就别嫁给他。"泰勒老师对我说。

"他已经等了我这么久。如果我现在不嫁,就得永远结束这段恋爱。"

"这总好过你顾虑重重地嫁过去,维奥莱塔。"

"我快二十五岁了,早就过了该结婚生子的年纪。法比安很优秀,也很爱我,他会是个好丈夫。"

"那你呢?你觉得你会是个好妻子吗?你得想清楚了,维奥莱塔,我并不觉得你爱他。你一直都很叛逆,听从你内心的直觉吧。"

我的内心也有和泰勒老师相似的疑虑,可我已经和法比安订婚了,在所有人眼中我们已经是一对,我没有任何正当理由抛弃这个好男人。我觉得自己一旦离开他,便注定孤独终老。我缺乏特别的天赋和理想来为我指明一条与其他女人截然不同的道路。泰勒老师提到的叛逆非但没有给我力量来掌握自己的命运,反而令我不堪重负。我想成为她和特蕾莎那样的女人,但代价太过高昂。我没有勇气牺牲安稳来换取自由。

1945年,在将近五年的恋爱之后,法比安和我结婚了。大家都用"柏拉图式"来形容我们的恋爱,但结婚时我早就不是处女了。这完全是意外,我和法比安某次擦枪走火,当天晚上我发现内裤上有血迹,而我并不在经期,我这才明白过来,但没有告诉法比安。卡米洛,你别问我为什么这么做。我们的小打小闹还是一如既往:我们兴奋得近乎癫狂,衣衫不整,但又混杂着负罪感、不适感、胆怯和窘迫,最终他羞愧难当而我感到沮丧。自从我在萨克拉门多安顿下来,我们见面就少多了。每次他来都住在宾馆里,只要他同意,我们就可以在宾馆里幽会。在宾馆的床上做爱我们可以事先筹划,还可以用上安全套,任何一个男人都能买到,但它们不卖给女人。我们得万分小心,要是何塞·安东尼奥起了疑心,一定会杀了我,他不止一次警告过我。他说我有责任爱惜他和家族的名誉,但当我反问他的名誉和我的贞洁有什么关系时,他却恼羞成怒。

"你蛮横无礼!那都是特蕾莎给你脑袋里灌输的思想。"

在某些方面,我的哥哥还是个未开化的野蛮人,但我知道他不会真下得去手。他本质上是个好人。

卡米洛，让我插句题外话，跟你聊聊避孕药，虽然你不需要关心这个。我的母亲生了六个孩子，还遭遇了几次流产，直到后来用上了我国第一位女医生推荐的方法才就此打住。这位医生冒着被逐出教会和被政府逮捕的风险四处宣传这种方法。我的母亲背着父亲偷偷学习医生发的宣传册，按照上面的说明，在行房之前先用甘油冲洗阴道，事后在温水里加入过氧化氢溶剂再冲洗一遍。她把冲洗用的辅助器藏在帽盒里，她知道丈夫阿尔塞尼奥·德尔·巴耶结婚是为了拼命生孩子来延续香火、光耀门楣，他要是发现了帽盒里的秘密，非得气晕过去不可。她经常听到他不容辩驳的说教，说一个女人神圣的职责就是将健康的孩子带来这个世界，他的母亲便是如此。当我宣布终于要结婚时，比娅阿姨把那套用报纸裹起来的药浴用具交到我手里，面红耳赤地小声教我怎么使用。

我终究还是用光了拖延婚期的所有借口，于是我们宣布10月结婚，没想到世界大战正好在婚前一个月结束。通常由新娘家举办婚礼；为了不伤我们的面子，施密特-恩格勒家巧妙但坚决地提出在巴伐利亚旅馆举办。无论是社会地位还是经济水平，他们都在我们之上。

阿姨们重新搬出尘封的缝纫机完善我的嫁妆。露欣达也来帮忙，这时她已经不再骑马巡回授课，说是七十多岁的身体吃不消这样颠簸。她们做了床单并绣上新婚夫妇的姓名缩写,还做了各种尺寸的桌布。我不想让她们改制母亲结婚时穿的裙子,它从上世纪末就一直躺在放着樟脑的箱子里,而我想要一件没有黄油色花边、属于自己的裙子。泰勒老师在首都买了一件时髦的婚纱,给我寄了过来。那是一条白色棉缎的裙子,没有装饰,通过斜裁凸显身材,还配了块头巾,我戴着看起来像个护士。

我们举行婚礼的教堂非常漂亮,是当地的头一批德国移民建造的。我挽着何塞·安东尼奥的手臂步入教堂,因为他是我唯一一位参加婚礼的哥哥;阿姨们激动得流下眼泪,里瓦斯一家、多利托、法孔达、泰勒老师、特蕾莎和纳维尔的村民全都来了。教堂中殿的一侧坐着新郎的家人和朋友,身材高大、衣着光鲜亮丽;另一侧是我的亲友,外表相形见绌。

婚礼上还有一个惊喜是马可·库萨诺维奇的出席。他那时应该快六十岁了,过着蛰居的生活,我们很少见到他。为了监督工厂的生产,他在萨克拉门多有一间简朴到几近清贫的公寓。不过,一有机会他就去我们播种的松树林,在保证不大肆砍伐原生林的前提下获取木材;或是去山里的锯木厂,只有在那里他才感到幸福。公司的管理、账目和盈利等事务在他眼中一文不值;若不是我的哥哥许诺要以诚信为人所知,轻而易举地就可以占尽他的便宜。

马可留着先知似的浓密胡须，穿着夹克衫，可其实他连兔子都不敢杀。他送了我一只亲手雕的石像作为礼物，我们这才知道他还有这么个隐藏的技能。我们听说他老来得子，现在有一个四五岁的儿子。孩子的母亲是个年轻的土著姑娘，中学毕业后在一间纺织厂工作，会一直抚养孩子到他上学的年龄。马可承认这个叫安东·库萨诺维奇的孩子，还夸他很聪明。

"我要让他接受最好的教育。他和他的母亲都会过上好日子。"他很激动地对我们说。

战争以德国战败和希特勒丧命告终，这个结果像乌云一样笼罩在德国移民的头顶。在我的婚礼上大家都对此避而不谈；支持轴心国还是同盟国，人们的立场就代表各自的为人，会引发不愉快的争论，所以六年来我们一直都回避这个话题，现在更不愿因为它而毁掉一场婚礼。纳维尔的乡邻们对欧洲的冲突并不关心，因为距离遥远，对他们没有影响；但这对里瓦斯一家、我的哥哥、泰勒老师和特蕾莎来说至关重要。9月2日那天，我们用烤羊肉、奇恰酒和法孔达的美味糕点庆祝和平，当然，没有叫上法比安。

我们终于能像我无数次想象的那样，一丝不挂地在旅馆的大床上享受鱼水之欢。我的丈夫既体贴又温柔。

婚后第二天，我们坐火车去首都。母亲葬礼之后我再也没回来过，这次我也只是去了趟墓园外加拜访几个哥哥。首都对法比安来说毫无新鲜感,他经常来出差。这座城市变化很大,我本想多留几天好好逛逛,去看看童年生活过的地方,再去一趟剧院,但我们要去里约热内卢度蜜月,法比安刚好去那儿讲课。商务飞行已经恢复正常,先前打仗的那几年航班极其有限。我的第一次空中之旅最后在数小时的焦躁不安中度过。旅行的一身行头让我很是受罪:束腹带、长筒袜、高跟鞋、紧身西装裙和外套、帽子、手套、毛皮围脖;我坐得头晕目眩、胆战心惊,甚至呕吐,只有每四个小时飞机中途经停加油的时候才能暂时缓一缓。

我已经不太记得蜜月过得如何,因为肠胃里的虫子作祟,我几乎从头到尾都只能透过窗户望着科帕卡巴纳迷人的海滩,只能喝茶,与著名的卡琵莉亚酒无缘。不用工作的时候,法比安体贴入微地照顾我。他承诺将来会带我再来巴西度一次真正的蜜月。

我的哥哥信守承诺,在一周内建好了我们的爱巢,并在屋顶铺了双层当地最好的须芒草。我替他工作的那些年里,何塞·安东尼奥的事业蒸蒸日上,连他自己都始料未及。这当中也有我的一部分功劳,因为我往往能贡献通常是专业建筑师才会有的主意。让他赚到最大一桶金的项目是在湖边建一个乡间小屋社区,然后在首都以翻倍的价格当作度假屋出售。

"这个想法太愚蠢,维奥莱塔,我们离首都那么远,没有人会坐几个小时的火车或是开车来结冰的湖里游泳。"何塞·安东尼奥反对道,但他还是听进去了。

项目获得了辉煌的成果,后来对同类项目感兴趣的投资者蜂拥而至。我负责寻找合适的地点,协调购买地皮和办理施工许可等事宜。

"我们每卖出一套房子,你都得给我丰厚的提成。"我向哥哥提要求。

"怎么?维奥莱塔,难道我们不是一家人吗?"他答道。

"就因为我们是一家人,所以得多给点儿。"

那时候我的日子过得很节俭,开销很少,因为我和何塞·安东尼奥一起生活,在萨克拉门多也没什么消费诱惑。我把钱省下来,在公司开户的那间地区银行申请贷款,然后买下一块地,认购八套我们建的房子,再在周围建满花园和一个公共泳池,这样能使售价看起来更合理。房子卖得很好,我还清贷款后再重新买地,如此周而复始。婚前我建了四个这样的社区;而正如我告诉法比安的那样,我想继续投资这桩生意和以后会出现的别的生意。这着实非同寻常:我社交圈里的女人都不工作,在乡下这种比别处落后数十年的地方,女人工作更是无法想象。

我向法比安保证我的工作不会妨碍我成为好妻子、家庭主妇和未来的母亲，他只得勉强同意。除了社会压力之外，这份工作还意味着他的妻子将要在乡下和城里之间两头跑。我是个执着的人，一旦脑中有了什么想法就不会让它溜走。于是，在法比安以一个学者的自律沉迷于学习、试验、写作和教书的同时，我承担了家庭开支，还能每个月省下钱来给布鲁诺叔叔，当作两位阿姨的生活费。他从来都不肯收，我就替他存在一个账户里备用，总有需要花钱的地方：格洛蒂尔德死了，他们得重买一头牛；暴风雨把栅栏吹塌了；收成不好；井干涸了；法孔达胆囊总不安生，需要钱开刀。

我工作和挣钱养家对我的丈夫来说是种耻辱。我觉得有愧于他，努力淡化自己的付出。我从来不在外人面前提到自己的工作；如果有人提起，我就说只当是一时的消遣用来打发时间，等有了孩子肯定就不干了。然而，我的内心深处并不认为自己软弱无能，反而发现自己很有挣钱的本事。我从父亲那里继承了这种天赋，但又与他不同：我很谨慎，而他太冒进；我会思考和规划，他只挖坑和赌博。

为什么爱情会消失？我曾无数次问过自己这个问题。法比安没有做任何让我不再爱他的事；恰恰相反，他是个理想的丈夫，从来不惹我生气，对我也没有任何要求。他从始至终都是个温文尔雅的君子。凭借着我挣的钱和他家里的支援，我们的日子过得很好。我们有一栋温馨的房子，照片还作为预制房屋的典范上过建筑杂志；施密特-恩格勒一家待我和其他儿媳一视同仁，一句德语都没学会的我也顺利融入了德国侨民中。我的丈夫已经是国内这一行最受认可的专家，而我筹划的每桩生意最后都能成功。总之，我们的生活在他人眼中近乎完美。

我喜欢法比安，但我知道我从来没有爱过他，泰勒老师不止一次向我点明这个事实。在我们恋爱的五年里，我把他上上下下、里里外外都看透了，结婚的时候我就知道他是什么样的人，也明白他永远不会改变。可他并不了解我，况且我还变了很多。我厌烦了他温和客气、循规蹈矩的性格，对于种畜和受孕的母牛的痴迷和对于身外之事的冷漠，他的死板和亘古不变的原则，以及他对于纯正雅利安人身份的傲慢——经过纳粹数年的宣扬，这种思想也传到了位于地球另一端的我们这里。不过我也无法指责他的优越感，谁让我们自认矮了欧洲移民一大截呢。

这个国家是一个种族主义国家；卡米洛，你也看到我们是如何对待土著人的。我的一个亲戚是十九世纪中期的议员，曾提出我们应该学美国那样用武力降服或者除掉土著人，因为他们是不驯的蛮夷，是文明的敌人；他们的生活充斥着陋习、懒惰、酗酒、谎言和背叛以及野人生活中的种种苟且之事。以上都是他的原话。这种看法异常普遍，因而政府邀请欧洲人（尤其是德国人、瑞士人和法国人)移居我国南部以改良血统。我们没有非洲或亚洲移民是因为领事们下令制止,犹太人和阿拉伯人也不受欢迎,不过他们总有办法来。我想既然外国移民瞧不起土著人,对印欧混血儿恐怕也没有好感。

"维奥莱塔,你不是印欧混血儿,我们所有的祖先不是西班牙人就是葡萄牙人,我们家族里没有一丝印第安血脉。"谈起这个话题时,比拉尔阿姨告诉我。

婚前的疑虑仍在我脑中挥之不去,法比安却从未怀疑过我们的感情,也丝毫没有察觉我离他越来越远。因为这对他来说是无法想象的:我们已经在上帝和世人面前发誓相敬相爱,直至死亡将我们分开。这其实是很长的一段时间;假如我知道自己的一生会有多么漫长,我一定会修改婚姻契约的条款。我曾以习惯性的彬彬有礼的态度向丈夫暗示我的失落,可他毫不在意。我应该说得更明白一些,好让他重视起来。他回答我说,伴侣之间刚开始有问题是很正常的,时间久了就学会了相处,扮演好各自的社会角色并经营好家庭。历来如此,这符合生物学的规律。等我们有了孩子,我就满足了,他说:"为人母是女人的宿命。"

这是我们之间最大的问题:迟迟不来的孩子。我想,对于法比安这样的生育专家来说,妻子不孕恐怕是对他的一种侮辱,但他从来没有在我面前这样明示过。他只是时不时满怀希望地问我有没有情况。还有一次他不经意说到人类的人工授精技术在苏美尔人时代就已经为人所知，事实上，葡萄牙的若阿纳王后1462年就用这一方法生了个女儿。我回答说请不要把我和他的母牛混为一谈。从此他再也没提过若阿纳王后。

一想到生孩子我就害怕，我知道那将终结我眼下的相对自由；但除了对基洛迦神父的承诺之外，我并没有刻意避孕，而这种承诺并不能算真正意义上的避孕措施。每个月，当我确认月经如期而至时，便长舒一口气，到萨克拉门多的一间教堂奉上承诺圣徒的那部分善款。那间教堂里挂着一幅令人头皮发麻的油画，上面的神父手里拿着一把铲子，身边围满了孤儿。

我的丈夫理想中的妻子应当和他一样为了爱情无条件地付出，参与他的人生计划并从旁相助，给予他应得的崇拜；可他运气不好，偏偏爱上了我。这些我统统给不了他，但我发誓我的确顽强地努力过，因为这是我的使命。我以为如果伪装得足够久，就真的能变成他期待的完美妻子，没有自己的追求，只为丈夫和孩子而活。我认识的人中，唯一一个挑战这一世俗和宗教桎梏的只有特蕾莎·里瓦斯，她毫不掩饰自己对婚姻的恐惧，认为它对女性而言是毁灭性的。

我成功地以贤妻的姿态骗过了我的妯娌们，这四位开朗勤劳的女武神甚至亲昵地笑话我像艺伎一样伺候丈夫，把他惯坏了。这只是表象，尤其是她们在身边时。我照着女性杂志上的建议，尽力让法比安心满意足，这对我来说不难做到；如此一来，他便不会窥探我的情感世界，而是坚信如果他幸福那么我必然也一样。然而，艺伎的外表之下实则隐藏着一个愤怒的女人。

人的一生几乎是一段接一段乏味的旅程，日复一日毫无波澜；但回忆中塞满的却是里程碑式的意外事件，它们才值得被讲述。我在漫长的一生里遇到了一些人和许多难忘的事，幸运的是我的记性向来很好。不同于我被击垮的身体，我的头脑清醒如初。卡米洛，我爱回忆成瘾，但我将跳过我和法比安结婚的三年多时间，因为实在味同嚼蜡，没有任何大悲大喜值得讲给你听。在他看来那是段心满意足的日子，所以他不明白究竟出了什么问题，为什么有一天我会离开。

10

胡里安·布拉沃在第二次世界大战时曾是英国皇家空军的一名飞行员,是为数不多的以这种方式参与这场冲突的拉美人。他曾因英勇而灵活地与德国战机在空中进行殊死搏斗而获得勋章。据说他驾驶喷火式战斗机消灭了八十多架敌军飞机。这段事迹他从不挂在嘴边,但仍然不胫而走。一天,他顶着著名战士的光环从天而降,闯入我的生活;不过,即便没有这段浪漫主义的过去,他给我的第一印象依然震撼,他就是从小说里走出来的英雄。

他将水陆两用飞机停在湖面上,机上的乘客是两位丹麦王室成员及随行人员,他们正在我国进行国事访问,准备来我们河边钓鱼。他们下榻的是当地最好的宾馆——巴伐利亚旅馆,这里的人不卑不亢地接待了他们,仿佛对方只是再普通不过的客人。这番精心设计的简朴是我婆婆的主意，事实证明她是对的。丹麦贵宾延长了他们的访问日程，在我们这里住了一个星期。在我婆婆的眼皮子底下，在我的妯娌们羞赧的笑容中，我认识了胡里安。

他坐在露台的栏杆上，单脚踮地，一手拿烟，一手端着一杯威士忌；身上穿着卡其色裤子和一件凸显胸肌及手臂的短袖白衬衣。他散发着某种性感而危险的气息，如同一头巨兽被压抑着力量，我在离他几米远的地方都能清晰感受到。我不知道该如何形容这股力量。胡里安身上那股令人无法抗拒的阳刚之气是他年轻时的特征，甚至到四十多年后他离世都没有一丝一毫的改变。

我呆立在原地，既害怕又迫切期待地接受了一个现实：从那一刻起我的生活将发生翻天覆地的变化。他应该和我有着同样强烈的预感，因为他转身冲我浅浅一笑，笑容中满是好奇。漫长的几秒后，他另一只脚也着地，将杯子放在栏杆上，以潇洒自信的步态朝我走来，像极了西部片里的牛仔。后来他保证说当时和我心有灵犀：他确信我们这一生就是为了寻找彼此，而此刻终于相遇了。

离我还剩两步的时候，他停下来用拍卖商的目光从头到脚打量我一番。我明明穿着简洁保守的白裙，却觉得自己一丝不挂。

"我们认识,对吗?"他问。

我用沉默表示赞同。

"跟我来。"他把烟踩灭,牵起我的手。

我们穿过露台花园里蜿蜒的小径,几乎一路跑到海滩。我着了魔似的跟着他,没有甩开他的手,也不去想可能会被丈夫和他的家人看到。而当他跪倒在沙滩上,把我拉到身边,带着一种新鲜又可怕的热烈劲儿吻我时,我也没有抗拒。

"我们注定要相爱。"他自信地说,而我又一次赞同。

于是,终结了我的婚姻,决定了我的未来的那段激情岁月就这样开始了。胡里安·布拉沃把我约到他的房间,半小时后,大白天里,我们便衣衫尽除疯狂探索彼此的身体。这一切就发生在我婆婆的旅馆里,而我的丈夫正在几米以外的地方和丹麦贵宾们喝着啤酒,通过翻译给他们讲自己引以为傲的人工授精技术。在二楼某个散发着天然木材香味的房间里,在粗麻布窗帘勉强透进来的光线下,在宾馆常用的亚麻床单和羽毛被褥上,二十八岁的我尝到了各种令人惊喜的愉悦滋味,体会到一个让人提不起兴趣的丈夫与小说里走出来的情人之间的本质区别。

在与胡里安·布拉沃共度那个下午之前,我对自己身体的无知程度恐怕只能用我出生的年代和环境来解释。我的母亲钮忸怩怩，生了六个孩子，却悄悄跟我说孩子是耶稣送来她身边的。两个阿姨终身未婚，从来都不提"低地国家"，也就是腰部以下膝盖以上的部位。比娅阿姨到死都是处女之身；另一个阿姨嘛，谁知道呢，也许后来跟布鲁诺·里瓦斯睡过，但她从来没跟我承认过。约瑟芬·泰勒也只是给我看过书本上的人体插图，虽然她思想进步，但行为还是和我的阿姨们一样忸怩；我还跟着她学会了不裸露身体也能穿脱衣服的本领，肢体柔韧度堪比杂技演员。我没有同龄的闺密，也不去上学；贫瘠的性知识完全来自农场上动物的交配。结婚后，我依然用泰勒老师的方法脱衣服，和法比安的夫妻生活也都在黑暗和寂静中进行。我不知道还可以有别的选择，我想在他眼中我们的夫妻生活或许还不如牛的繁殖来得有意思。

胡里安"啪嚓"两声就脱掉了我的裙子，动作非常自然，根本不给我反对的余地。他用吻制止了我的第一声惊呼，之后我便放弃了所有抵抗，恨不得融化消失在他掌心。我希望房门永远关着，将我永远留在这里，除了他之外再也不会见到第二个人。他一边细细端详我、爱抚我，一边赞美我的胸和腰的线条、头发的光泽、皮肤的柔嫩、身上的香皂味以及其他我自己都从来没有注意过，而且坦白说也算不得出众的地方。

他注意到对我的品头论足令我很害羞，便几乎是把我抱在半空中走到衣柜的大镜子前。我在镜中看到一个赤身裸体、微微颤抖、头发凌乱的陌生女人；这副伤风败俗的模样恐怕会把我的阿姨们吓得不轻，却神奇地让我放松下来，因为到了这个地步我也没什么可遮遮掩掩的，索性豁出去了。接着他又把我带回床边，不紧不慢地爱抚我，动作轻柔而大胆，恰到好处，也不求回报，嘴里喃喃地说着一连串甜言蜜语和污言秽语。我的笨拙与他的游刃有余想必形成了非常滑稽的对比，但这并没有让他的热情冷却，反而激起了他努力满足我的欲望。

卡米洛，希望你不会因为这段涉及性爱的描写而哗然，我得让你明白为何我那么多年都摆脱不了胡里安·布拉沃的控制。我这一生有过几个情人，并不算多。最完美的性爱应当是灵肉结合，而与胡里安的那个下午并非如此——没有爱，只有纯粹的欲望，而且是原始的、赤裸裸的、毫不掩饰也绝不后悔、不顾及任何人任何事的欲望。我们是整个宇宙中唯一的一对男女，尽情享受眼前绝对的欢愉。高潮带来的强烈冲击，让我猛地发掘出藏在内心深处的那个女人，也就是镜子里的那个不知廉耻、高调出轨但感到幸福的陌生人。

整个下午我们都在一起，我想法比安可能问过有没有人看到我。我听到铃声响起，这表示餐厅开放可以用晚餐了；我明白我得赶快从昏睡中清醒过来，可我眼睛都睁不开，身体也动弹不得，实在是精疲力竭。胡里安让我继续窝在床上，自己迅速穿好衣服出去了。我不知道他是怎么办到的,居然能从厨房要来面包、奶酪、烟熏三文鱼、葡萄和一瓶酒,而且还把这顿下午茶端回房间而不引起任何怀疑。我们赤身裸体坐在地上享用美食,他用嘴喂酒给我喝,我喂葡萄给他吃。

我终于能像他之前看我那样仔细地看他,或者说欣赏他。毫无疑问,他是我这辈子近距离见过的最有魅力的男人:肌肉发达而又柔韧灵活;运动和经常在户外活动练就一身古铜色的皮肤,仿佛经常光着身子晒日光浴似的;笑起来眼睛会眯成迷人的两条线;头发是深色,但眼珠颜色浅浅的,还会随光线变得或绿或蓝;脸上有几条深深的皱纹,像雕刻出来的沟壑。我一开始不知道,但很快发现他还有一副能直击人心的好嗓子,之前困顿的时候还曾在英国和美国的夜总会唱歌挣钱。

那一日我彻夜未归。第二天早上我在胡里安的怀里醒来,我们睡在一堆皱巴巴的床单里。我身上汗津津的,脑中一片空白,一下子想不起来自己到底在哪。我花了一分多钟才明白过来一切都回不去了。我必须面对法比安,向他解释发生的一切。

"冷静点,维奥莱塔。我有办法:告诉你丈夫你不舒服,在旅馆睡了。"胡里安见我有些不安,便建议道。但这个谎言实在太离谱。

"这是我婆婆开的旅馆。要是我一个人睡在这里,她肯定会知道,因为得单独开一间房。"

"那你准备怎么跟法比安说?"

"实话实说。你也明白,我不能再和他在一起了。"

"你看啊,其实很多丈夫怕麻烦,都会装糊涂。你说什么他都会信。"他有点慌神了。

"这是你的经验之谈吗?"我问他,隐约感觉脚底打滑似的有些站不稳。

"维奥莱塔,我不愤世嫉俗,我是个很现实的人。没有人看见我们,不会有麻烦的。我不想扰乱你的生活……"

"我的生活已经乱了,你说怎么办?"

我们匆忙穿好衣服,他先出去,我再离开。我用胡里安的梳子梳了下头发,脸也没洗就踮着脚尖从走廊溜出去,祈祷不要被人看到。我躲在花园里等着,不一会儿胡里安开着丹麦客人的一辆车把我接上,送到车站坐上了去萨克拉门多的火车。上午十点,我已经到了哥哥的"乡间小屋"办公室。

"维奥莱塔?你怎么来了?我还以为你在巴伐利亚旅馆和丹麦人在一起呢。"

"我把法比安丢下了。"

"丢哪了?"

"我抛弃他了,何塞·安东尼奥。我不想和他在一起,我的婚姻走到头了。"

"天哪!怎么回事?"

我的哥哥是我的家长,肩负着家族的名誉;他听我娓娓道来,脸上的表情时而惊恐、时而错愕。但不出我所料,他既没有批评我,也没有试图劝我弥补这个过错,只是一边用衬衣袖口抹干额头上的汗,一边问他能帮我做些什么。然后他拿起电话打去施密特-恩格勒的庄园和巴伐利亚旅馆,给法比安留了个口信。

中午,我的丈夫打电话到办公室来,得知我正在城里和哥哥一起,终于放下心来。他觉得一切都弄清楚了,便让我回家之前告诉他,他去车站接我。

"法比安,恐怕你得过来一趟。维奥莱塔有很严肃的事情跟你说。"何塞·安东尼奥郑重其事地跟他说。

几小时后,我丈夫赶到萨克拉门多,和我面对面站在办公室里;何塞·安东尼奥在隔壁房间守着,以防我丈夫对我动手。哥哥觉得他完全有理由这么做。

"维奥莱塔,我一晚上跟只狗似的到处找你,还去了纳维尔问你的阿姨。你为什么招呼都不打一声就走了?"

"我昏了头,逃走了。"

"唉,维奥莱塔,我永远也看不透你。算了,咱们回家吧。"

"我想跟你分手。"

"你说什么?"

"我不想和你在一起了。我爱上了胡里安·布拉沃。"

"那个飞行员?可你昨天才认识他啊,你疯了吧!"

这个突如其来的消息惊得他不由自主地坐下了。妻子离开他的可能性应该和她因自燃而消失一样微乎其微。

"谁也不和谁分手,维奥莱塔!夫妻之间出现问题很正常,关上门来静悄悄地解决就行了。"

"法比安,我们废除婚姻吧。"

"你真的彻底疯了。你不能头脑一热就说要抛弃婚姻啊。"

"我要废除婚姻。"我坚持道,紧张得声音都在颤抖。

"别说傻话了,维奥莱塔。你现在脑子不清醒。我是你的丈夫,有责任保护你,这件事交给我吧。你别慌,我来处理这桩丑事,别人没必要知道。我去和那个该死的家伙谈谈。"

"这和胡里安无关,是我和你之间的事。法比安,我们真的必须废除婚姻。"我第三次重复。

"我永远不可能同意这种鬼话!我们可是在法律、上帝、社会,尤其是我们两家人面前结的婚!"他结结巴巴地说。

"法比安,你还是考虑一下吧,废除婚姻能让你也重获自由。"这时我的哥哥插话,他一听到事态升级便立刻出现。

"我不要自由!我要我的妻子!"我的丈夫吼道,突然连火都发不出了,崩溃地瘫坐在椅子上,手捂着脸抽泣。

卡米洛,你也知道,在我们这个国家直到二十一世纪才有离婚一说，而我那时已经八十四岁，那时再离婚对我而言没有任何意义。在这之前，走出一段婚姻唯一的合法渠道是靠讼棍们钻空子来废除婚姻，比如证明民事登记处存在工作失误，通常是订婚双方的住址错误。如果订婚双方同意，这就很好办，只要找两个愿意做伪证的证人和一个事先打点好的法官就行了。法比安压根不考虑这个提议，他觉得这个方法本就不道德，实施起来也很丢人。他说，他有把握可以追回我的心，要我再给他一次机会；他对我一见钟情，从来没有爱过第二个女人；没有我的人生毫无意义；他因一心扑在工作上而忽略了我……他就这样滔滔不绝，恨不得把心掏出来，直到最后话也说不出来，眼泪也流干了。

何塞·安东尼奥提议我们给彼此一点时间考虑一下，这段时间我可以留在萨克拉门多，这样家里人也不会起疑心。

最后，法比安同意我们暂时冷静一下，正好他要去趟阿根廷。他非常不合时宜地解释说此行是去给巴塔哥尼亚一间农场的九百头母牛授精，要让荷斯坦牛、娟姗牛和蒙贝利亚牛进行杂交。他会离开好几周，我也借此机会好好考虑。临走时，他在我额头上吻了一下，拜托我哥哥在他回来之前照看好我，免得我做出更疯狂的举动。

哥哥打电话去我公公婆婆的庄园找胡里安，他们请他去驯马了。他居然还是马术障碍赛冠军——又是一个我所不知道的才能；因为他懂马，所以赌马也从来没输过。

"小伙子，你最好立刻来萨克拉门多。我们必须谈谈。"哥哥用威胁的口吻不容分说地对他下令。

胡里安·布拉沃是不可能被吓住的。他冒着生命危险打了几年仗，酷爱极限运动，在亚马孙雨林的心脏地带玩跳伞，在位于葡萄牙的世界最高浪点冲浪，在安第斯难以靠近的山峰挑战无绳攀爬。他一直就与死神共舞。内心永远躁动的胆大妄为还驱使他干起了不正当生意——不过这是后来被黑社会拉拢以后的事。他来赴约并非因为害怕，而是因为我们共度的那晚触动了他的心弦，他总是惦记我。

他坐第二天的头班火车来了萨克拉门多，和我一起过完了那一周，直到不得不返回巴伐利亚旅馆，开走停在湖上的水陆两用飞机将丹麦客人送回文明之地。

11

那些天里,我和胡里安肆无忌惮地偷情,除了做爱就是喝白葡萄酒。我没有向哥哥解释,但他也知道无论说什么都劝不了我,最好的办法还是等待激情褪去后我恢复理智。我在令人欲罢不能的沼泽中沉沦,欲望不断被满足,又即刻重新点燃,没有什么能满足我对这个男人最原始的渴望。我想象着自己永远陷入他的怀抱中,弃房间外那个世界而不顾,因为那个冰冷的世界里没有他。

我一直待在他的宾馆房间里,什么都不穿,或是披一件他的衬衫,因为我只有离开巴伐利亚旅馆时穿的那套衣服;我急切地等着他、盼着他,数着独自度过的每一分每一秒。这样的时刻非常多。胡里安忍受不了闷在房间里,因而常出门去马术俱乐部或是朋友的庄园骑马。只要听到门外他的脚步声,看到他站在门口帅气地微笑着,看着他运动后大汗淋漓、神采飞扬的样子,我便立马忘掉这一切煎熬。我们在一起的时光和我紧紧搂着他睡觉的那几个夜晚足以驱散我的顾虑,满足我少女般的憧憬。我奋不顾身地爱着他,这般忘我在多年后的今天看来实在不可理喻。我失去了理智和冷静,什么都不在乎,只想和他在一起。

后来,当他不得不离开的时候,我买了必要的换洗衣物和一支红色唇膏让自己看起来精神些。我在何塞·安东尼奥的公寓住下了,完全没有回到过去的生活的打算;当法比安从阿根廷回来,手捧一束鲜花来找我时,我也是这样告诉他的。他又一次说就算是死也不会同意废除婚姻,还问我一个人打算怎么办,看来那该死的飞行员人间蒸发了。

胡里安并没有如法比安所料而消失。只要工作允许,他便来看我;每一次见面都让我陷得更深,而这缠住我的枷锁是我亲手绑上的,他几乎没有刻意做什么。战后,他当了一段时间的商业飞行员,直到后来买了一架水陆两用飞机,专门将乘客或者货物送至没有降落跑道的目的地。那架漂亮的黄色大型机器在南美各地飞来飞去,履行私人合约。那时候,我国南部以垂钓和鸟类观察胜地而闻名,所以他经常带客人过来。每次迎接他时,我都会细数这次能在一起共度多少小时多少分钟;送他走时,又会在日历上标记他要离开多少天。

我想，我盲目的天真让他很苦恼，他无法如愿以偿地顺利脱身，而是被困在爱情编织的蜘蛛网上，而他的潇洒人生中本不该出现这样的爱情。我像渴望爱的孤儿一样拼命抓住他，全然不顾前路堆积如山的障碍。然而让他放弃抵抗的并不是这些，而是胡安·马丁。

我们兄妹有次聊到心里话时，哥哥问我是不是打算一辈子当胡里安·布拉沃的情人。不，这当然不是我的计划。我准备一旦解决了法律上的丈夫的顽固，就立马跟胡里安结婚；没想到法比安的怨念竟长达数年之久。我因为太过相信很快就能嫁给他，在纵情于床笫之欢时便没有保持应有的谨慎。我们注意到了这方面，但又不够小心；有时候使用保护措施，有时候却忘了或者等不及。虽然并没有切实的证据，但我隐约觉得自己不孕，所以才会结婚几年都无所出。总之，种种疏忽大意终于给我带来了意想不到的结果。

在我们的一次幽会中，胡里安得知我怀孕了；他的第一反应是问我孩子有没有可能是法比安的。

"怎么可能呢！我已经五个月没见他了。"我很生气地回答。

他脸都气红了，大步走来走去，指责我是故意的，说如果我想借此机会拴住他，那可就大错特错了，他绝不会牺牲个人自由……直到他注意到我蜷缩在椅子上害怕地抽泣。

他似乎一下子清醒过来,在几秒内掐灭了刚刚的怒火,跪倒在我身旁,喃喃地说着对不起,请我原谅他,他因为太过意外才有这种反应;还说当然不是我一个人的错,他也有责任,我们得商量好怎么解决这个问题。

"胡里安,这不能叫问题,这是我们的孩子啊。"我说。

令我始料未及的是,这句话居然让他平静下来。

片刻之后,我们都冷静下来。胡里安倒了杯酒,向我坦白说,在他三十多年纵横四个大洲的丰富情史中,还是第一次遇到是否成为父亲这个抉择。

"这么说你也以为自己不育?"说罢,我们都开怀大笑,一下子释然而喜悦,准备迎接那个在我肚子里游来游去的小生命。

我想法比安知道这个消息后会重新考虑,有什么理由要和怀了别人孩子的女人维持婚姻呢?于是我约他在萨克拉门多的一家蛋糕店见面,希望这次能谈妥。我很紧张,甚至做好了挨打的准备;但他握着我的双手、亲吻我的额头,让我一下子放下了戒备。他说见到我很开心,一直很想念我。服务员给我们端茶送水时,我们聊了聊家常,交流了双方家里的近况。我告诉他比娅阿姨胃疼得厉害,身体非常虚弱;由于亚伊玛的仪式和汤药都不起作用,比拉尔阿姨要带她来萨克拉门多的医院检查一下。接下来便是一阵令人尴尬的沉默,我借着茶杯挡住半张脸的时候,冷不防地告诉了他我的情况。

他吃惊得一下子站起来,眼中荡漾着满怀希望的笑意;但在他开口之前我抢先一步告诉他孩子不是他的。

"你要生个私生子啊……"他瘫坐在椅子上嗫嚅道。

"这取决于你,法比安。"

"你别想废除婚姻。你知道我对这件事的态度。"

"这已经不是什么原则问题了,纯粹是胡搅蛮缠。你就是想伤害我。行,我不会再求你了,但你得把我们的财产分我一半。实际上应该全归我,从我们结婚开始就一直是我养着你,我们共同的储蓄账户里的钱都是我挣来的,都属于我。"

"这种话你怎么说得出口?抛弃家庭的人还有什么权利索要这个那个?"

"我会去申诉,法比安,哪怕要打官司。"

"你哥哥不是律师吗?你去问问他你有多少胜算。银行账户都在我的名下,房子和我们的其他财产也是一样。维奥莱塔,我不是想伤害你,只是想保护你。"

"我有什么危险需要你保护的?"

"你自己就是危险。你已经失去理智了。我是你的丈夫,全心全意地爱着你。我会爱你一辈子。我可以原谅你的一切,维奥莱塔，我们现在和好也来得及……"

"我怀孕了！"

"我不介意，我愿意将他视若己出。让我帮你吧，求你了……"

之后的一年半时间里，我再也没见过法比安。何塞·安东尼奥向我证实了法比安的话：我以为自己有权争取的财产其实一分都得不到，能得到什么完全仰仗我丈夫有多慈悲。接下来几个月，我两点一线地往返于哥哥的公寓和办公室之间，除了乡间小屋的几个客户之外谁都不见。我打电话通知了阿姨们、里瓦斯一家、约瑟芬和特蕾莎。大家纷纷祝贺我，只有阿姨们例外；她们在知道我离开法比安时就已经很难过，这个消息更是有如晴天霹雳。对她们来说唯一的安慰就是我们早已远离了家族和首都的八卦圈。

"我的上帝啊！孩子，我们家可从没出过私生子。"比娅阿姨呜咽着对我说。

"阿姨，其实出过好几打呢，只是惹出私生子来的都是家里的男人，所以无人在意。"我解释道。

等我显怀之后，就过起了半隐居的生活，躲着法比安的家人和我们共同的朋友。

我的儿子出生于萨克拉门多医院，同一天比娅阿姨也刚好入院进行一系列检查。正因如此,我很幸运地拥有两位亲爱的老人以及何塞·安东尼奥的陪伴,他是被我的丈夫叫来的。泰勒老师和特蕾莎没来,因为女性刚刚赢得了总统选举和议会选举的投票权。特蕾莎为此斗争多年,胜利的消息传来之时她却在监狱——她又一次因为制造混乱和挑唆罢工而被关押。那一周她刚好被释放,所以正在大街上狂欢庆祝胜利。

胡里安当时在乌拉圭,一周后才得知消息,此时宝宝已经起好了名字,并在民事登记处正式登记了,我给他取名为胡安·马丁·布拉沃·德尔·巴耶。取"胡安"这个名字是为纪念基洛迦神父,希望神父保佑他一生平安;而"马丁"则是因为我一直很喜欢这个名字。

这个孩子改变了胡里安,他也没有料到自己到了渴望下一代的年纪。孩子意味着生命的延续,给了他重活一次、弥补缺憾的机会,让他打造出一个更加完美的自己。胡里安准备把胡安·马丁培养成他的翻版:勇敢无畏、乐于冒险、热爱生活和自由,但同时拥有一颗安分的心。从年少时起,他就追逐幸福,但总是在最后一刻,在认为幸福已经触手可及的时候任它溜走。他的各项计划也是如此,似乎总有更有意思的东西在前方不远处等着他。他永不满足,即使他拥有战争英雄奖章和马术冠军奖牌,有自己的飞机,在所有尝试过的事业上都获得了成功,天生一副男高音的好嗓子,无论走到哪里都能成为焦点。对待情谊和爱情，他也同样是这种得陇望蜀的心态。他没有家人；一旦朋友对他失去利用价值便立马敬而远之；像集邮一般勾引女人，一发现更有吸引力的对象便见异思迁。因此，他希望胡安·马丁能有一颗安分的心。他一定要让儿子摆脱这种无休止的渴望，做一个知足的人。

我们在萨克拉门多老城区的一栋小房子里住了下来。人行道上的百年古树和野玫瑰长得出奇茂密，即便在风雨交加、浓雾弥漫的冬日也是生机盎然。胡里安开始依据地理位置筛选客户，他想尽量缩短离家时间，多陪伴儿子。

等我们开始像个普通的一家三口一样一起生活时，胡里安拉我入伙，帮他妥善经营他的空运小公司。他承认的时候都快笑疯了：他连二加二等于四这么简单的东西都不会。我们做了两本登记册，一本是公开的，另一本只有我俩知道。第一本供税务局和警察查看，详细记录着每趟飞行的日期、地点、距离、乘客或货物情况。第二本上记录着每个乘客的身份、接送他们的具体地址和日期；乘客中有种族灭绝营里幸存的犹太人，几乎所有的拉美国家都拒绝收留他们，所以他们会从无人看守的路线入境，在同情他们的团体帮助下或者通过贿赂定居下来。战后，我们的国家迎来了数百名德国移民，收留他们的是国内的纳粹党。德国战败后，这些纳粹党不得不隐姓埋名，但他们的思想从未改变。偶尔还会有被控犯下暴行、逃脱欧洲审判的罪犯，只要价钱合适，胡里安就负责开飞机把他送到我们这里。犹太人也好，纳粹分子也罢，只要按照他开的价付钱，在胡里安眼中并无二致。

比拉尔阿姨回了圣克拉拉，夏季农活还等着她干；比娅阿姨则留在医院里接受抗癌治疗。第一次抱起胡安·马丁时，她立马就忘了他私生子的身份，像外婆一样全身心地享受宠溺他的快乐。这份快乐成了她在这个世上的最后十一个月里最大的安慰。她会躺在床上或是沙发上，让孩子睡在她身上，轻轻哼着歌哄他睡觉，她说这么做的止疼效果比医生开的药都强。

别人都告诉我，只要我还在哺乳期，就不会怀孕，然而这又是那个年代广泛流传的谬论之一。这一次，受到儿子影响而变温柔的胡里安淡定了许多，但还是非常直白地告诉我这是最后一次。他说他不要子孙满堂，现在这一个已经让他被责任绊住手脚，失去了自由。

事实上，胡里安仍然和过去一样自由自在，我从来不反对他出远门；至于说"绊住手脚"，我看也是夸大其词，他对于家庭的需求并没有多少贡献。他更像是个来去自如，与我们关系密切的热心亲戚。他会毫不犹豫地买回最新款的照相机或是送我珠宝，但从来不付水电费。和在婚姻生活中一样，我负责家庭开支，不过这不是什么负担，因为我挣的钱足够多。我从法比安身上吸取了一个值得铭记一生的教训：会赚钱还不够，要懂得管钱。这个道理在我们现在看来毋庸置疑，但在我年轻时候还是个很前卫的观念。那时候的人普遍认为女人一生都被别人养着，先是父亲，然后是丈夫；即便我们有自己的财产，也是继承来的或是被赠予的，我们需要男人才能管理财产。谈论钱或是挣钱都不像女人，更不用说拿钱投资。我从来没告诉过胡里安我有多少钱，是怎么挣来的，我有自己的积蓄，生意上的事情从来不问他意见或是让他参与。我们这种没有结婚的关系反而给了我一种其他方式无法给予的独立：已婚的女人如果要在银行开户，必须要丈夫签名同意，而我的丈夫是法比安；为了绕开这个障碍，我所有的账户都是以何塞·安东尼奥的名义开的。

12

比娅阿姨是在我家离世的。多亏有土著巫医亚伊玛的神奇草药,她走得很平静,几乎没有痛苦。多利托在农场里种了这种能缓解多种疾病的药草,并按照亚伊玛的指示正确地使用种子和叶子。法孔达常常烤了饼干随着这种药一起托人坐火车给我送来。到病人油尽灯枯、已经无法进食之际,多利托做了一种酊剂,让我用滴管加到她舌头底下。在生命的最后时光,比娅阿姨几乎一直都在昏睡,难得清醒的时候就让我们把胡安·马丁抱到她身边。她已经只认得这个孩子了。

"你要有个小妹妹了。"临死之前她对孩子小声说。

于是我知道我会生个女儿,并开始想合适的名字。

我们按照她的遗愿将她葬在了纳维尔小小的墓地里,而不是位于首都的家族墓园;如果去了那儿,她就只能和早就不记得的死人葬在一起。和我的婚礼当天一样，全镇的人都来为她送行；亚伊玛领衔的土著人队伍则用鼓声和笛声向她致意。那天天气很好，空气中有股金合欢的花香，天空万里无云，水蒸气像面纱一般飘浮在潮湿、被太阳晒热的大地上方。

在阿姨下葬的墓穴旁，我又一次见到了法比安；他穿着西装，打着黑色领带，比以前更金发碧眼、更庄重严肃，我们没见面的一年多里，他似乎老了许多。

"我很爱你的阿姨，她一直都对我很亲厚。"见我的手帕已经湿透了，他边说边把自己的递给我。

比拉尔阿姨、里瓦斯一家，甚至多利托和法孔达都非常动容地拥抱了他，我把他们的这一举动视为对我的谴责：法比安是家里的一员，而我背叛了他。他们还邀请他去圣克拉拉吃午饭，法孔达事先做好了她的拿手菜之一——奶酪肉馅土豆饼。

"看来那个男人没陪你来。"趁我们单独在一起时，法比安说道。

我说胡里安有飞行任务，送几个客人去火地岛了；这其实是个借口，真正的原因是胡里安不受我家人欢迎。比拉尔阿姨曾很直接地说他是个轻浮好色的花花公子，用卑劣的手段勾引我，毁了我的生活、婚姻和名誉，把我肚子搞大了也没有真正对我负责。

外人看来的确如此，但任何事都并非表面那么简单；旁人根本不清楚一对爱人之间的亲密程度如何，也不明白为什么有的人能忍受别人无法原谅的事。胡里安是个很耀眼的男人，我认识的人里没有一个能比得上他，能有他那种像强力磁铁一样吸引人的本事。男人追随他、模仿他、试图挑战他；女人像盘旋在灯火旁的飞蛾一样围在他身边。他有朝气，聪明，善于讲故事和笑话。他爱夸夸其谈，甚至会撒谎，但这也是他魅力的一部分，没有人为此指责他。他总能想到让人招架不住的花招，比如我们吵架后，他为了哄我能在大街上用他的好嗓子唱上一首小夜曲。纵使他有一大堆缺点，我始终很钦佩他。

胡里安选择了我，证明我也很特别，这让我很骄傲。胡安·马丁出生后，我们决定像夫妻一样在社交场合出双入对，不过我们非常清楚身后的流言蜚语一直不断。何塞·安东尼奥提醒过我，有些圈子是容不下我的；他的朋友们的妻子不肯接受我，我们的公司流失了好几名不愿与我打交道的客户；我不敢去城里的任何一家俱乐部，因为可能根本就进不去。德国侨民区的人，尤其是施密特-恩格勒一家自然更是无法容忍我。我偶尔遇到过他们中的几个人，被他们鄙视的目光从上到下打量，而且我敢打赌，不止一个人咬牙切齿地叫我"婊子"。

相反，胡里安想去哪儿就去哪儿；他没有受到任何谴责，不忠的荡妇、偷情怀上孩子还敢招摇过市、离经叛道的人是我。如果连养育我、疼爱我的阿姨们都认为我的行为有违伦理道德，我能想象别人会怎么评价我。"别担心，法比安迟早会想再婚组建家庭；到时候他会双手奉上废除婚姻这份厚礼的。"胡里安对我说。

他身上令人无法抗拒的魅力逐渐为我们开启了大门。只要他开始讲自己的历险或是演唱拿手的浪漫歌曲，身边就立刻围满了人。他对女人的吸引力也让我觉得脸上有光，因为他选中的人是我。总之，和胡里安在一起的头两年，我过得非常幸福，直到我再次怀孕。

怀着女儿的时候，我仍觉得自己生活在一段非同寻常的爱情中，不过已经有明显的迹象表明胡里安不再对我着迷，并对自己的人生感到不安。我能感到他对我孕期身体的嫌恶，但我以为只是一时的不满。他睡在客厅的沙发上，不愿意碰我，常常提醒我他不想再要孩子，责怪我又一次束缚了他，完全不顾他才是始作俑者的这个事实。

我想只有胡安·马丁能把他留在家里。孩子还不到两岁，他的父亲却说要把他训练成一个男人。这种训练包括用软管喷出来的水柱追着他浇，把他关在黑暗的地方，让他在空中旋转到呕吐，或是在他嘴唇上涂一滴辣酱。"男子汉从不掉眼泪"是他的座右铭。胡安·马丁的玩具全部是塑料枪。多利托送了他一只兔子，结果孩子的爸爸出差一回来就让它消失了。

"男子汉不玩兔子。如果他想要宠物,那我们给他买只狗。"

我没同意,我没有时间和精力再照顾一只狗。

我猜测在我发胖的时候,他和别的女人有染,甚至不止一个。他似乎很空虚不耐烦,动不动就失去理智,故意挑衅别的男人只是为了能打上一架,还参与赌马、赛车、台球、轮盘赌等所有能参与的赌博。但很快他又变回最温柔殷勤的伴侣,用关怀和礼物让我心满意足,像个普通的父亲一样陪胡安·马丁玩,我们三个还一起出去野餐、在湖里游泳。于是,我把不满咽了下去,又变成那个奋不顾身爱着他的女人。

我逼自己学会了不理睬胡里安的粗暴言行,除非牵连到孩子。如果我提醒他酒喝得太多或是赌得太大了,就会遭到劈头盖脸一顿辱骂,没有旁人在场时还会挨一拳。他从来不打我脸,很小心地不留下任何痕迹。我们像角斗士一样扭打在一起,我的怒气超过了对拳头的害怕,但最后总是我倒在地上,他求我原谅,说不知道自己是怎么了,是我挑事气得他昏了头。

每次爆发大战时,我都发誓要永远离开他,但每次都是以我们相拥言和而告终。这种轰轰烈烈的和好如初能持续一段时间,直到他再次因为各种不起眼的小事爆发;他仿佛在不停积攒怒气,到了某个时刻就必须释放出来。然而,在这些讨厌的大战的间隙我们又过得很幸福,而且并不是每场大战都意味着动粗，大部分时候都是言语凌辱。胡里安有一种奇特的本事，总能找准对手的软肋，他总是直接攻击我最痛的地方。

没有人知道这些被精心粉饰的战争，包括每天都在办公室见到我的何塞·安东尼奥。我觉得忍受胡里安的施暴很丢人，更丢人的是我还三番五次原谅他。我沦为性激情的奴隶，深信自己离开他就没法活下去。我该如何养育两个孩子？如何带着两次感情失败的苦果面对社会和家庭？如何熬过"被抛弃的情人"这种指指点点？为了和胡里安在一起，我破坏了自己的婚姻，站到了整个世界的对立面，我无法接受亲手创造的美丽传说其实是个错误。

离预产期还有十天时，我们得知肚子里的小生命横过来了。我又一次哀叹比娅阿姨已经离开了我们，因为我不止一次见过她用神奇的双手翻转孕妇肚子里的胎儿，有时候也会把小牛犊扭转成顺产胎位。按照她的说法，她能用灵魂的双眼清楚看到胎儿，然后用按摩、爱的能量和献给圣母玛利亚的祷词来移动他。我去了农场，布鲁诺叔叔带我去向亚伊玛求助，但巫医在这方面的能力不如比娅阿姨。在一场伴着鼓声念念有词的仪式之后，她给我揉肚子还让我喝下一杯草药茶，但依然无济于事。医生决定给我剖腹产，以免出现并发症。

胡里安刚和我大吵了一架，通常战火要持续一周多。他去首都接几位准备来建造水库的工程师，这时一名年轻姑娘来家里找他，还说是他女朋友。我能想象这个倒霉的姑娘见到我时的感受：眼前这个自称是胡里安妻子的女人眼圈发黑，脸上脏兮兮，挺着西瓜那么大的肚子，双腿浮肿。我很同情她，也可怜我自己，于是我让她进屋，给她倒了一杯柠檬水。我们抱头痛哭。

"他跟我说我们注定要相爱。"她呜咽着说。

"刚认识我时，他对我说过一模一样的话。"我告诉她。

胡里安向她保证自己是自由身，没有结过婚，活着就是为了等她出现。

我不知道他们之间的事后来是如何解决的。胡里安不在的那几天，我的情绪犹如坐过山车一般跌宕起伏。我想远走高飞，再也不见他，永远逃离他，去别的国家改头换面重新开始。但我连想都不敢想，孩子快出生了，我很快会有一段时间身边会跟着一个两岁的孩子和一个襁褓中的婴儿。不行！无论如何不该我走；我应该把他赶出去，让他去找他的新女朋友，从我和孩子们的生活中消失。

三天后，胡里安回来了，给胡安·马丁带了黄铜坦克玩具，给我带了天青石项链。我的眼泪早已流干，不再自怨自艾，只剩鬣狗般的凶狠，迎接他的只有咆哮并送他脸上的挠伤。当他终于控制住我时，便开始发表长篇大论，以歹毒的逻辑歪曲事实，让我失去正常思考的能力。

"你有什么资格嫉妒，维奥莱塔？你还想从我这里得到什么？我对你一见钟情，你曾是唯一能拴住我的心，我愿意娶回家的女人。"

"你的爱实在太短暂了！"

"因为你变了，你身上完全没有当初那个女孩的影子。"

"岁月也同样改变了你啊。"

"我一直都是那个我。可你只关心工作、生意、挣钱，好像我没本事养家似的。"

"你可以试着……"

"那你给过我机会吗？"他大喊着打断了我的话，"你对我还不如对你哥哥那么尊重。我还待在你身边是因为你是我儿子的母亲，但早就不是我想要的伴侣和情人。你放任自己长胖，第一次怀孕后身材就变得不像样子，我都不去想这回又该是怎样的灾难。你不再年轻美丽，也没了女人味。"

"我才三十一岁！"

"你看起来像五十岁，人老珠黄。就凭你这姿色和态度，再绝望的男人都不想跟你睡觉。我是可怜你，我知道这是为人母的代价。造物主对女人确实无情，不过对男人也一样不客气，我们总有无穷无尽的需求得满足。"

"胡里安，孩子是我们两个人的结晶，你和我都没有权利出轨。"

"我不能过得像个修士吧。这世界上到处都是吸引人的年轻姑娘。我想你也注意到了她们都喜欢追着我,我要是能抵挡得住那只能说明我不行。"

他继续说下去,把我贬得一文不值。等我崩溃的时候,再充满爱意地把我拥入怀中,像哄婴儿一样轻轻摇晃我,安慰我说我们可以忘掉过去重新开始,现在还来得及挽救我们的爱情,只要我尽自己的本分,答应他不再生孩子,会减肥和恢复以前的容貌。他说会帮我,跟我一起努力,之后他再想办法让法比安废除婚姻,哪怕要决斗,然后我们就结婚。

于是我同意了做节育手术。

胡里安决定我们就趁剖腹产的时候顺便做输卵管结扎的手术。如果他是我的丈夫,医生八成都不会问我的意见就照他说的做;但既然他不是,医生必须征得我的同意。我同意了,因为这是胡里安继续和我在一起的条件,而且我想,有两个孩子也足够了。没想到后来为了这个迫于无奈的决定我有多么怨恨他。

泰勒老师听说之后问我,既然他不想再有自己的孩子,为什么他不去做结扎。她总是领先身处的时代。我不敢向胡里安提出这个方案,这在当时属于对罪犯的一种惩戒,也有损他的男子气概。相比之下,我受点伤害没么要紧。

我的女儿出生的那天早上，火山口冒着烟，白雪一直覆盖到山脚下。我还没从麻醉中完全清醒，远远地从诊所病房的窗口望见壮丽的火山，望见蓝宝石一般的天空映衬下它的烟羽和皑皑白雪，决定给女儿起名为聂维斯[1]。这个名字不在我先前想好的备选之列。胡里安为了让我高兴，便也同意了；他原本选的是他母亲的名字莱奥诺拉，可它总让我想起里瓦斯家的奶牛。

手术没有预想的那么简单；术后感染让我长达两周时间都十分虚弱，伤口过了很久才愈合，留下一条凸起的发红的疤，像一根胡萝卜。胡里安悉心照料我；或许他对我的爱比他以为的更深，又或许他只是想到了独自一人管两个孩子该有多可怕。

我产后的第一个月，约瑟芬·泰勒跟教书的学校请了假来照顾我。我们终于有机会交流上次见面之后彼此的生活。她告诉我特蕾莎一直备着一个手提箱，里面装着去监狱的衣服和洗漱用品，因为她隔三岔五就因为煽动暴乱或支持地下活动的政党而被抓进去。警察当她是个精神不太正常的女人，对她还算宽容；别的女囚把她当作英雄热烈欢迎；法官见她屡教不改都厌烦了，没关几天就把她放了，反正总会有根本不能作数的证

---

[1] 西班牙语作Nieves，即"白雪"。

词称她是位举止得体的高雅女士。为了女性选举权奋斗这么多年后，特蕾莎有充足的理由拥抱胜利；泰勒老师却说还差得远呢，她们还有一张长长的女性维权清单，上面的权益我连想都没想过。几个月之后，女性第一次拥有了选举权，可以为下届总统竞选投票，特蕾莎挨家挨户解释选举流程。如果我们不行使权利，那么一切如故。我甚至都没有去登记为选民。

约瑟芬现在是个发福的中年妇女。她穿着传教士的衣服，头发灰白，皮肤上长出了细纹和红血丝，但一双圆圆的蓝眼睛一点没变，整个人也依然保持着年轻时的活力。何塞·安东尼奥每天来探望我，表面上看是关心我的身体，其实是为了见他此生的挚爱。因为常年孤身一人，他也过早地衰老了。我见他和泰勒老师一起喝茶、玩多米诺骨牌时开心的样子，一如当时在山茶花府的日子，很想祈求基洛迦神父让泰勒老师答应嫁给他，但这也意味着让特蕾莎·里瓦斯消失。我实在于心不忍。

胡安·马丁八岁时就已经能明显看出长得不像父亲，也没有遗传他的性格。他很文静，能独自玩上几个小时，学习很好，谨慎胆小。他的父亲试着唤醒他男子气概的那些激烈的游戏都让他害怕。他常做噩梦，有哮喘，对花粉、灰尘、羽毛和核桃过敏；但他智力超群，性格温和，因而非常讨人喜欢。

见儿子不符合他的要求，胡里安毫不掩饰内心的失望。

"你要溺爱他到什么地步啊！维奥莱塔，你都把他养成娘娘腔了。"他看到了一些令人不安的信号，觉得儿子可能是同性恋：书看得太多，在学校里和女孩子玩，头发留得太长。他逼儿子喝酒，要他学会有头脑地喝才能千杯不醉；逼他拿零花钱做赌注玩扑克牌，让他淡定面对输赢；逼他踢足球，可孩子在这方面没有任何天赋。他带儿子去打猎或是看拳击赛，可如果胡安·马丁为受伤的动物哭泣或是看到残忍的场面就捂住眼睛，他就火冒三丈。我的儿子在成长过程中一直无望地盼着得到父亲的认可，他知道自己无论怎么做都不够。胡里安经常逼他"跟妹妹好好学学"，他希望儿子具备的所有特质在聂维斯身上都能找到。

从来到这个世界的第一刻起，聂维斯就是个美人。她不用花什么力气就出生了，脸像玩具娃娃，眼睛睁得大大的，哭声尖厉，敏感能吃。一岁时她就不用尿布了，像小鸭子一样在家里到处走，开抽屉，吃昆虫，用脑袋撞墙。六岁时，她已经会骑马，敢从俱乐部的泳池里最高的跳板上头朝下跳入水中。她有父亲身上的无畏和冒险精神。她长得非常漂亮，走在街上时路人会拦住我们细细欣赏；她善于蛊惑人心，我的哥哥曾求我不要让他单独跟她待在一起，因为聂维斯可能向他提任何要求，而他一定会答应。比如有次她想要何塞·安东尼奥的金牙，他便让牙医做了个一模一样的，挂在项链上送给她。她的歌喉有与年纪不相称的沙哑和性感,胡里安把自己的保留曲目都教给她(甚至包括升调的水手之歌),父女二人合唱更是大放异彩。长大后的她任性而自私。我试过给她上点规矩,但计划总是被胡里安打乱;她要风得风要雨得雨,我反而挨一顿训斥。我在我的孩子面前没有立威:胡安·马丁确实不需要,但对聂维斯本该起到作用。

聂维斯出生后,我开始严格自律,努力恢复过去的容貌,这是胡里安口中我唯一值得惦记的优点;但我这样做是为了和他赌气,不是因为爱他。我想证明他错了,我能掌控自己的身材和生活。我像骡子一样只吃蔬菜,请了一个足球教练对我进行严苛的球员训练,并跟上迪奥引领的潮流,更新了我的衣柜,换上了宽摆裙子和收腰外套。我的努力效果立竿见影,虽然没有让我和胡里安找回激情,但给了我让他吃醋的资本。我乐在其中,哪怕为此必须忍受他的怒气。有一次,他觉得我的黑色丝绸连衣裙领口太低,而我坚决不肯换掉,他把一盘淋了番茄酱的虾扔到我身上。我们当时正在一场为聋哑学校募集资金的宴会上,在场的一名记者把这一幕拍了下来刊登在了日报上,照片中的我们仿佛两个疯子。

我们在一起好几年了,人们也习惯了把我们当成一对,就算有人质疑我们的婚姻状况也只会趁胡里安听不到的时候偷偷说。我们事业发达，生活富足，也被社会认可，但没法让胡安·马丁和聂维斯上最好的学校，因为那些都是天主教学校。尽管我们拥有了这一切，我仍然觉得有心结，总是莫名地担忧。在胡里安看来，我没什么可抱怨的，担忧就像朝着天空吐痰一样只会伤到自己；他觉得无论拥有多少我都不知足，欲望深不见底。

的确，我们在物质层面什么都不缺；但我总觉得仿佛站在一根松松垮垮的绳子上左摇右晃，随时会拽着两个孩子一同坠落。胡里安常常连续几个星期不见踪影，回来前也不打招呼，有时心情不错带了一堆礼物，有时疲惫而消沉，也不说去了哪里做了什么。至于结婚就更不用提了，虽然特蕾莎·里瓦斯承诺会争取让离婚法顺利通过。法比安没有认识什么新女友，根本看不到胡里安预言的他双手奉上废除婚姻这份厚礼的希望。然而，将我们的关系合法化虽然是我多年来的执念，如今却没那么重要了，因为伴侣分开再与他人重新结合变得越来越普遍。况且，我心里清楚我不该和胡里安捆绑在一起，单身才意味着更多权利和自由。

何塞·安东尼奥似乎也不着急结婚。"他肯定喜欢男人"，胡里安总这么说他，也很难忍受他，因为我的哥哥是我的收入来源，也是我反抗他权威的唯一后盾。他当飞行员的收入非常不稳定，好似在赌桌上碰运气；相反，我的收入非常有保障，因为乡间小屋公司逐渐壮大起来，像一只触手遍布各省的章鱼。几年前，我劝过何塞·安东尼奥和马可·库萨诺维奇，鉴于我国冬季暴雨、夏季干旱的气候特征，我们应该考虑使用隔温嵌板，别的地方已经在这样做了。我去了美国调研当地的预制建筑产业，并将经验照搬到我们的乡间小屋：像制作三明治一样将岩棉作为隔温材料夹在两块木屑板中间。如此一来，就可以将农民、工人和海滩浴场的那种原始木屋改造成中产阶级年轻夫妻最喜欢的预制房屋。我们的房子都有自己的标志：白色的墙，带窗框，靛蓝色的百叶窗和门，以及屋顶的稻草。

五十年代末，胡里安经常去阿根廷执行神秘的飞行任务，他只在第二本登记簿上记录，还使用只有他认识的代码，他跟我说是因为涉及军务。这种两套账本的做法导致了父亲的破产，也让我在和胡里安在一起的那些年里尝到了苦果。胡安·庇隆从一个国家流亡到另一个国家，取而代之的统治者们决意彻底抹除他的影响，消灭各种形式的反对。我不用破译胡里安的代码就能猜到，他的那些飞行都与贪腐和执行秘密任务的政府人员有关。

他还开始飞往古巴和迈阿密，几乎和去阿根廷一样频繁；这些飞行无关军事机密，可以和我讨论。他的大胆无畏声名远播，因而被黑帮雇来干活。这个犯罪帝国从二十年代开始在古巴发展起来，在富尔亨西奥·巴蒂斯塔独裁统治的庇护下壮大，当时控制着赌场、夜总会、妓院、宾馆甚至贩毒集团，对政府的腐败也可谓功不可没。胡里安帮他们运输酒、毒品和姑娘，也做其他报酬丰厚的活儿。然而，他也时不时地倒卖武器，通过地下渠道送到菲德尔·卡斯特罗的起义军手中，而他们正是为推翻巴蒂斯塔而战。

"也就是说，你同时为一对死敌效劳。这要是被发现了，我都不敢想他们会把你怎么样。"我提醒他。

但他向我保证没有任何风险，他很清楚自己在做什么。

有一次我陪他去出差，我们像王公贵族一样受邀住在新落成的里维埃拉酒店，邀请我们的是一群夸夸其谈、风趣好客的家伙，他们甚至给了我一堆筹码，让我在胡里安替他们办事时去赌场解解闷。直到几年后，我看到纽约的一场盛大的葬礼的照片时，才认出原来对方就是大名鼎鼎的黑帮老大福星·卢西安诺。

我在哈瓦那的那些天玩了或者说输了轮盘赌；沉醉在弗兰克·辛纳特拉现场演出的歌声中；在宾馆的游泳池晒日光浴，看到不少性感漂亮的姑娘穿着暴露的泳衣卖弄风情；在著名的热带赌场畅饮粉红马提尼；还在好几个迪厅里伴着已经在各地流行起来的古巴黑人音乐的旋律起舞，一晚上能受到好几个舞伴的热情款待。邀请我们的东道主之一应该是犯罪帝国里有头有脸的人物，他邀请我去参加总统府的宴会，府外军队的车辆正在巡逻，而府内巴蒂斯塔亲吻我的手向我致意。谁也没想到这座岛上永不落幕的狂欢很快就要结束了。

胡里安常常往保险箱里放入成捆的钞票，因为这么多钱如果存在银行必定惹人注意；于是，我建议他再买一架飞机专接旅游和出差的飞行任务，可以雇一些信得过的飞行员；这桩生意合法、干净、利润很高。我提出用我自己的积蓄给他提供一半的资金，但我们必须去公证员面前明确我的合伙人身份。他认为我不信任他，因而大发雷霆，但最后经不住这个好点子的诱惑而让步了。商务飞行依赖现成的机场，它们的数量一只手都数得过来；水陆两用飞机却可以去任何地方，只要那里有足够的水。

于是私人企业海鸥航空诞生了。慢慢地，随着我们买入了多架飞机，我们的航线将国内大部分地区都串联起来。我居然无意中实现了我出生之前父亲投资飞机的梦想。我经常有机会飞去首都，那里设了间办事处，因为我们这个国家一切都高度集中，没有出现在首都的东西就等于不存在。然而，公司刚组建起来，胡里安就失去了热情，因为既不刺激也没有风险；中规中矩的飞行只适合别的飞行员，他要追求的是丰功伟绩。这部分收入记在我们的正式账本上，其中有一半归我。

时光流逝，但胡里安依然精力旺盛，他可以像海盗一样豪饮，不眠不休连飞四十个小时，参加马术障碍赛，一上午打好几场壁球。他的暴脾气也没有缓和，还是像火药桶一样一点就炸，不过他再也不打我了。我替他保守着太多秘密，足以让他伤筋动骨。

"你可想清楚了，维奥莱塔。你要是离开我，我只能杀了你！"他有一次冲我嚷嚷。

"胡里安，你也得好好想想，光用威胁是留不住我的！"我回敬道。

于是我们无限期休战，我不得不靠抗焦虑的药物和安眠药才能活下去。

我在害怕什么？我怕胡里安猛烈的爆发和将我往死里打；害怕孩子们亲眼看到这一切，胡安·马丁曾因此哮喘和偏头痛发作；害怕我软弱地一次又一次落入他为我铺设的陷阱，接受轰轰烈烈的和解并原谅他；害怕他的"任务"会把他送进监狱或是送到死神身边；害怕当局发现第二套账本；害怕他挣来的钱上沾着淋漓的鲜血；害怕凌晨打电话来找他的可疑男人；害怕他长期与罪犯为伍而耳濡目染。胡里安却天不怕地不怕。他运气很好，在刀锋上行走多年都能逍遥法外，他是不可战胜的。

1958年的除夕，富尔亨西奥·巴蒂斯塔和他最亲近的合作伙伴乘坐两架飞机逃走,身上带着足以保证流亡时依然挥金如土的一亿美金。独裁统治的最后几天,空气中已经弥漫着游击队员所向披靡的味道,胡里安·布拉沃频繁前往迈阿密运送逃亡者、现金、黑帮成员及他们的情人。很快,革命者占领了全岛,开始枪毙政敌及在独裁期间发了不义之财的人,他们决心肃清腐败,终结糟粕的帝国。美国人的性爱之旅结束了,黑帮放弃了他们的妓院和赌场;古巴已经无利可图了。

胡里安把迈阿密的酒店当成了自己的大本营,但我不愿意放下乡间小屋和海鸥航空的工作、我的哥哥、我的朋友们、我的家和我在萨克拉门多的生活方式,就为了像旅客一样生活在迈阿密。我在那里没有熟人,而胡里安在天上的时间比在地上多,我和孩子们会很孤单。我们时不时去迈阿密看他,头几天他用关怀和礼物蛊惑我们,但后来要么就是他有任务不得不走,要么就是我们又大闹一场,接着再以不体面的和解收场。有一次,我问胡安·马丁想要什么生日礼物,他在我耳边小声说:"我想要你永远离开爸爸。"

13

1960年大地震时,我和两个孩子正在圣克拉拉。里瓦斯家的农场依然是我的庇护所、我最喜爱的避暑和休憩胜地,可以让我远离胡里安,他从来不陪我们来这里。圣克拉拉过去的居民如今只剩下比拉尔阿姨、多利托和法孔达。里瓦斯夫妇几年前过世了,大家都很怀念他们。纳维尔的居民们自发地在火车站挂上了一块刻着他们名字的铜牌。卡米洛,你去看看吧,铜牌应该还在,只不过现在没有火车了,人们都改坐巴士出行。

特蕾莎是农场唯一的继承人,因为哥哥罗伯托把自己那份也转赠给了她。可她无力维持农场的经营,于是我承担起了它的开销,后来它自然而然成了我的农场。两个马场租给了莫罗家,改成了葡萄园;牲畜栏里只剩下一头牛,马和骡子已经被自行车和一辆卡车取代;猪圈里也只剩下一头母猪,多利托把它当女儿一样照顾，因为它的猪崽是他唯一的收入来源。母鸡、狗和猫都还在。法孔达现在拥有了一间现代化的厨房，有煤气和两个土灶，能做很多蛋糕和馅饼，并拿到纳维尔镇上和附近的小镇去卖。

我没见过法孔达口中的丈夫；实际上，谁也没见过，所以我们都觉得是她编出来的。她在父母的帮助下把两个女儿养大，母亲得工作，女儿们就和外公外婆一起生活直到长大独立。其中一个女儿纳西萨五年之内生了三个孩子，彼此之间一点儿也不像，显然不是同一个父亲。"我这个丫头出生的时候双腿就合不拢。"见男人们走马灯似的轮番找女儿约会，而女儿随随便便怀了孕也没有男朋友站出来负责，法孔达只好无奈地自嘲。

布鲁诺叔叔去世后，房子一下子变空了，法孔达把纳西萨和外孙们接过来与她同住，这样就能照顾孩子们，一如当初她的父母照顾她的女儿们那样。孩子们缺失的父亲这一角色被多利托填补起来，虽然论年纪他应该算外公。他应该已经有将近五十五岁，但只有他掉了的几颗牙和佝偻的身形能透露出年纪。他仍然出远门"四处看看"，这么多年来，我想他的脑中已经有了整个省甚至省外一张详细的地图。

法孔达像母亲一样为布鲁诺叔叔的离开痛哭，而我则像女儿一样为他流泪。"那段流放"时期，当我初到农场时，他全心全意地接纳我，和多利托一样无条件地爱着我。法孔达每周六都去他的坟墓送上一束鲜花，直到1997年她也去世了。我们把他葬在比娅阿姨旁边，卡米洛，我希望你把我也葬在那里。不要把我火化后将骨灰随便一撒，还是让我的白骨滋养大地吧。你知道吗？现在可以把尸体放在可降解的箱子里或者用布裹起来，我喜欢这样，应该也很便宜。

布鲁诺叔叔去世时，比拉尔阿姨痛不欲生。她总说他们就像一对双胞胎，不过我倾向于认为他们是爱人。当我试着向多利托和法孔达套话时，他们的回答闪烁其词，从而愈加证实了我的猜想。幸好他们没有错过彼此！七十七岁的比拉尔阿姨过得很痛苦：膝盖疼得走路离不开拐杖，对农活、动物包括人都提不起兴趣。她曾经拥有惊人的力量和乐观的心态，如今内心却开始凋敝。她总是一连几个小时一言不发，两手空空，眼神游离。我甚至不止一次撞见她在跟布鲁诺叔叔说话。有一天我提议在圣克拉拉装电话，她坚定地回答说，如果这个机器不能用来和亡者通话，那我们要它干什么？

那年夏天，特蕾莎和泰勒老师带着好几个衣箱和一只关在笼子里的鹦鹉回来了，说准备住一段时间透透气。真相是特蕾莎因为支持政党活动而被单独关押，长达十八个月的监禁搞垮了她的身体。她骨瘦如柴，皮肤发灰，还染上了咳嗽和眩晕的毛病。我们去火车站接她时，她是被多利托抱下车的，因为长途旅行让她筋疲力尽。我提议她们坐海鸥航空的水陆两用飞机过来，但被婉言谢绝。

当晚，在法孔达为她们准备的欢迎家宴结束后，泰勒老师抹着眼泪跟我坦白：特蕾莎时日无多，她已经进入了肺癌晚期。

对于我的儿子胡安·马丁来说，我们每年在圣克拉拉度过的几周他都像是在天堂。他的哮喘和过敏奇迹般地好了，整日跟在多利托身后去户外活动，跟他学开卡车和照顾猪崽。他一看书便消失几个小时，原来是躺在了"鸟舍"的地上。我的"鸟舍"屹立不倒，门上还挂着那块"禁止男女入内"的牌子。"让我留在圣克拉拉吧，妈妈。"每年他都这样求我，我也猜得出来另外半句他没说出口的话："离爸爸远远的。"进入青春期后，儿子不再试图取悦胡里安，孩提时代对父亲那份热烈崇拜如今变成了畏惧。他怕他的父亲。

聂维斯则恰恰相反，她厌恶乡下。有一次，她对胡里安评价道，比拉尔阿姨是个干枯的老太婆，多利托是个有缺陷的傻大个，她爸爸听得哈哈大笑。我正准备把说话放肆的她关到房间里狠狠教训一顿，她爸爸拦住了我，说孩子没说错。他说：比拉尔是老巫婆，多利托是傻子。尽管我的女儿傲慢无礼，爱冷嘲热讽，但她确实招人喜欢。她在我眼中仿佛一只漂亮的鸟儿，浑身长满彩色的羽毛，歌喉低沉、欢快、纤细，随时准备远走高飞，无牵无挂地将一切抛诸脑后。

史无前例的大地震那天，她的果敢初露端倪。地震持续了十分钟之久，摧毁了两个省，引发的海啸巨浪甚至直逼夏威夷，把一辆渔船冲上了萨克拉门多一处广场中央，造成数千死伤。即便在我们这个习惯了大地颤抖、海洋发怒的国家，这也绝对是一场悲剧。圣克拉拉的老屋在彻底坍塌之前摇晃了好一阵子，给了我们时间拎着鹦鹉笼子逃出来，伴着尘埃扬起的乌云、各处的房梁和墙体解体的轰响和地球深处传来的闷响。

地面裂开了一条巨大的沟壑，吞噬了几只母鸡，狗狂叫着。我们站都站不稳，只觉天旋地转，整个世界都颠倒了。地面不住地颤动，每当我们以为快要结束时紧接着又是一波剧烈的震动。这时我们突然感觉到发生了爆炸，只见有火苗蹿出来——通了煤气的厨房爆炸了，房子仅存的部分也被点着了。

在一片混乱、浓烟和恐慌中，聂维斯发现我们中少了一个人：特蕾莎。我们没有看到她朝着火的房子跑去，否则一定会拦住她。我甚至都不知道事情究竟是如何发生的，只知道几分钟后听见多利托大喊，但我们找不到喊声来自哪个方向，谁也没想到居然是屋内。我突然隐约透过烟雾看到我的女儿艰难地拽着特蕾莎的衣服拖着她走。多利托第一个迎上前，用一只胳膊搀起一动不动的特蕾莎，另一只扶着聂维斯，用他情急之下被激发出来的加倍的神力将她们带离了火场。此时聂维斯还不到十岁。

那一天一夜，我们只能在野外度过，因为寒冷和恐惧而瑟瑟发抖；我开始认真分析女儿的性格。她的性格随父亲，和他一样英勇。她记不清自己是怎么做的，回答我们的问题时也只是满不在乎地耸耸肩。我们只知道她爬进了废墟，躲过了着火的障碍物，经过厅里剩下的部分，来到柳条编制的椅子前，因为地震之前她刚好看见特蕾莎坐在上面。聂维斯想办法拖着比她重的成人，沿着来时的地狱之路爬回去，她说贴着地面走呼吸更顺畅。

特蕾莎快不行了。她的肺已经被肿瘤摧残得很虚弱，经受不住这场火灾，几个小时后在她一生的伴侣——泰勒老师的怀中离开了人世。聂维斯的背部和腿部二级烧伤，头发也被烧焦了，但脸完好无瑕，更没有心灵创伤。载入史册的这场地震在她看来也只是一桩可以讲给爸爸听的趣闻。当天我们带她去了亚伊玛处，因为公路被切断了，铁轨也拧成了一团，连最近的医院也没法去。

土著人公社里的草屋也被毁了，仿佛刮来一阵狂风将稻草和尘土卷入空气中；但没有人受伤，人们都很淡定，收拾着少得可怜的个人财产，将受惊的羊和马赶到一起。大地母亲和盘踞在火山里的巨蛇对男男女女发泄了怒火，但原神将重建秩序，他们必须召唤原神。亚伊玛放下了典礼的准备工作，用简短的仪式和她的神奇油膏先给聂维斯治伤。

特蕾莎去世后,泰勒老师辞别我们,回到她已经四十年没有踏足的爱尔兰。她打算寻找自童年时就流落各地的兄弟们,但一周后就放弃了,因为那里已经不是她的祖国,我们才是她的家人。她在电报里这样说了之后,我的哥哥只回了她一行字:等我,我去找你。

他带她坐远洋大轮船回来。在两个港口之间需要航行二十九天,于是他有充足的时间说服她一直以来对他的拒绝都是巨大的错误,但还来得及弥补,并拿出那枚一直保存着的石榴石镶钻戒指。她跟他说得很明白,她老了,又伤心欲绝,不适合结婚,但还是收下了戒指放在口袋里。

何塞·安东尼奥口风很紧,从来没有告诉我那趟旅途的细节;但我从泰勒老师处得知他们同意走入"白色婚姻"。见我一脸懵懂,她解释说就是一种柏拉图式的结合,就像一对挚友。禁欲的约定一直持续到巴拿马。何塞·安东尼奥五十七岁,而她六十二岁。他们后来一起生活的十五年是我哥哥人生中最幸福的时光。

比拉尔阿姨人生的最后两年,一直在圣克拉拉由多利托和法孔达照顾着。她生命的火苗日渐微弱,没有任何明显的病痛,只是对人和神都失去了兴趣。她一生中念过数千遍《玫瑰经》和九日斋祷文,却恰恰在最需要信仰支持的时刻不再相信上帝和天堂。"我现在只想闭上眼睛消失,像清晨的雾一样消散于真空中。"她在交给法孔达的一封告别信中这样写道。过了这么多年,每当想起阿姨们我依然泣不成声;她们是我童年的仙女。

泰勒老师从特蕾莎手中接过了圣克拉拉的农场。尽管莫罗家开出了不错的价钱,她觉得还是不值得把它卖掉。莫罗家自从对多个土著家庭大肆掠夺之后,正在逐一蚕食附近的土地来扩大自己的田产。何塞·安东尼奥用乡间小屋最好的产品取代了被烧毁的屋子,我继续负责这里极其有限的开支。多利托在这里度过了人生大部分时光,这是属于他的世界,他无法再去别处生活。我继续履行每年在农场过上一两周的计划,即便是在命运绊住我的脚步之时;这样我的根永远不会离开自己的土壤。

那场地震成为当地人一生的分水岭。他们失去了几乎所有财产,花了很多年才恢复元气,但从没有人想过要远离我们安家落户的火山,远离这片大地的火种。那艘渔船就此留在了广场上,提醒人们铭记人生无常,世道不安。三十年后,早已生锈腐蚀的渔船被一本杂志当作历史景点拍了下来。

何塞·安东尼奥有一句名言,我觉得太过世故而不愿引述："大灾之时便是买房之日。"事实上，我们的预制房屋确实迎来了空前的需求，人们总得重建村镇和城市；同时，能供我们建别墅的土地也出现了前所未有的供给量。

我开始用积蓄购入黄金，因为国内通货膨胀急剧上升，我们的货币大幅贬值。胡里安还想出一个点子：从这里的赌场买筹码，再带去拉斯维加斯的赌场；这两种筹码一模一样，这样就能换回美元。他在黑帮的眼皮子底下这么闹着玩了两次，到第三次时害怕了；对于被拉去莫哈维沙漠当靶子的恐惧超过了冒险带来的刺激。与此同时，我的黄金正在银行幽暗的地下室里合法地升值。唯一一个知道我正在致富之路上大步前进的只有我的哥哥，他手里有保险箱的另一把钥匙。

某个周日，法比安·施密特-恩格勒来何塞·安东尼奥家，说要咨询他作为律师对一件必须保密之事的意见。我的哥哥一直因为他不幸娶了我而心怀同情，于是非常热情地接待了他。法比安说，有一群人数众多的德国移民在附近一个农业社区定居下来了，需要请一位谨慎可靠的律师。

我们听过不少关于希望区相互矛盾的传言。据说整个侨民区现在被一名逃亡的战争犯掌控，里面很神秘，像一座监狱一样被铁丝网包围，人人都进不得也出不去。法比安否认了这一谣言。他说自己认识那名长官，还作为兽医去过那里好几次。那里的移民生活安定，严格遵守勤劳、守序、和谐的原则。侨民区没有任何法律上的麻烦，但有时必须和当地政府打交道，而他们似乎有点爱记仇。

何塞·安东尼奥觉得有点摸不清底细，借口说公司的事情太忙而回绝了。两人告别时，他用不经意的口吻问法比安是否考虑过废除婚姻的事。

"这事儿没什么好想的。"法比安说。

然而，没过几年，我的丈夫突然出现在乡间小屋的办公室，提出可以将废除婚姻作为一桩交易，因为他需要钱资助一间实验室。人们发现了无限期冷冻精子的方法，这将为动物和人类的基因世界带来无限可能。何塞·安东尼奥和他谈好价钱，拟了份协议，先给了他一半的钱，另一半等法官签字废除婚姻后再给他。我的一部分金币此时派上了用场。在我最不抱期望的时候，我恢复了单身。

── 第三部 ──
离开的人（1960—1983）

14

如今回头看,我发现自己比想象中更早地失去了聂维斯。女儿十四岁时,胡里安决定假期与其逼她去圣克拉拉,不如跟他单独来一次父女二人的蜜月。对于胡安·马丁,他已经放弃了将他打造成"男人"的希望——或者说,打造成和他从一个模子里刻出来的男人。他的儿子是个呆头呆脑、理想主义的少年,比起父亲从迈阿密带回的《花花公子》杂志,他更爱阅读阿尔贝·加缪和弗兰兹·卡夫卡;比起找个隐秘的角落抚摸妹妹的朋友们,他更热衷于和几个同样忧国忧民的朋友探讨马克思主义和帝国主义。

之后的几年,胡里安带聂维斯去旅行,教她驾驶汽车和飞机。当他撞见她抽烟、偷喝酒杯里残留的鸡尾酒时,便开始给她买薄荷味的烟,教她有节制地饮酒,尽管他自己总是贪杯。

很快,聂维斯穿起性感的衣服,化上模特的妆容,和父亲在夜总会与赌场出双入对,一同在赌桌上下注,从来没有人怀疑她的年纪;他俩还笑话别人误以为她是胡里安新追到的姑娘。儿时的烧伤只留下了浅浅的伤疤,我想这归功于亚伊玛的治疗。胡里安说,她的美貌足以让交通停滞。十八岁时,她在酒店和赌场演唱流行歌曲,客人们会给她小费,这让胡里安觉得非常有趣。他喜欢这种游戏:让女儿抛头露面挑起其他男人的兴致,但又维持安全的距离,任何胆敢接近她的年轻小伙子都会被他吓跑。"爸爸,这样下去我永远找不到男朋友。"聂维斯埋怨道。"你这个年纪最不需要的就是男朋友。想追求你的人得从我的尸体上跨过去。"他答道,像她的情人一般醋意十足。

与此同时,我和胡安·马丁一同生活在国内,他正在学哲学和历史。在他的父亲眼中,这是浪费时间的无用功。他的大学在首都,所以我租了间公寓和他同住,但我们很少见面:我有一半的时间在萨克拉门多,还经常飞去美国看望聂维斯;大部分时间儿子都是独居。

废除婚姻这一结果在我已经不需要的时候姗姗来迟。我很满足于现在这种状态:我既有实实在在的自由,激情的需求又能得到满足。我的情人热情果敢,在相看两厌的生活、自然的默契和日积月累的怨气消磨之下,仍然能用亲吻让我败下阵来。我竟然被欲望奴役了这么长时间!年过半百的我看到镜子里的女人多年抗争的疲态，从未感到如此屈辱。相反，年龄对于胡里安来说却是自行选择的，他可以决定自己永远三十岁，并且确实做到了。在凡人开始考虑死亡不可违抗之力的年纪，他依然年轻，无忧无虑，风流开朗。他总说："人最终唯一会后悔的就是自己没有犯过的错。"

和胡里安相聚的时光令我既兴奋又痛苦。我像新娘一样为每一次见面精心准备，期待我们独处时容光焕发地拥抱彼此，依靠丰富的经验酣畅淋漓地做爱，我紧紧贴着他闻着健康、有活力的男人的味道睡觉，第二天在爱抚和困意中迷迷糊糊地醒来，赤身裸体地分享早晨的第一杯咖啡，手牵手在马路上散步，分享对方不在时各自身上发生的事。然而这样的日子只能维持几天，嫉妒带来的风暴就开始了。我望着镜中的自己，忍不住和他肆无忌惮勾搭的、与我女儿年纪相仿的年轻姑娘比较。胡里安则指责我太独立，总是不跟在他左右，还把自己的财产藏起来不愿与他分享。他说我野心勃勃，那时候这个词用在女人身上是一种辱骂。事实上，他总是千方百计染指我的积蓄。金钱像流水一样汇入他的手中，可他依然债台高筑。

卡米洛，不瞒你说，我不止一次乞求上苍，希望某天胡里安驾驶的飞机爆炸，甚至开始渴望亲手杀了他从而彻底摆脱他。我不是第一个，也不会是最后一个因为忍无可忍而手刃情人的女人。

胡里安坚持要我们重新一起生活,我架不住他的恳求而搬去了迈阿密。但我不是为了取悦他,只是想离聂维斯近一些。她初中没毕业就辍学了,白天睡觉,晚上消失,我打电话找她时总是不在。现在她对我连曾经的一丝尊重都荡然无存,还把跟她父亲学来的羞辱我的本事修炼得炉火纯青。她崇拜他,而我却是阻碍她美好生活的绊脚石:老土、古板、吝啬、做作,她曾当面说我是"一个讨厌的老太婆"。

当时,迈阿密城有大量的古巴流亡者,其中一部分有的是钱。海滨有许多游艇,街上有很多凯迪拉克汽车,还有不少酒吧和餐厅拥有全岛一流的美食;空气中回荡着拉丁音乐声和响亮的聊天声,聊天者的口音很有特点——辅音发得像元音一样用力。这座城市过去被视作退休老人迎接死神的等候室,如今瞧不出半点过去的影子。

胡里安在海边租了一套独栋别墅,周围种了一排椰枣树,还装了一个会喷水、有灯光的游泳池,需要大量家政人员打理。房子模仿意大利地中海式建筑风格,同时迎合新贵的喜好进行改良:宽敞开阔,露台上铺着彩色地砖,安装蓝色遮阳篷,瓷花盆里的植物早就热晕了。房子内部的装潢与它粉红蛋糕一般的外表一样浮夸。我第一次进门时,胡里安按照传统将我抱过门槛，得意扬扬地带我四处参观：足以和大酒店的后厨媲美的厨房（可我不爱下厨，他也一样）；画着美人鱼和海豚图案的六间浴室；散发着苔藓和消毒水气味的客厅；以及一座高大的塔楼，里面摆着一架望远镜，可以窥视夜晚在海滩附近停泊的船只。

别墅成了胡里安商务活动的中心，也是他和他所谓的合伙人会面的地方。有些合伙人一副官僚派头，在如此湿热的地区还穿西装三件套；有些是穿短袖衬衣、戴草帽的美国人；也有穿凉鞋和瓜亚贝拉衬衫的古巴人。还有戴着夸张的戒指、叼着雪茄进进出出的家伙，讲一口意大利口音的英语，身边还跟着一脸凶相的保镖，像极了荒诞漫画中的黑手党。

"你对他们客气点，他们都是我的客户。"当我打探他们身份时，胡里安这样警告我；不过我基本不和他们照面，房子很大，我们不会碰上。

我们在粉红蛋糕别墅共处二十四小时之后，胡里安拿出满满两箱文件摆在餐桌上，请我帮他筛一遍里面的内容。我这才明白过来，他想要我跟在他身边不是为了感情，而是出于现实的考虑；我一直都是他的管理员、秘书和会计。箱子里什么都有：未结款项、购物票据、地址和路线，以及连他自己都无法破译的手写的注释。我试着整理这一团乱麻的过程中，逐渐厘清了我的伴侣究竟在进行什么样的商务活动——据我推测，大部分都是违法的。

每隔一段时间,就会有沉甸甸的黑箱子进来,换成一捆一捆的钞票装满后再离开。别墅里有一个房间是武器库,但胡里安从来不用武器,他跟我说这里面没有一件是他的,他只是帮朋友保管。一周后,他决定不再骗我,跟我说了密谋反对菲德尔·卡斯特罗革命的古巴人,掌控着佛罗里达和内华达州犯罪网络的黑帮,以及意图使用一切手段阻止拉美左翼思想发展的中情局。

"这片大陆上几乎所有国家都有游击队在活动。你应该也懂,他们绝不允许我们中间再发生像古巴革命那样的事。"他解释给我听。

"你和这有什么关系?你替中情局办什么事?"

"运输。我时不时有一些不能说的飞行任务,也从古巴人和其他地方的熟人那里收集一些不怎么重要的信息。"

"他们付你钱吗?"

"很少,但有很多别的好处。美国人让我放手做事,不干涉我。"

"胡安·马丁说中情局以冷战为借口,推翻民主政权,支持残忍的独裁统治,只为精英阶层牟取利益,对百姓实行恐怖统治。我们这些国家里有诸多不公正、不平等和贫穷,共产主义能生根发芽自然有它的道理。"

"我也很遗憾,但这不是我们能左右的。胡安·马丁被他们洗脑了。"

"胡里安!他上的是天主教大学!"

"或许是吧,反正你儿子是个软蛋。"

"他也是你儿子。"

"你确定?我看他不像……"

于是,这样的对话很快演变成一场激烈的大战;无论我们以什么话题开头,最后都会吵得不可开交。

每当回忆起佐莱达·阿布雷乌,我总是满怀敬意,个中缘由待我细细道来。那时她还是一位性格爽朗的波多黎各的年轻姑娘,她性感的着装和烦人的嗓音会让人误以为她是个绣花枕头,实际上她是位女斗士。胡里安在一次出差时爱上了她,然后就和对待我一样,再也离不开她。他无法离开我是因为我怀孕了,而离不开她的原因我不得而知,只能猜测是因为这个女人比他更身经百战。这个女人十七岁就成为"波多黎各朗姆酒杯"选美皇后,居然跟着胡里安来了迈阿密。胡里安厌恶任何形式的束缚,所以一直和她保持舒适的距离,还跟她说他和我结婚了而在我们这个国家没有离婚,说他很爱两个孩子,永远不会离开他们。

我之所以认识她,是因为她竟有胆量约我去枫丹白露酒店的酒吧喝一杯。她身材高挑，打扮夸张，头发茂密得足够做两顶假发；她穿着紧身卡布里裤和高跟凉鞋，衬衣的下摆在腰部打了个结，突显了她的胸围。虽然看着像来宣战的浪荡女人，却一点都不粗俗。她进门时，所有男人都转过头张望，好几个还向她吹口哨。我们点了两杯鸡尾酒，她开门见山地告诉我，四年零两个月前，她开始当我丈夫的情人。

"对不起，我必须告诉你，我不能活在谎言中。"

"你是想要征得我的同意吗？那你们继续吧，姑娘，他是你的了。"我这样告诉她。一来我根本无力阻止，二来我已经不在乎胡里安身边的莺莺燕燕。

"胡里安说你们还在一起是因为离不了婚，但他对你已经没有感情了。"

"我们没结婚。他完全有娶你的自由。"

我们在一起待了一个小时，达成了一种奇特的默契。两杯酒下肚后，佐莱达从震惊和愤怒中回过神来，决定维持原状，不去找胡里安对峙，因为这样只会失去他。刚刚发现的真相留待合适的时机再亮出来。她需要他假装已婚，这样能击退其他情敌；我也需要她让他有事可忙。

"我不是妓女，我不要他的钱，不图他任何东西，也没想勒索他。我很正常，还是天主教徒呢。"她向我解释道，思维很清晰。

我显然不在她的情敌之列；我不构成任何威胁，只是一个穿着杰奎琳·肯尼迪风格套装的熟女，这种穿法早就过时了，眼下流行的是迷你裙。我想，如果告诉她就在我们喝着马提尼酒的时候，胡里安很可能跟别的女人在一起，这未免有些残酷。佐莱达坚信胡里安迟早会娶她。她只有二十六岁，有的是耐心。

比起中情局，我更担心的是黑箱子的主人、家里的军火库和两次出现在我家门口的匿名包裹。胡里安让我不要碰，因为可能会爆炸。于是它们就一直摆在门口，在太阳底下暴晒，直到胡里安找来一个长得像老鼠的男人来处理这个麻烦。这个男人是个懂炸弹的老兵，他仔细听了听包裹，然后像外科医生似的轻手轻脚地打开了盒子。第一次打开的盒子里装着几瓶威士忌，第二次是几斤最上乘的牛肉——里脊、肋骨、排骨，本来用冰裹着，但被太阳晒成了血肉模糊臭气熏天的一团。原来是来自客户们的谢礼。

我又一次感受到了胃部猛地挨一拳的那种恐惧，和胡里安在一起时我常有这种感觉。我问自己究竟在迈阿密做什么。

夏天，我们遭遇了一场把世界吹个底朝天的飓风。我们地势较高，所以不怕海浪，只是把窗户封起来、加固大门来抵御狂风。那是一次刻骨铭心的经历，飓风比地震强的地方在于不会突然来袭。狂风暴雨鞭笞着屋子，将几棵椰枣树连根拔起，卷走了一切没有被固定的东西。风暴平息之后，半公里以外不知谁家的乒乓球桌漂浮在我们的游泳池里，我们还在二楼的露台上发现了一只被吹过来的惊恐万分的小狗，一只可怜的小家伙。

两天后，地面开始收干，胡里安发现化粪池堵了，一下子急疯了。他不肯请人来修，而是亲自戴上手套，穿上橡胶靴，步入齐膝深的污水，骂骂咧咧地试着疏通。我很快明白了为什么他不能找人帮忙。他从坑里拉出来一个污秽不堪的袋子，一路提去厨房，把里面的东西倒在地上：成捆的湿漉漉的、被粪便弄脏的钞票。

我差点儿没吐出来，却见胡里安打算用洗衣机洗钞票。

"不行！你想都别想！"我歇斯底里地冲他吼。

他应该预感到我会不惜一切代价制止他，因为我不假思索地抄起了厨房里最大的一把刀。

"好好好，维奥莱塔！你冷静点！"他求我，看来是这辈子第一次被吓到。

他打了一通电话，很快来了两个黑帮保镖供我们使唤。我们去了一家洗衣店，有三名女士正在里面洗自家衣服，保镖们往她们一人手里塞了一张十美元，让她们去外头等着，并守在门口让胡里安单独在店里清洗沾了粪便的钞票。他把我也一同带进去，因为他不会操作这种机器。

"哈，我现在知道什么叫洗钱了。"我对他说。

这次经历让我顿悟：比起妻子，我更适合当胡里安的情人。第二天我就回了萨克拉门多。

卡米洛，我迟迟没有展开聂维斯的故事，因为这个话题实在太沉痛。或许这么做不太公平，但我把女儿的命运怪罪到胡里安身上。事实上，每个人都应该为自己的人生负责。我们出生时都握着几张牌，用它们来打人生的牌局。有些人拿到的都是烂牌，最后一无所有；有些人拿到同样的牌，却凭借精湛的牌技大获全胜。这些牌决定了我们是谁：年龄、性别、种族、家庭、国籍等等；我们无法换牌，唯有尽量打好这一局。这局游戏中有困难和机遇，有谋略和陷阱。聂维斯拿到了一手极好的牌：她聪明、美丽、勇敢、慷慨、有胆识、有魅力，还有迷人的嗓音。我像全天下寻常的母亲爱自己的孩子一样全心全意地爱着她，但我的母爱依旧比不上父亲对她的宠爱。在这个世界上，聂维斯是唯一一个能让胡里安爱她胜过爱自己的人。

据说每个女孩童年早期都会爱上自己的父亲（我想这应该是"厄勒克特拉情结"），而后自然而然地克服这一情结。不过有时候，父亲也会爱上女儿，如此一来，种种感情交织在一起，乱得如同猫爪盘弄的羊毛团。聂维斯和胡里安之间便是如此。当他看出女儿有他所欣赏的、儿子不具备的品质时，他立刻被她迷住了。她和他是一类人，身上有他的血脉和灵魂，完全不同于在他眼中羸弱、娘娘腔的胡安·马丁。儿子始终比不上妹妹，于是决定放弃努力，甘愿躲到她身后一个看不见的角落里。这一点他做得非常成功，父亲真的忽略了他的存在。

有一次在泳池边，我看到胡里安和往常一样给聂维斯涂美黑霜；但这一幕里有些东西让我突然感到不安，于是把她叫过来由我来涂。

"爸爸涂得更好。"她的语气中对我满是不屑。

后来，我鼓起勇气和胡里安挑明，他用一个耳光作为对我的回应。他已经很久没有打我了，而且从未在脸上留下过掌痕。他骂我是个下流恶心的女人，用猜疑和嫉妒破坏一切；说他忍了我很多年，但无法容忍我用邪恶玷污聂维斯的纯真。

我和胡里安在迈阿密那座奇丑无比的粉红别墅共同生活的那一年里，整日与黑帮、阴谋家、间谍为伍；聂维斯理论上和我们住在一起，但实际上我很少见到她。别墅离市中心很远，女儿经常留宿在女朋友家——她是这么说的。有时我发现她躺在游泳池边的安乐椅上，喝着椰林飘香就睡着了，显然刚结束一场狂欢。有些夜晚，她实在醉得厉害（我猜其中还有毒品的作用），开不了车，如果找不到人送她回家，就打电话让胡里安去接。她用可卡因缓解宿醉，胡里安手头一直有这种药物，他觉得它和烟草一样没多大危害。

我的女儿在黑帮手底下的夜总会和赌场里驻唱,胡里安曾带我去听过几次。此时此刻,我脑中依然浮现出她当时的样子:明明是个孩子,妆容却浓得像个应召女郎,穿条亮片紧身连衣裙,身上戴满了假钻石;演唱时摩挲着麦克风,用沙哑性感的嗓音诱惑听众。她的父亲也和别的男人一样兴奋地鼓掌,对她吹口哨喝彩,而我却觉得胃里一阵抽搐,乞求上苍让眼前这一幕赶快结束。

两年后,一个家伙在这种阴暗龌龊的地方"发掘"了聂维斯,承诺给她爱情和舞台成就,连夜将她带去了拉斯维加斯。他名叫乔·桑托罗,自称经纪人,实际上只是个寂寂无名的小演员——美国遍地都是这种长得好看但毫无神采、无所顾忌的青年。聂维斯悄悄打包了行李,瞒着父亲离开了家。两天后,在他报警之后,她才从拉斯维加斯打来电话。胡里安被愤怒和嫉妒折磨得快疯了,毫不犹豫地去找她。他常去拉斯维加斯帮客户办事,别墅里出现的一部分黑箱子也来自这里,所以他在当地有些人脉。他的计划是雇一名打手把那个叫桑托罗的膝盖打个粉碎,再拎着女儿的耳朵将她带回自己身边。

胡里安找到聂维斯时,她正在乔·桑托罗与一群嬉皮士和流浪汉同住的破烂屋子里;这些人在这里只是过客,住上几晚便消失,把这里搞得乌七八糟。我的女儿正和她年轻的情人一起躺在地板上一张油腻的垫子上，身边是凌乱的衣服、啤酒罐和吃剩下已经发硬的比萨。两个人都在LSD致幻剂和大麻的双重作用下在另一重宇宙飘飘欲仙，但聂维斯还有一丝清醒，猜出了父亲的来意。她半裸着身体，脸上挂着花掉的浓妆，披头散发地挡在父亲雇来的打手跟前，双手死死握住枪管，向父亲发誓如果他们敢碰乔，这辈子都别想再见到她，她一定自杀。

女儿给胡里安坚不可摧的堡垒带来了唯一的一击。聂维斯就像逃离死神一样残忍决绝地离开了他。我想，聂维斯身体里的每一个细胞都感受到了她的大脑不愿意承认的事实：她应该逃离父亲热切的溺爱，停止对他的依赖。她干脆利落地斩断了联系，拒绝和他回迈阿密，也不接受任何形式的帮助。

见聂维斯视他如仇敌，胡里安初到拉斯维加斯时的愤怒化为此刻的绝望。他说，她想要什么他都可以满足，保证她事事称心如意，他可以出钱让女儿和这个乔·桑托罗或是随便哪个她看上的该死男人过上像样的日子，再怎么样她都不能生活在猪圈里。他低声下气地求她，痛哭流涕，但没有什么能打动女儿石头一样坚硬的心。于是他终于明白，她真的和他一模一样，桀骜不驯，无所畏惧，认准了的事就一定会做，不听任何人的劝。聂维斯的冷漠和他一样会给身边的人播撒不幸，女儿就是他的一面镜子。

聂维斯留在了拉斯维加斯。胡里安原本想在附近定居，以便在必要的时候介入她的生活，但最后不得不放弃，因为就算是隔得远远的，女儿也不想见他，而他也放不下迈阿密的生意。我想他的客户们也不肯放他走：胡里安这样的飞行员可不好找，他能在夜间敌人的领空内以低于雷达信号的高度飞行，也能在鳄鱼出没的沼泽地上降落送取神秘包裹。

为了监视女儿，胡里安雇了一名侦探——罗伊·库珀。卡米洛，这个人后来在你的生命中起到了至关重要的作用。我只知道他有前科，是敲诈方面的专家，但不清楚他究竟是靠敲诈还是靠解决敲诈为生。

罗伊的报告令胡里安心碎。他的女儿在一条笔直的坡道上逐渐滑向死亡。她和乔·桑托罗在一起一段时间后，很快就离开了他，也可能是被他抛弃了；总之聂维斯如今露宿街头。旧金山著名的"爱之夏"已经是一两年前的事了，但嬉皮士的反主流文化风潮依然在美国的许多城市盛行，拉斯维加斯便是其中之一。长发飘飘、文着文身、游手好闲但幸福满足的年轻人在整个加利福尼亚四处游荡，很快还将在伍德斯托克创造历史；但其他地方的人都容不下他们，他们若是出现会有挨打甚至被逮捕的风险。胡里安从来没在迈阿密见过嬉皮士。

聂维斯也混迹在这群招摇过市的白人青年中间，这些出身中产家庭的青年男女选择了乞丐的混居生活、古怪的音乐和毒品。罗伊盯得很紧，频繁向胡里安汇报。他拍到的照片中，聂维斯有时穿着用小镜子装饰的破布条，头上戴着花，有时和一小撮年轻人在抗议越南战争的游行现场，有时在一名头发凌乱的古鲁脚边盘腿静坐，有时在公园里唱歌乞讨。她睡在公社里、大街上、破旧的汽车里，四处为家，秉承的是那个年代无数年轻人信奉的流浪精神。她沉迷于无边无际的自由和一日爱情，热衷于懒散的生活；她拥抱印度风格的美学、平等和同志情谊，但对东方哲学、对自己参与的运动的政治社会主张又毫无兴趣；她反对战争只是觉得既好玩又能挑战警察，实际上她根本不知道那个叫越南的地方在哪里。

罗伊接到的指示是让女孩不挨饿并尽量保护她，但不能让她猜到是父亲的安排。这很好办，因为她终日在大麻和酸剂的作用下过得浑浑噩噩。她誓要体验一切，一口一口品尝人生，于是开始吸食海洛因。胡里安的想法是让她一点一点放纵，这样她触底的时候不会受伤，到时候再把她救回来。罗伊根本数不清楚聂维斯和多少个男人有过露水情缘，他也没必要调查清楚他们的名字，因为她的爱情顶多维持三四天。他发给胡里安的照片都是在远处或是从旁经过时拍摄的，拍到的男人几乎都是一个模子里刻出来的：大胡子，长头发，戴着串珠项链或是花环，穿着凉鞋，背着吉他。

唯一不同的是乔·桑托罗，他有规律地在聂维斯的生活中进进出出，绝不是个普通的嬉皮士。他贩卖零星的冰毒和海洛因，数量极少，警察也懒得管。他的顾客主要是小职员、娱乐产业的三流演职人员和宾馆的住客。嬉皮士更喜欢免费发放的大麻和致幻剂，他们大多对硬性毒品和酒精嗤之以鼻。究竟是他把聂维斯带入了海洛因的世界，还是只在她走投无路的时候给她供货，我们永远都没法知道了。吸毒成瘾的道路笔直而平坦，聂维斯一路走得飞快。

一年之后我才知道这一切，因为胡里安打电话来或是回国时，总是信誓旦旦地跟我说聂维斯一切都好，和两个女朋友合租了套公寓，在学艺术。他说每周和她通两次电话，但不去看她，因为她想锻炼自己的羽翼试着独立一段时间，这在她这个年纪也很正常；还说她不希望我去看她，如果她不回我的信也不必担心，她一向不擅长沟通。有一次我飞去迈阿密整理更新胡里安的文件，女儿人不在也联系不上，他千方百计地编了借口。我本该多问几句，但我没有。我也有错。

多年来，将我和胡里安维系在一起的只是习惯性的彼此厌恶又彼此渴望。当然，还有聂维斯。连胡安·马丁都不在其中，如果只有他这个儿子，早在十五年前我们就分手了。我无法解释这种混合了吸引与排斥、激情与狂怒的感情和总是争吵不休又和好如初的惯性；连我自己都无法理解，随着时间流逝，我们只记得发生过的事，却把当时的情绪忘得一干二净。

我已经不是彼时的那个女人了。

那些年里,每次从迈阿密返回我在萨克拉门多的家或是回到在首都和儿子合住的公寓时,我都决定再也不理睬胡里安的召唤;可最后还是好了伤疤忘了疼,就像一只被殴打驯化的小狗。事情乱得让他喘不过气时,他会打电话让我帮他整理头绪;想逃离和女人或金钱有关的麻烦时,他会来见我。他的每次出现都有如台风过境,摧毁了他不在时我精心维持的规律生活以及平和的心态;只有他来的时候,我才会喝到酩酊大醉甚至吸食大麻,胡里安说我需要酒精和大麻才能像正常人一样享受生活。"我喜欢你放松的样子。如果你脑子里只有你的忧虑和生意,我就没法跟你好好在一起。"他总这么说。

那也是通常引发我们争吵的原因之一——我的生意。卡米洛,你知道我很有生意头脑;我会攒钱懂投资,生活也有节制。胡里安认为钱财方面的谨慎就是吝啬,这是我的又一个缺点。然而,他一边批评我吝啬,一边在五分钟内骗走我一年的盈利。

15

只有我的哥哥和约瑟芬·泰勒知道胡里安对我施暴,他们多次责备我对他百般容忍。在他们的坚持之下,我终于去看了精神病医生,请他帮我解决对我造成诸多伤害的这种情感依赖。

利维医生是犹太人,曾在维也纳和卡尔·荣格一同学习,现在是大学老师,有好几本著作,成就卓著。我估计他应该有八十多岁,但也可能更年轻,只是因为饱经风霜而显得沧桑。他认识胡里安,因为他也是胡里安在战后用水陆两用飞机偷偷带入国内的移民。他在集中营里失去了所有家人,但这场惨剧给他留下的并不是痛苦,而是对人性弱点的无限怜悯。用我难以启齿的感情问题来浪费一位集中营幸存者的时间,这让我很羞愧,但他只用一个眼神就让我放下心来。他关上诊室的门,空气仿佛在那间装满书的屋子里凝固了——那里什么都没有，只有我和他。

"我的人生平淡琐碎，乏善可陈；利维医生，我只是个平庸之辈。"一次治疗时，我告诉他。

他回答说每个人的人生都是平淡琐碎的，我们都是平庸之辈，得看我们跟谁比。

"维奥莱塔，你为什么选择悲惨的人生呢？"他说完之后顿了顿，显然是想起了他过去的苦难，并接着说，"我不由想起，中国人说'祝您生活精彩'其实是诅咒，而与之对应的'祝您生活平淡'反倒是祝福。"

感谢利维医生手把手将我带离了胡里安身边。这并非一蹴而就，而是一条漫长的自省之路，从我在山茶花府度过童年、在那里发现父亲的尸体开始，一路经过记忆中的一道道风景——泰勒老师、阿姨们、里瓦斯的农场、流动学校、帕斯瓜尔·弗莱雷的侵犯和多利托的出手相救、法比安、胡里安和我的孩子们，最后抵达厌倦了抗争和孤独的五十岁。

我的第一步是告知胡里安：以后不要再指望我帮他解决麻烦，资助他天马行空的想法，替他还债、粉饰账目或是收拾他四处惹下的烂摊子；我不会再踏足迈阿密的那栋粉红蛋糕别墅，也不想再见到洗衣机里沾了粪便的钞票、那些黑帮和间课；如果他来见我，只许住宾馆，并学会尊重胡安·马丁；最后，他必须记住，如果再碰我一下，我一定会让他后悔。

"维奥莱塔，你必须有足够的毅力和清醒的头脑才能实现目标。我建议你和胡里安在一起的时候滴酒不沾。"利维医生对我说。

直到这时我才把酒精和胡里安对我施加的影响联系起来。

胡里安以为这只不过是多年来我惯用的无效手段之一，但这次我身后有利维医生的支持。两个月后，他厌倦了哀求我去迈阿密帮忙，无奈之下，将他"公司"的一堆麻烦事托付给了另一个人。他口中的"公司"实际上只是强盗匪徒的一系列买卖和交易。这个人就是佐莱达·阿布雷乌，胡里安那个追随他到天涯海角、心地善良、和我在枫丹白露酒店一起喝过马提尼的年轻情人。他的这个人选堪称完美，因为她除了和我一样高效、谨慎、愿意为爱付出之外，还是一名职业会计。我对付两套账簿里乱七八糟的数字全凭直觉，但她有专业的方法，也吃透了美国法律的精神。她知道怎么管理秘密账户、避税和洗钱。胡里安和她在一起比和我在一起过得好多了。

我可以想象，这个有着玲珑曲线、长着狮毛一般茂密秀发的"波多黎各朗姆酒杯"选美皇后，一边在胡里安的合伙人及客户面前立威，一边击退他身边层出不穷的爱慕者。她跟我说过她很有条理，这是会计这一职业的必备素养；对于放荡不羁的行为她的容忍度特别低,因为父母对她的管教非常严格,还送她去修女建立的学校读书。她隔三岔五给我打电话,给我讲最近的闹剧或是问我的建议。她霸道强势,对自己和自己的想法都很有信心,尽管她的想法常常因为她孩子气的说话方式而听起来有些滑稽。我怀疑胡里安根本无法驾驭或者唬住她;如果他们吵起来,她能像拍死一只蟑螂一样轻易碾压他。

佐莱达的存在是我的福报,因为她帮我斩断了与胡里安的最后一丝纠葛。

胡里安开始频繁回国,说是为了处理与神秘莫测的希望区有关的高度保密任务。我提醒他说,我们正在港口的一间小饭馆吃牡蛎和刺海胆,既然他能在这样的场合告诉我,那这任务恐怕也没那么机密。

"维奥莱塔,你是我的灵魂伴侣,比任何人都了解我,我对你没什么可保密的。"他回答说。

我差点没忍住想问他和佐莱达之间有没有秘密,但最好还是不要让他知道我和她之间有着非同寻常的革命友谊。

胡里安很少和儿子见面。他偶尔邀请胡安·马丁去迈阿密时,儿子以学习忙为借口婉拒;当他来首都时,父子俩尽量不见面。他们回避对任何话题的深入探讨,尤其是政治,因为它很可能成为点燃相互厌恶之火的引线。胡里安觉得儿子永远那么不讨人喜欢，而胡安·马丁觉得父亲是为美帝国主义卖命的坏蛋。

当时，一位代表左派政党联盟执政的社会主义者刚刚赢得总统选举，胡安·马丁为他的竞选活动不辞辛劳地忙前忙后。他的父亲确信这位新总统在位时间最多几个月，因为无论是右派还是美国都不会允许他继续执政，但他没有直接告诉儿子，而是希望通过我来提醒他。

"告诉你儿子小心点。这个国家不可能成为第二个古巴，没准很快就会有一场血雨腥风。"

我不用问也能猜到他如何得知。

聂维斯的性命是胡里安雇的私家侦探救回来的。在内华达沙漠某个炎热的下午，罗伊想起已经有一周没有给雇主例行汇报了。盯梢一个小姑娘是个挺烦人的活儿，让他这种该为犯罪集团服务的人来干确实大材小用，不过报酬令他很满意。

他到她常去的所有地方找了一圈，包括她走投无路的时候站街的角落，但一无所获。他没有把她站街的事告诉她父亲，他应该猜得出来，这是瘾君子需要毒品的时候常用的办法。他确定像胡里安·布拉沃这样的人非常熟悉毒品世界的每一环，从生产运输，到与毒品有关的腐败和犯罪，再到吸食者的上瘾堕落。他的亲生女儿居然是毒品受害者，这实在是令人痛心的讽刺。罗伊有些担心,因为聂维斯从来没有这么长时间离开过他的视线;他去找经常和她厮混的嬉皮士们打听,也就是一群群远离灯红酒绿的城区,在荒地风餐露宿的年轻人,终于得知有人见到聂维斯和乔·桑托罗在一起。

等罗伊在一家保龄球馆找到乔时,天已经黑了,他干干净净,衣着光鲜,刚刮过胡子,正在和几个朋友打保龄球喝啤酒。

"聂维斯?我又不是他的保镖。"他很不屑地回答说。

他对这个女孩已经没有兴趣了,只是卖硬性毒品给她而已;他说他自己不碰毒品,也提醒过她这是一条不归路。罗伊拽着他胳膊把他拖到卫生间,先在腹股沟处用膝盖顶上一记把他打趴下,然后再提着腰带把他从溅满小便的地面上拖起来,准备打断他的鼻梁;乔连声求饶,护着脸口齿不清地说聂维斯在"巴士"上。

罗伊知道那是什么意思。"巴士"是一辆拆掉了座椅和轮子的公共汽车,常年覆盖着涂鸦,停在一栋废弃大楼的院子里。那栋大楼是瘾君子和流浪汉的老巢,罗伊先前在那里逗留过几个小时,但当时没想起来去巴士里找找。他找到聂维斯时,她已然不省人事,躺在两个不知是睡着了还是飘飘欲仙的男孩中间。他看都不看这两个男孩——他们不是他的客户,试图把聂维斯扶起来,但女孩瘫软在他手中。他拍了拍她的脸,用力摇晃她逼她呼吸，试了试她的脉搏却没有找到，最后只能抱起她一路小跑到自己停在一个街区之外的汽车上。聂维斯瘦得皮包骨头，体重和小男孩差不多。

侦探从医院给胡里安打电话，此时的迈阿密将近半夜。

"小姑娘已经触底了，您赶紧来。"他通知雇主。

胡里安第二天中午赶到拉斯维加斯。他驾驶的是一架客户给他的小型喷气式飞机，停在了一个私人机场。两天后，聂维斯出院，她的父亲和罗伊毫不客气地直接把她架上飞机。她从差点要了她命的吸食过量中恢复过来，但正在经受可怕的戒断反应。两个大男人合力才勉强摁住她，因为他们对抗的是聂维斯绝望中迸发出的异于常人的蛮力；她喊着不堪入耳的脏话，要是在公共场所早就把警察引过来了。上飞机后，父亲给她注射了一支镇静剂，把她放倒了十个小时，给了他们足够的时间在迈阿密着陆并把她送进诊所。

直到这时，胡里安才给我打电话将事情和盘托出。其实两年前我就怀疑女儿吸毒，但我以为只是大麻和可卡因，是她爸爸口中和香烟一样没什么大碍的药物，完全不影响聂维斯在这个世界上的正常生活。我居然忽视了女儿身上种种明显的信号，一如我对胡里安的酗酒问题视而不见。我对自己重复着他的话：他天生酒量过人，能喝上普通人的两倍依然面不改色，他需要随手一杯威士忌来缓解腰疼，以及其他各种借口。聂维斯刚刚因为海洛因从鬼门关走了一遭，正在接受严格的戒毒和康复计划，但我没想到她已经深陷毒瘾，而是听信了胡里安的说辞：只是一次不幸的事故，以后不会再发生，孩子已经吸取了教训。

一周后，我们被允许进入诊所看望聂维斯。此时她已经度过了戒断最难熬的日子，她收拾得干干净净，头发湿漉漉的，穿着牛仔裤和一件T恤，沉默不语，眼神空洞地盯着地面。我哭着拥抱她、喊她，可她没有任何反应；但胡里安问她怎么样时，她的目光终于有了焦点。

"神选中了我，爸爸，我要给人类传递信息。"她说。

一旁的顾问向我们解释说在创伤和镇静剂的双重作用下，病人出现这种神志不清的状态很正常。

聂维斯住在诊所的三个月以及她失踪后的几个月，我都留在迈阿密。只要允许探视，我就去看她；一开始是每周一两次，后来几乎是每天。每次见面时间都很短，还有人在一旁监视。我了解到了戒断的恐怖：焦虑、失眠、抽搐、胃痛、冷汗、呕吐和高烧。头几天他们会给她用镇静剂和止痛药，但之后她必须硬生生地熬过毒瘾发作时带来的折磨。

有时候我们去探视时，聂维斯似乎康复了，刚从泳池里出来或是正在打排球，脸颊红润，眼中有光；可有时，她又苦苦哀求我们带她离开，说那里的人折磨她，不让她吃饭，还把她绑起来打她。她没有再提过神明。她父亲和我找精神科医生以及顾问们谈过几次，他们都反复强调严厉的爱和对她严加管束的必要性；但聂维斯已经快二十一岁了，我们在她面前已经没有足够的威信来保护她不自我伤害。

聂维斯生日当天从康复诊所消失了。她没有带衣服，只带着父亲罔顾医生提醒而送给她当作生日礼物的五百美元。我们猜测她回了拉斯维加斯，她的关系网都在那里，但罗伊怎么也找不到她。有一段时间她音信全无。

胡里安希望我在迈阿密期间住在他丑陋的别墅里，但我已经决心不再和他同住一个屋檐下。我很清楚，一旦给他机会，我最后又会躺倒在他的床上，事后再次懊悔不已。我租了一个带一间小厨房的工作室，在这里享受宁静和孤独；在我沉浸于女儿令人心痛的现实中的那段痛苦岁月里，我需要宁静和孤独。

佐莱达·阿布雷乌也不和胡里安同住；他把她安置在椰林区的一间高档公寓里，既让她离得够近，又不至于失去自由。他从来没和我提过她，也不可能知道我们经常在枫丹白露的酒吧碰头，我甚至喜欢上了这个年轻姑娘。她拥有我所没有的勇气。

佐莱达管他管得很紧，但也知道没必要时时看着他，因为她只需要看他一眼就能猜透他的心思，能看出他是否背叛了她。胡里安在她面前毫无秘密可言。我问她是不是爱吃醋，她哈哈一笑答道：

"当然啦！维奥莱塔，我不吃你的醋，你已经是过去时了；但如果被我发现了别的女人，我会宰了他。"

她对于自己受宠的地位有十足的信心，因为她对胡里安的非法活动了如指掌，他绝不会愚蠢到惹怒她。

"他逃不出我的手掌心。"她说。

她依然以令人称道的耐心等待着合适的时机要求他娶她。她瞒着胡里安，想尽办法希望能怀个孩子，因为怀孕生子就意味着她拥有了王牌，但她未能如愿以偿。

"你不介意，对吧？你的孩子们都成年了，对他们不构成威胁。"她又说道。

那三个月里我一心扑在聂维斯身上，但也同何塞·安东尼奥保持联系。那位社会主义总统订制订了一项基础住房计划，来解决贫民窟的悲惨现状；那里的人们仍住在纸板和木板糊的破房子里，没有饮用水、下水道和电。何塞·安东尼奥凭借多年的经验和完善了预制建筑体系的声誉，参与了一项公共提案的竞标。乡间小屋是中产阶级年轻人最青睐的公司，他们花了大力气买下人生的第一套住房；但如果连一贫如洗的边缘人群也能住在差不多的房子里，那么公司的地位恐将不保。

"哥哥，你别忘了这个国家的等级观念。我们可以造些和海边一样的基础房屋，但是得用别的颜色，还得取个新的名字。就叫'我自己的家'，如何？"我提议。

我们赢得了很大一部分合同，因为我们的报价无人能敌。利润的空间虽小，但一年前子承父业的安东·库萨诺维奇让我们明白可以用订单的数量来弥补，关键就在于提高生产和搭建房屋的效率。为此，我们必须给工人一些激励。我们将工厂的设备数量翻倍，并向工人支付额外的奖金，这样就能安抚公司里的工会。

七十年代初，我们国内的政治形势非常糟糕，还爆发了严重的经济危机和社会危机。政府彻底瘫痪，因为执政联盟中的各党派混乱无序，难以达成共识；同时右派政党步步紧逼，为了摧毁社会主义试验的果实不惜牺牲一切。胡安·马丁经常提醒我，胡里安也证实，反对党背后有中情局的支持，他们必定要破坏游击战。"爸爸，我们这里没有游击战，这是人民选出来的中间党派和左派的联盟。美国人在我们这儿没什么施展空间。"胡安·马丁在与父亲为数不多的几次聊天时曾这样驳斥他。

这些形势并没有影响到我和何塞·安东尼奥，我们的工作依然多得做不完，我们的工人也很满意，这在当时的背景下堪称奇迹。那段时期充斥着频繁的冲突，不断升级的暴力、失业与罢工，支持政府的和支持反对派的大规模游行。整个国家被分化瓦解成两个不可调和的阵营，彼此之间互不对话，谁也不肯让步。虽然我们拿到了政府项目，但何塞·安东尼奥和安东·库萨诺维奇也被归入政府的敌人之列，所有的企业家、我们的朋友和熟人均是如此。我随哥哥一起把票投给了右派。支持左派的只有我的儿子和泰勒老师。七十多岁的泰勒老师没有忘记当年和特蕾莎·里瓦斯共同的政治抱负，即便身为我哥哥的妻子，也不改初衷。

胡安·马丁换了一所大学，他给我的解释是在天主教大学里感到格格不入；如今他在国立大学读新闻。他十分热衷于政治，连课都不怎么上。我的中立态度被他视作耻辱，他认为这是冷漠、无知和自满的表现。"妈，你怎么能给右派投票呢？你看不到这个国家的不平等和贫穷吗？"他问我。我当然看到了，可我无能为力，我认为问题出在政府或教会身上；我能保证自己的工人和职员有活儿干就已经很不错了。卡米洛，人必须经历足够多的事才能学会着眼于现实。危机四伏的那几年里，我努力做到不看、不听、不说；若不是遭到了镇压的铁拳直接打击，我在后来那么多年的独裁统治时期也会秉持同样的原则。

16

当我的祖国疾速滑向无可挽回的悲剧时,我连续三年频繁地在迈阿密、拉斯维加斯和洛杉矶三地间往返,因此我没有经历祖国的大部分社会主义时期。美方的消息带有明显倾向,他们不断搬运右派的舆论,添油加醋地将我们这个国家描绘成第二个古巴。我经常为生意上的事回家,每趟回来都觉察到混乱和暴力逐渐升级,目睹胡安·马丁渐渐脱离我的掌控。我的儿子变得陌生起来。他和我说话的语气仿佛在哄一只宠物;他丧失了教化我的热忱,而是把我当成又一桩失败的事业,将我划入"老古董"之列。我都快认不出他了:他留起了乱糟糟的胡子,头发又脏又乱,身材干瘦,但充满激情,完全看不出过去那个胆怯的男孩的影子。

聂维斯消失了几个月。胡里安动用了他的关系试图把她从迈阿密揪出来,但她出走时没有留下任何线索。他去航空公司和公交公司打听,却一无所获;乘客名单上没有她的名字,不过这并不能说明什么,总还有别的交通方式。而我为了找她,一头扎进乞丐、瘾君子的地下世界和流落街头的生活。胡里安对这个世界并不了解,他涉足的交易和犯罪是另一个维度的活动,他从来没有来过这种污秽不堪、衣衫褴褛的活死人出没的小巷子。可我来了。他们是如何看待我的?资产阶级的阔太太,衣着考究,伤心欲绝,哭着四处寻找一个叫聂维斯的人。我认识了一些让人看着于心不忍的年轻人,但我没有出手相助,打听女儿的消息才是我唯一的目标。这样的日子我过了好几个星期,卡米洛,那是你能想象到的最艰难的几个星期,而我唯一的收获就是得知没有人认识聂维斯。

就在这时,罗伊打电话来说他在拉斯维加斯发现了她。他本已经放弃寻找,但偶然遇见乔·桑托罗,便一路跟踪,果真找到了聂维斯。我立刻和胡里安一同前去。

罗伊找到的女孩已经不和流浪青年混迹在一起,嬉皮士浪潮衰落之后这样的青年所剩无几;如今她和其他年轻人一同在著名的拉斯维加斯大道上"上班"。她把头发剪得很短并染成浅得发白的金色,化着夸张的浓妆,衣着十分性感,换作在其他任何地方都会让人以为是戏服，但与那条街的氛围很相称。据罗伊说，所有高级宾馆和酒吧都拒绝她入内，她只能住在大街上，或用分销毒品、偷盗和卖淫赚来的钱不停换租房子。迈阿密康复诊所里度过的那几个月没有起到任何作用，她故态复萌，而且愈加孤独绝望。

"桑托罗是她的老板，对此我一点儿都不意外。"侦探告诉我们。

"我发誓一定会让他后悔！"胡里安勃然大怒。

胡里安邀请我和聂维斯一同入住凯撒宫。这一次，来无影去无踪的女儿选择和我睡一个房间，因为她不肯住在父亲的套间里，哪怕套间里有两间卧室、一个客厅，能看到这座城市的全景，甚至有一架白色烤漆三角钢琴，据说它属于大名鼎鼎的钢琴家李波拉斯。在聂维斯面前，我感到拘谨、自责、愧疚。我感到聂维斯用冰冷的目光审判我、蔑视我；她之所以忍受父亲和我，只是因为能从我们这里拿到钱，仅此而已。但我不忍责备她，因为我只是从她的世界里蜻蜓点水地走过一遭，就对她心生怜悯。卡米洛，我愿意把自己拥有的一切都给她，只要能帮到她，哪怕只是一点点。

到了宾馆，聂维斯做的第一件事是洗了很久的泡泡浴。我给她端去一杯茶，发现她在水里睡着了，身体都快变凉了。我把她从浴缸里扶出来，正准备给她披上毛巾时，看到她背上有一条疤。

"这是怎么回事?聂维斯!"我惊呼。

"没什么,抓的。"她耸了耸肩回答。

她一直不肯说究竟怎么回事。同样,也拒绝谈论自己的生活和乔·桑托罗。"我不清楚他的事,我有一年没见他了。"她撒谎。

女儿来时只拎了一个袋子,里面装着裤子、运动鞋和化妆品,她甚至连牙刷都没有。在我努力陪着她,或者说看住她的同时,胡里安给她买了一个行李箱,里面塞满了在拉斯维加斯大街上的奢侈品商店里买的名牌服装。他排解胸中压抑着的焦虑的方式便是为她花钱。

聂维斯和我们在宾馆里同住了将近一个星期,这点时间就足以让胡里安相信自己能拯救她,但我没有他那么乐观。我在她身上非常清楚地觉察到了别的瘾君子身上都有的症状:全身发痒,失眠,寒战,抽搐,骨头疼,恶心,瞳孔放大,神志不清,焦虑不安。趁我一不注意,聂维斯就溜出房间,回来时就平静下来;从来都不缺供货商,她总有办法找到他们。我甚至觉得他们可能把毒品送到房间里来,比如用送餐的餐盘和洗衣袋打掩护。等她从父亲那里弄到了足够的钱,凯撒宫里短暂的休战便戛然而止。她偷走了我的手表、一条金链子和我的护照,再次消失。

这次胡里安知道怎么找到她了。在罗伊和另一个人的协助下，他像上次那样粗暴地把她劫走了。除了"劫"，没有别的词可以形容。他事先没有告诉我，因为知道我一定会反对。黄昏时，聂维斯正在街上晃悠，一辆车停了下来，她便走上前去，以为是个恩客。罗伊和他的手下同时下车，用一件外套盖住她的头，强行把她塞进车里。她像困兽一样反抗，但外套盖住了她的叫喊声，因而没有人干涉。不过我可以肯定有人看到了这一幕，甚至可能是保安，那可是赌场和餐馆人流量最大的时段。

胡里安把女儿送进了犹他州某市郊外的一间精神病诊所。到了那里，她被强行换上了衬衣，关进了铺着软垫的房间。她已经成年，当父亲的其实无权这么做；但对胡里安来说没有什么是不可能的，他总有办法达到目的，要么花钱，要么通过你来我往的人情买卖积累下来的奇特的人脉。

第二天，胡里安告诉了我他干了什么，说我们一起回迈阿密，聂维斯不需要我们在这里守着；等她被批准出院，我们能去接她的时候，诊所自会通知我们。到时我们会有一个帮助她的计划，当务之急是让她把毒瘾戒掉。他又一次把我排除在女儿的生活之外。

"不行，胡里安。我要留在她身边。"我告诉他。

我们又和往常一样吵了起来,但最后他让步了。

"那么让罗伊送你去吧,我不想你坐大巴车。"

两个小时的旅途一路都是荒芜和炎热的风景;我们两个人沉默不语,汗流浃背;车窗全部敞开,因为罗伊一支接一支地抽烟,如果开空调只怕我们都会被熏死。诊所是一栋两层的水泥建筑,有点像修道院,坐落在一个布满仙人掌和岩石的花园中央,花园四周被木栅栏和荆棘围得严严实实。这附近没有任何可居住之地,只有一望无际的沙漠、石头和盐沉积物。

接待我们的女人说自己是这里的负责人,病人的情况她只能告诉布拉沃先生,他并没有交代关于我的任何指示。

"我是病人的母亲啊!"我吼道,差点像诊所里失去理智的病人一样袭击那个面目可憎的女人。

"走吧,维奥莱塔,先跟我走。我们明天再来。"罗伊抱着我恳求道。

我把脸埋在他被汗水浸湿、散发着烟臭味的衬衣上,痛哭流涕。

罗伊在一家有床和早饭提供的小旅舍开了两间房,让我先去洗澡换衣服,然后带我去高速公路旁卡车司机们歇脚的饭馆吃饭。

我既见不到聂维斯的面,也不能跟医生谈谈。我每天一大早就在诊所的接待处等着,一直等到他们赶我走,想象着我的女儿一定正在里面受罪。我怀疑他们采用的方法不是帮她,而是罚她。面目可憎的女人见我日复一日出现在那里,动了恻隐之心,给我递上饼干和茶水,告诉我聂维斯现在很平静,正在休息和康复;但她不肯跟我细说聂维斯的生活状况,比如是不是被关起来、被捆着,或是打了麻醉而意识模糊。

"你怎么会这么想呢,女士?我们是一家现代化的机构,现在可不是中世纪。"

在这场漫长而煎熬的等待中,陪伴我的是一个最意想不到的朋友:罗伊。他由始至终都陪着我。让我跟你讲讲他的故事吧,卡米洛,他对于你和你的母亲而言实在太重要了。

他说自己叫罗伊·库珀,但可能这不是他的真实姓名,他很神秘,从不说自己的事。我不知道他来自哪里、他的过往、婚姻状况或真正的职业,虽然我们常常连续几个小时待在一起。胡里安说他擅长敲诈勒索,但没有人真的以此为生。罗伊的年纪应该和我差不多,约莫五十岁,保养得很好;他很可能是那种会举哑铃、晨跑的运动狂人。他的五官粗放,神情总是充满戒备,皮肤上布满麻点;可我觉得他很帅气,那张饱经沧桑的角斗士的面庞上有种特别的美。他接送我去诊所,带我去吃饭,还时不时去看电影、游泳或是打保龄球。

"维奥莱塔,你应该分散一下注意力。整天以泪洗面也帮不了你女儿什么忙。"他劝我。

卡米洛,在我讲下面这段时,听起来似乎我不关心聂维斯的死活,可那里的白天实在太长太热,除去在诊所里等候的那几个小时,我还有大把的时间。罗伊是我唯一的依靠,我喜欢他、欣赏他,虽然我们没有太多聊天的话题和共同的兴趣。渐渐地,我不由自主地向这个可能是毒贩或黑帮杀手的特别的男人讲起我的人生。

"罗伊,你知道了我的一切,有足够的把柄勒索我,可我对你却一无所知。"有一次我对他说。

"我没什么可告诉你的,维奥莱塔,我只是一个不起眼的无情之人。"

"胡里安付钱让你监视我吗?"

"布拉沃只是雇我在拉斯维加斯看着他的女儿。我在这儿是因为我愿意。"

"你这么喜欢我的陪伴吗?"我忍不住挑逗他。

"是的。"他很认真地回答。

那天晚上,我去了他的房间。卡米洛,你别惊讶,我并非一直是个孤独的老太太,五十一岁的我魅力不减,荷尔蒙也依然正常。我为什么要提到漫长的一生中的另外几段感情,哪怕它们短暂且不值得铭记呢？因为每一段感情我都不后悔；相反，我更遗憾的是因为故作矜持、太过匆忙，或是畏惧流言而错过的那些机会。我这一生大部分时间都是单身，谈不上必须对谁忠诚；我这一代的女性不能拥有性自由，可它却被男人视为理所应当的权利。胡里安就是一个很好的例子，他长期对伴侣不忠，却也有资格吃醋。到我认识罗伊·库珀的时候，他的醋意已经与我毫不相干，我和他早就不是一对伴侣，现在与他纠缠的是佐莱达·阿布雷乌。

细节我就不展开了。这么说吧：我已经好几年没有与人拥抱，而罗伊·库珀让我重温了做爱时肉体的愉悦。从那时起，我们白天经常在一起，并共度每一个良宵。如果不是他，我根本无法熬过那几个星期。他是个相处起来很舒服的伙伴，不但不提要求，还替我分担痛苦，让我觉得自己还年轻、被渴望，在当时那种情况下这简直是一份天赐的礼物。

聂维斯并未获准出院。入院的第十七天，我们接到电话说她"离开"了，他们不愿意承认她是逃走了。我想即便是她大摇大摆地从大门口走出去，他们也无法阻拦，因为法律并没有赋予胡里安·布拉沃将她关押在疯人院的权利，不过聂维斯不知道这一点。一旦她的镇静剂减量，她又恢复了钢铁般的意志，那么深更半夜悄悄溜走对她来说应该不是什么难事；但身处荒郊野外还能找到交通方式,这就不那么简单了。她在房间里留了一张字条给父亲,命他不许找她,因为她再也不想听到他的消息。

接到胡里安从迈阿密机场给我打来的电话后,我立马赶往诊所。我只熟悉诊所的接待室和布满岩石及仙人掌的古怪花园,其他地方在我的想象中都是阴森恐怖的,一群暴虐的假医生不停给病人灌药,并用冰水和电击折磨他们。实际上,接待我的心理医生很客气,也愿意回答我的问题。她说等胡里安来了之后,明天我们一起和聂维斯的主治医生开个会;趁这工夫,她先带我参观诊所。原来里面根本不是我噩梦中的那种焊着铁条的牢房,而是色彩柔和而明媚的单人间,还有游戏室、健身房、水疗室、恒温泳池,甚至有一间放映厅,会放映有关海豚和倭黑猩猩的温情纪录片,不会引起房客们的情绪波动。这里不用"病人"来称呼他们。

我们和聂维斯的医生见面时,诊所的所长也在场。这个印度女人听着胡里安威胁说要和诊所打官司,告他们玩忽职守,面无惧色。

"布拉沃先生,这里不是监狱。我们不会违背房客的意志强行羁留他们。"她干脆利落地声明,然后开始跟我们详细讲述聂维斯的治疗经过。

首先是戒毒,也是整个治疗过程最艰难的部分,他们全程都给她使用镇静剂,尽量减轻她忍受毒瘾时的焦虑;之后休息放松了几天,泡澡、做水疗按摩;直到她开始正常进食,表现出参加个人治疗和集体治疗的意愿。他们发现她一开始攻击性很强,且总是一副嘲讽的态度,但后来慢慢放松,从敌意过渡到平和。最后,在离开的前几天,她开始聊起吸食硬性毒品之前的事情。聂维斯的情况属于情感不成熟,她的心智还停留在十四五岁的水平;父亲这一角色在她的精神世界里无处不在,她对他又爱又恨,既依赖又渴望逃离。恰恰就在医生开始揭开她的童年和少年创伤之际,她离开了诊所。他们说这是因为她没法面对。听到这儿胡里安失去了耐心。

"我看不出来这些有什么用!你们没本事帮我女儿,我的时间和钱全白费了!"

他站起身来摔门而出。我从窗口看到他在花园里的鹅卵石路面上大步流星。

我留下来领取女儿的健康报告,她的父亲应该已经从专业人士那里了解过了。当我想说给他听时,他让我住嘴。

"他们根本不算医生,是只会吹牛的骗子!"他冲我喊道。

"那你应该在强行把聂维斯送进去之前先调查清楚。"我反击道。

除了毒品对机体造成的伤害,我的女儿还有过两次流产,她落下了营养不良、骨质疏松和胃溃疡的毛病。因为膀胱炎和性病,他们不得不给她用了抗生素。

胡里安又一次想要找到女儿,但这次罗伊不肯帮忙。

"布拉沃,您要明白,您已经管不了聂维斯了,让她静一静吧。如果她需要您帮忙,她知道怎么找到您。"

胡里安大受打击,带着伤心和遗憾回到迈阿密。

我和罗伊共度的最后一晚没有做爱,因为聂维斯的阴影一直萦绕在房间里。我们一直醒着,紧紧相拥,最后我枕在他因举哑铃而练得肌肉发达、文着美人鱼文身的肩膀上睡着了。第二天,他把我送去机场,告别时亲吻了我的嘴唇,对我说以后保持联系。

17

到了萨克拉门多，何塞·安东尼奥和泰勒老师已经在等我，我一见到他们再也支撑不住了。我中途只在首都机场待了一个小时，就继续往南飞，因为胡安·马丁去了北部和几个新闻专业的学生拍摄一部纪录片。我跟哥嫂说了聂维斯的事情，为胡里安对女儿造成的伤害、对儿子的残忍和对我的虐待狠狠诅咒他。他们由着我发泄怨恨，尽情痛哭。接着他们把国内的现状告诉了我，我先前一直没怎么关心。

我居然对国内的情况一无所知，这实在令人难以置信。唯一的解释就是我完全沉浸在自己的闹剧里，而政治形势对我的事业没有影响，我又有足够的钱请家政，在黑市上买到想要的东西。我从来不用排队买糖或油，我的厨娘会去。无论是在首都还是萨克拉门多，我生活的城区都远离市井的混乱。我很少去市中心，同混乱的交通和人们糟糕的心情没什么交集。我在电视上看到过街上大规模游行的新闻，但从电视上看，群情激愤的画面看起来更像是喜庆而非暴力场面。无论是右派贴出来的苏维埃士兵把儿童拖去西伯利亚劳改营的海报，还是左派绘制的被和平鸽与旗帜环绕的工人和农民的壁画，我都没有仔细看过。

我的朋友、家人和客户都属于反对派，我们责无旁贷地谴责政府违背宪法，让古巴人大量拥入国内，煽动人民意图搞一场侵吞私有财产的革命。如果总统出现在屏幕上替自己的计划辩护，我立马换台。我不喜欢那个傲慢的男人，他背叛了自己的阶级，明明是个穿着意大利西装的公子哥，却口口声声说自己是社会主义者。社会主义和共产主义有什么区别？何塞·安东尼奥跟我说就是一回事，而谁也不愿意看到这个国家变成苏联的卫星城。我的哥哥很是犯愁，一是为了迟早会波及我们的这场经济危机，二是因为我们和政府签订的"我自己的家"的合同让我们在社交圈里的形象受损。反对派的口号是只破坏，不合作。可我们并不是唯一一家以这种方式获利的企业，几乎所有的公共项目都是通过私人合同完成的。

等胡安·马丁从北部回来时，我和他在首都碰头。他的纪录片主角是几家美国企业。他解释说，美国政府已经将其国有化，但拒不支付补偿金，因为半个多世纪以来这些企业赚取了丰厚的利润，却还欠着一大笔应当付给国家的税。他的说法和我听过的不太一样，但这方面我并不了解，也就无法反驳他。

"妈，你生活在一个泡泡里。"胡安·马丁指责我，二话不说就带我去了几个我从未踏足的城区。

生活在那里的人是"我自己的家"潜在的受益者，是或许能借此项目圆梦、拥有一套基础住房的穷人。在此之前，那些房子在我眼中都只是设计图上的一幅画，地图上的一个点，或是用于拍照宣传的样板房。他们生活在尘土飞扬的陋巷，流浪狗和老鼠穿梭其中，儿童失学，青年失业，女人们因为劳作而蹉跎。当我行走在这些穷苦之人中间时，预制房屋不再只是一个好点子或是一桩好买卖，我真正明白了它们对于这些家庭的意义。到处都能看到画着鸽子的典型苏维埃写实风格的壁画；在他们的家里，我看到总统的照片和胡安·基洛迦神父的画像摆在一起，仿佛两位守护神。穿着意大利西装的高傲男人在我眼中变得不一样了。

接着，我们去一位中学教师家里喝茶。他告诉了我很多事情：教育部给学生供应的一杯牛奶和一餐午饭，对于有些人来说就是一天所有的伙食；他的妻子在国内最古老的医院圣卢卡斯医院上班，医生们因为反对政府而罢工，只能由医学生们顶上；他的儿子正在服兵役，准备学测绘学；他的亲戚和邻居属于中下阶层，都是在优秀的公立中学和免费的大学受的教育，是热衷于政治的左派。

"妈,我也可以带你去见见给这届政府投票的富裕中产阶级、学生、职员、神父、修女和你口中的'平民百姓'。"胡安·马丁说,并开始列举几个顶着大贵族姓氏的表亲、侄子、朋友和熟人。"对了,妈,你应该不知道吧?你刚刚认识的那位老师是个共产主义无神论者!"他狡黠地补充道。

几个月后,我在办公室接到了罗伊·库珀的电话。我一直没有跟他联系,也不指望他记得我,可还是常常想起他而又免不了一阵忧伤。他不是个会在琐事上浪费时间的人,直截了当地说明了来电的原因。

"我找到聂维斯了,她需要帮助。你能立刻来趟洛杉矶吗?"他问。

我告诉他我会尽快赶过去。

"你什么都别跟胡里安·布拉沃说。"他提醒道。

罗伊在机场等我,他穿着褪色的牛仔裤和凉鞋,戴着棒球帽,我差点没认出他来。趁一路上都在堵车,我问他为什么会想起来寻找我女儿的下落,又是怎么找到她的。

"维奥莱塔,我没找她,是她打电话给我的。我在拉斯维加斯帮布拉沃抓走她时,在她包里塞了一张名片。我很同情她,多可怜的姑娘啊……我在工作中接触的都是不靠谱的人,唯独你的女儿是个例外。"

"你是干什么工作的，罗伊？"

"这么说吧，我替人消灾。某个人遇到麻烦了，我就用我的办法来解决。"

"某个人？比如谁？"

"名人，政客，任何一个不想被逮捕、勒索或者上报纸的人。我上一个案子帮的是得克萨斯的一个布道者，有人死在了他的宾馆房间里。"

"是他杀的？"

"不是。他把一个男孩带回了房间，结果男孩因为低血糖休克意外身亡。他怕招来丑闻，就没敢呼救。他的牧区居民一定无法原谅他的性取向。我所做的就是把尸体搬到别的房间，贿赂相关员工和警察。你应该也懂那一套。"

"聂维斯为什么打电话给你？"

"她不知道我是干什么的，维奥莱塔，她打电话给我因为实在走投无路了。她不想打电话给她父亲，因为觉得布拉沃找人杀了乔·桑托罗。"

"天哪，这不可能！"

他没接话。我想，罗伊·库珀完全可以打电话给胡里安，把关于聂维斯的消息高价卖给他，可他宁愿亲自赶来洛杉矶帮她一把。他带我来到城里一个被他称为"墨西哥贫民窟"的地方，这里都是平房、挂着西班牙语招牌的小卖部和廉价小饭馆。他告诉我已经安排聂维斯在一个老朋友家里安顿下来了。

聂维斯正等着我们。一见到我，她就跑过来，给了我一个许久都没有过的拥抱。她不停地呼唤着"妈妈，妈妈……"，一时间仿佛又回到童年，变回那个坐在我裙摆上要我给她梳头、娇生惯养的小姑娘。和我上次见到她时相比，她的气色好多了，既不消瘦也不憔悴，而是丰润了一些，不施粉黛的脸看起来年轻而娇嫩。她留着短发，发色自然，只有发梢还保留了一点先前染过的浅金色。

"妈妈，我怀孕了。"聂维斯声音微微颤抖。

我这才注意到她宽松的衣服遮盖下隆起的肚子。我不知如何回应，只是一直搂着她，连眼泪从脸颊上流淌下来都浑然不觉。

房子的女主人是一名墨西哥女士。她给了我们一点时间平复情绪后，才亲吻我的两颊以示问候。她先是介绍自己："我是丽塔·里纳雷斯，是名裁缝。"紧接着便是那句再熟悉不过的"我家就是你家。"她家和这条街上其他房子差不多，也是水泥盖的，朴素但舒适，有一个狭长的花园，屋顶上覆盖着瓦片。屋内的家具普通但浮夸，都包裹着一层塑料膜；客厅里有一台巨大的电视机和一个冰箱；房间里有大量装饰，既有假花，也有亡灵节的头骨画像。

她把我领去一个房间，里面有一张宽敞的床，床头挂着一只十字架，斗橱上摆着几张照片。聂维斯说丽塔把床让给了我们，自己搬去缝衣间睡了。丽塔请我们上桌，品尝她独自一人准备的美味晚餐：夹着鱼肉、米饭、四季豆和牛油果的塔可卷饼。她给我和罗伊各倒了一杯啤酒，在聂维斯面前放了一杯牛奶。我注意到她经过聂维斯身边时，像母亲一般亲昵地摸了摸她的头，这让我感到一阵酸楚。

聂维斯告诉我，她是趁晚上买通了门卫离开犹他州的诊所的。他给她指了去公路的方向，然后她请求经过身边的第一辆卡车捎她一段路，就这样从一辆车换到另一辆车，想办法来到了加利福尼亚。我能想象得到后来的几个月里她依然是靠老办法谋生。

"好消息是，她不吸毒了。"罗伊特意声明。

聂维斯说当她确认自己有了身孕时，决定这次要把孩子生下来。她靠着肚子里正在孕育生命的这个念头与毒瘾做斗争。过去几次昂贵的治疗没能办到的事，却被她渴望生下一个健康宝宝的意志办到了。她说为了缓解焦虑，她会抽烟和大麻，喝大量咖啡，吃很多甜食。

"这下我要变胖子了。"她笑道。

"你得吃双份呢，一份是你的，一份是宝宝的。"丽塔反驳道，一边又给她端来一份卷饼。

聂维斯找不到工作，也不想贩卖毒品或出卖身体，因而身无分文流落街头。她求助过教会的各种援助项目，也去过无家可归的妇女的收容所，但只能在里边过夜，早上七点又得重新流落街头。随着肚子越来越大，这样的生活也愈发艰难。直到一天，她在包里偶然发现了罗伊·库珀的名片，一时冲动打电话去了拉斯维加斯。她故意问起乔·桑托罗来试探他，而他对此一无所知，她这才敢信任他。

"他后颈中了一枪。"聂维斯说，她是通过毒贩们神秘的消息网打听到的。

罗伊向她保证自己与此事无关，他并不是雇佣杀手。他已经很久不关注那个无赖了，与胡里安·布拉沃也不联系。他立马提出给她寄钱。

"我需要的不是钱，而是朋友。"她回答，又加上一句，"别告诉我爸爸我在哪里。"

罗伊向来雷厉风行。正如他所说，他习惯了替人消灾，旋即赶往洛杉矶揽下这件事。原来这座城市恰好是他的出生地，他再熟悉不过了，这里有他不少朋友、熟人，以及不止一个受到过他帮助的好莱坞朋友。他的继父是墨西哥裔，带着他们举家搬迁至拉美移民的聚居区，他就在这里长大，讲西语，会打架。洛杉矶是世界上墨西哥人数量第二多的城市。

"妈妈，他们永远也找不到这儿。"聂维斯说。

"天哪，女儿，你在躲谁吗？"

"躲爸爸。他杀了乔·桑托罗。"

"你不能把这样的罪名安在你爸爸身上，这种怀疑太可怕了。"

"他没有扣动扳机，但他确实该负责。你知道他什么事情都做得出来，我害怕他。"

"聂维斯，他绝对不会伤害你，他很爱你。"

"妈妈，你的记性可不大好啊。要是他找到我，又会再次把他的意愿强加到我头上，让我永无宁日。"

丽塔和罗伊去院子里抽烟，留下我们母女俩单独在一起。

"妈妈，你还打算问我孩子的父亲是谁吗？"

"孩子是你的，这是唯一要紧的。我猜是那个年轻人的吧，叫什么来着？乔·桑托罗？"

"不，肯定不是。我不知道是谁，谁都有可能；我也不知道什么时候生，我的月经很不规律。"

"因为毒品吗？"

"有可能。帮我检查的助产士推测孩子会在10月出生。妈妈你知道吗？我不想他这么快出来，我想他在肚子里多留些时间，我想在这个房子里和丽塔一起休养，睡啊睡啊……"

何塞·安东尼奥接手了我的工作，我便放心在洛杉矶住下。聂维斯的事我只告诉了他、约瑟芬和胡安·马丁,并要求他们绝对不能泄露半个字。当胡里安·布拉沃为希望区执行任务出差时,他们告诉他我出去度假了,正在地中海上的一艘邮轮上。或许他会好奇一次邮轮旅行怎么会长达数月,但他不会深究,因为他不再需要我,也不想见我。有传闻说他现在和一个比他小二十多岁的女孩在一起,他对外声称是自己的女朋友。我知道那不可能是佐莱达·阿布雷乌,他从不带她出差;后来我听说是个叫阿努什卡的女孩。

在我看来,在墨西哥区的小房子里度过的那段日子是我人生中最美好的时光之一,是比豪华邮轮之旅好上千百倍的精神假期,我终于寻回了一路走来渐渐粉碎的母女之间的亲密。我和女儿同睡一张床,我们已经很多年没有过肢体接触,所以一开始有些拘谨,但很快就习惯了。我现在仍然记得躺在她身边入睡,醒来时她的胳膊搭在我胸前的感觉,这种幸福既甜蜜又哀伤,因为它不长久。

罗伊·库珀经常从洛杉矶或其他需要他提供捐客服务的地方赶过来。他住在附近的汽车旅馆里,因为家里没有空余的床了,他还说家里空气中的雌激素浓度过高;不过他有空的时候会带我们三个女人去墨西哥餐馆或中餐馆吃饭,去海边或电影院。他爱选打打杀杀的动作片,但也会拗不过我们,陪我们看爱情片。他请我去旅馆共度良宵,我会瞒着聂维斯和丽塔偷偷赴约,我俩都觉得如果告诉她们实情,她们一定不乐意听。

丽塔·里纳雷斯十二岁时徒步穿越索诺拉沙漠来到美国寻找父亲,已经在洛杉矶生活了三十多年,但一直没有合法身份,她是罗伊认识了一辈子的朋友。

"他是学校里唯一的白人孩子。维奥莱塔,你是没见过别的孩子都是怎么揍他的;后来他总算学会了拼命逃跑乃至还手。"她告诉我。

她丈夫去世了,孩子们在别的州,只有圣诞和新年才能与她团聚;她很孤单,所以当罗伊请求她临时收留一名怀着身孕又无家可归的女孩时,她欣然接受了聂维斯。她毫不犹豫地将聂维斯揽入怀中,她需要陪伴,也渴望有人让她照顾。

聂维斯生产前的最后几周整日躺在花园里,说要把自己全身都晒均匀;体形庞大的她容易疲劳,总是昏昏欲睡。丽塔和我在她旁边做着女红,聊聊电视剧、我们彼此的生活和各自的国家。我问她有没有爱过罗伊·库珀,她大惊失色,说她是个专一的女人,一辈子只爱她丈夫这一个男人,"愿他安息"。我们在厨房这种聂维斯听不到的地方也会谈论她,丽塔和我一样对即将到来的宝宝充满期待,她给孩子准备了摇篮,还在做衣服。

"我祈求上帝让聂维斯留在我身边。我唯一的孙女跟着父母住在波特兰,如果这间屋子里也能有个小宝宝,那我可太幸福了。"她告诉我,可我觉得她想让聂维斯留在洛杉矶的念头很荒唐,她当然应该回自己的国家,那里有她的家人可以帮助她。

我的女儿一直都是过一天算一天,迷信运气,从来没有计划和目标,这一点也和她父亲很像。我好几次想问孩子出生后她有什么计划,但她都转移话题逃避我的问题。

"为什么要去想以后呢?未来自有惊喜等着我们。"她总说。

我们决定好的只有宝宝的名字:女孩就叫卡米拉,男孩就叫卡米洛。

10月的第三个周五,聂维斯醒得很早,嚷嚷说头疼得厉害。两个小时后,她正要去倒第三杯黑咖啡时——这是她眼中包治百病的良药,站起身来却发现脚边有一摊羊水。丽塔打电话给罗伊,他刚好这周都在洛杉矶,我们四人很快就将迎来一个新生命。聂维斯还没有开始宫缩,只是抱怨头痛欲裂。

到了医院后,我们等了好一会儿才有人给她做检查,发现她的血压非常高。一切都太混乱了,接下来的几个小时、几天都仿佛化成一个无尽长夜,我只记得一些不连贯的画面,走马灯似的出现的一张张脸庞、走廊、电梯、蓝白色罩衣、消毒水的气味、各种各样的指令、注射器和罗伊·库珀搀扶着我的大手。他们说是子痫，这是我从来没听过的医学术语。

"我没事，妈妈。"聂维斯嗫嚅着，双眼紧闭，一只手搭在额头上挡住天花板上的刺眼的聚光灯。

这是我和她的最后一面。他们用小床推着她往一扇对开的门跑去，一同消失在门背后，只留下我们在冰冷彻骨的走廊里。

他们告诉我们已经尽了全力救治，可还是没法控制住血压；她不停抽搐，失去意识陷入昏迷。医生来得及给她做了剖腹产取出孩子，但聂维斯的心脏承受不住，几分钟后停止了跳动。卡米洛，这是我一辈子的遗憾。我多么希望你出生后能在母亲的胸前小憩片刻，熟悉她的气味、她的体温、她手掌的摩挲和她呼唤你名字的声音。

我们等了有多久？仿佛永无止境。不知何时，一名护士把宝宝抱到我怀中，宝宝裹着一块白色毯子，戴着一顶天蓝色的小帽子。

"卡米洛，卡米洛……"我流着眼泪轻声呼唤。

那个小小的、皱巴巴的、轻得如同一把棉花的小生命呼吸轻得几乎感受不到。

"您是外婆，对吗？您外孙情况很好，但还是得给儿科医生看一下，给他做几个必要的检查。"护士说。

你必须在新生儿观察室留观，我们可以去看你；只是几天而已；你体重太轻，有黄疸但不严重，通常可以自愈，不过……我们一股脑儿地被告知了很多信息，护士让我抱了你几分钟，然后又把我们分开了。

有人给我们倒了苹果汁，罗伊给我一颗药，我问都没问就吞下了，我想应该是镇静剂。我没法消化眼前的一切，也听不懂他们的解释，仍然一个劲地问起聂维斯，仿佛没有听到她的死讯。来了一个自称是医院神甫的人带我们去了一间小礼拜堂，其实就是一间浅色木头搭起来的小厅，里面没有任何宗教图腾，唯一的光亮来自从彩色玻璃窗透过来的光。我的女儿躺在里面的一张小床上，他们让我们和她好好告别。

聂维斯沉睡着，她比任何时候都宁静而美丽；娇嫩的脸庞上皮肤泛着金色的光芒，长着玩具娃娃一般的睫毛，这样的脸庞与末尾带点白色的蜂蜜色头发非常相称。罗伊说有些表格要填，便拉着丽塔和牧师走了，好让我和女儿单独聊聊。正是在医院的那个房间里，伤心欲绝的我向聂维斯承诺会成为孩子的母亲、父亲和外婆——一个比她曾拥有的好得多的母亲，一个她从未拥有过的无私正直的父亲和世界上最好的外婆；我承诺一定会把她没有走完的路继续走下去，绝不让卡米洛成为孤儿；承诺给他足够多的爱，让他有余力去爱别人。我呜咽着说了很多话，时不时泣不成声，我向她许下一个又一个承诺，唯愿她能放心离开。

卡米洛，在我跟你讲起这段往事的时候，我又体会了一遍那种心如刀割的感觉，那种切肤之痛至今仍然时不时涌上心头。世上再没有比它更深的痛，痛到无法言说。我知道，有什么好埋怨的呢？女儿的死并不是对她的惩罚，我只是万千不幸的人之一，这是人类最古老也最寻常的痛楚；过去人们从不指望所有孩子都能活下来，有不少儿童夭折，即使是现在地球上也还有很多地方依然如此。然而当我自己成了那个不幸的母亲时，没有什么能缓解这种绝望。我觉得自己整个人被掏空了，成了一个血淋淋的大窟窿，空气进不来，骨头成了蜡，灵魂不知所终。地球照常运转，仿佛什么都没有发生一般，我站起身来走了几步、说话，我没有失去理智，喝水觉得满嘴都是沙，眼睛灼痛。我的女儿冰冷僵硬地躺在那里，仿佛一尊石膏雕像，她再也不会喊我"妈妈"，只是在我的生命中留下了深深的脚印，留下她的笑容与优雅、她的叛逆与苦难。

他们允许我在那间光秃秃的礼拜堂里陪聂维斯待了几个小时。彩色玻璃窗外的阳光渐渐暗淡，有人进来打开大蜡烛形状的灯，还给我端来一杯茶，可我根本端不住。我陪着女儿，我们母女单独在一起聊天，我终于能告诉她活着时没听到的话，告诉她我有多爱她，那些年里我有多么想念她。我和她好好告别，亲吻她，请求她原谅我的忽视和粗心，感谢她曾经来过，答应她永远把她放在心里、放在她儿子的心里；我恳求她不要抛下我,时常到梦里来看我,给我讯号和线索、化身为我在街上见到的每一个漂亮女孩,无论是午夜还是正午都要回来看我。聂维斯啊聂维斯……

丽塔和罗伊终于来找我了。他们把我扶起来拥抱我,我们三个人围成了一个圈;他们一直这样扶着我,直到我在友谊的温暖下终于平静下来。我们都亲吻聂维斯的额头与她最后告别,然后他们把我带出了礼拜堂。外面天已经黑了。

两天后,当你仍在医院留观时,你的母亲火化了。卡米洛,请你理解,我不能把她的遗体留在洛杉矶,让她远离家人和故土。我把她的骨灰带在身边,直到把她埋进了我们家族预留在纳维尔的墓地里。我将在那里与她团聚。

在我生命中最悲伤的时刻,在我身边施以援手的还是罗伊·库珀。按照常理,在任何一个正常家庭里,这种情况下都应该由外婆接过孩子的抚养权;但罗伊让我明白,我的外孙出生后就入了美国籍,要把他带出美国非常麻烦。他没有父母,未成年人法庭的法官将决定他的命运,但这一过程手续烦琐,耗时很长,在判决结果出来之前孩子会交由法庭指定的家庭抚养。他还没说完我就疯了,我脑中的第一个念头就是把孩子从医院里偷走藏起来。胡里安·布拉沃一定能像变戏法似的把孩子送去南半球,他有的是规避法律的办法。

"没那个必要，我们把卡米洛登记成我的儿子吧。"罗伊打断我。

"你说什么？"

"我们就假装我和聂维斯曾短暂地在一起过。我认这个孩子，也愿意承担经济责任。孩子的母亲曾明确表态，孩子不跟我姓，也不姓布拉沃，而是要求取名为卡米洛·德尔·巴耶，你明白了吗？"

"不明白。"

"既然我是这个孩子的父亲，我就可以决定他的归属。我可以把他交给外婆，并同意她将孩子带回国。你还是别指望胡里安·布拉沃了。"

"你跟我说实话，你真的是卡米洛的父亲吗？"

"我的天，当然不是！你怎么能认为我会和聂维斯上床呢？"

"可是罗伊，那你为什么……"

"我不是告诉你我是替人消灾的吗？这就是我接的一个任务而已。"

卡米洛，事情就是这样。罗伊·库珀是你登记在出生证上的父亲，这只是为了方便，他不是你真正的父亲。他在你母亲最后的岁月里保护了她，又出于对你母亲和对我的爱，主动提出这个充满慈悲与怜悯的弥天谎言。多亏了他的这个计策，我才能顺利将你带出美国，然后在这里给你重新登记，所以你拥有双重国籍。

你出生七天后,终于可以出院了,我终于可以抱着你离开那个地方。把你变得像蛋黄一样的黄疸已经好了,你的体重也稳定了。医生告诉我你出生时是足月的,不过看起来却像早产儿,又小又丑,没有头发,脸色苍白,耳朵大大的,没什么声响,不怎么动也不哭闹。

"把这只'小老鼠'放到太阳底下晒晒,听听拉丁音乐,看看他想不想活下去。"罗伊开玩笑,但确实是个好建议。

因为你暂时还不适合出远门,我带着你住在丽塔家。一开始你不会吮吸,我为了塞奶瓶给你都快急疯了,不过丽塔想出了用滴管给你喂奶的办法。她简直是圣女,每天都花上好几个小时给你喂奶。

那么你的外公胡里安呢?他在这件事情中扮演了什么角色呢?我打电话告诉他发生的一切,这件事没法瞒着他。认识他这么多年来,我第一次听到他泣不成声。他为心爱的女儿哭了很久,连话都说不出来;当他终于开口时却不是问我详细经过,而是表示愿意帮忙:他承诺只要他活着,外孙要什么就能有什么。我不忍告诉他孩子我来养,并不需要他,因为如果完全将他排除在外未免有些残忍。我还告诉了他聂维斯逃出犹他州之后的生活以及罗伊·库珀在其中起到的作用。

"库珀？库珀跟我女儿有什么关系？"

"聂维斯找他帮忙。他像父亲一样待她。"

"我才是聂维斯的父亲！"

"我不知道你和女儿之间发生了什么，可她不想让你知道她的下落，也不希望你知道她怀孕了。"

"我完全可以帮上她的忙。"

"我只能告诉你，她生命的最后几个月过得非常宁静，没有碰毒品；一位墨西哥朋友把她照顾得很好，宝宝也很健康。如果你现在想见他，就来洛杉矶。等情况允许我就立马带他回家，我们大家一起把他养大。"

你外公没能来洛杉矶，后来在萨克拉门多和你相处了几个月；不过他给罗伊·库珀寄了一张支票和一封感谢信；罗伊气得脸都绿了，把支票撕得粉碎。

在滴管、阳光、收音机里的兰切拉民歌、霍罗波民歌、伦巴舞曲的陪伴之下，"小老鼠"活下来了；六周后，挥别了为我们付出很多的罗伊·库珀和丽塔·里纳雷斯，我们终于回家了。养育一个孩子是一份全职工作，耗费精力，损害睡眠和精神健康，对于当时已经五十二岁的我来说是个巨大的不便，但我却仿佛获得了新生。卡米洛，我爱你，这份爱让我敢于面对养育你这个挑战，将女儿的死亡带来的悲痛变成了外孙的出生带来的喜悦。

18

法孔达告诉我说农业改革征用了圣克拉拉附近的好几处农庄，包括莫罗家的在内，但施密特-恩格勒家丝毫未受影响。我的前公公不愿按照政府规定的价格出售农产品，于是关停了奶牛场和奶酪厂，连奶牛都不见了，我猜应该是运去了边境线的另一侧，等国内恢复正常再运回来。

到处流传着关于希望区令人不安的传言。有位记者开始调查，并称其为"逍遥法外的外国人的飞地""对国家安全的威胁"，但没人睬他。没有证据证明那里的居民犯罪，相反他们还赢得了左邻右舍的尊重。一是因为他们开了个小诊所免费给附近的居民看病，二是他们常常把成箱的蔬菜送去教堂让他们分给贫困家庭。

"他们不会向希望区下手，那里受军队保护，有特别军事力量在那里受训。"胡里安有一次出差时告诉过我。

于是我知道他去了希望区执行私密飞行任务,而这些飞行在任何地方都没有记录。军队准备在那里建一条降落跑道,而胡里安的水陆两用飞机可以直达湖边。我问他替这些神秘人物运输的是什么,他没有回答。

胡安·马丁很快就要大学毕业了,而且还当选了学生会主席。他爱穿土著人的斗篷,留着长发,满脸胡须,都是左派年轻人时兴的打扮。他经常作为学生代表上电视,虽然他的思想很激进,发言却总是调解的口吻。他一边提醒人们警惕反对派那套法西斯手段,一边也揭露极左派群体的阴谋,认为他们和右派一样造成了恶劣影响。这使得他在己方阵营内也树敌不少。人们活在各自政治立场的极点,谁也不愿意听理性的声音去对话和协商。

你出生十一个月后,一场军事政变掀起的血雨腥风推翻了当时的政府;这也是社会主义派总统上台之后,胡里安·布拉沃一直都预言的结局。他回国出差越来越频繁,几乎等于搬回来定居了。他只告诉我说忙的是国事,但没细说。我们很少见面,我已经定居在萨克拉门多安心当外婆,而他大部分时间都在首都,即便来南方也很少知会我。

这场政变的组织采取的是战争路线。春日里的一个周二清晨，武装力量和警察发动叛乱，中午时已经轰炸了总统府，总统身亡，整个国家由军队接管，立马开始大肆镇压。萨克拉门多没有做出任何抵抗；相反，我认识的人甚至在阳台上鼓掌庆祝，他们已经等了三年，希望英勇的士兵们将祖国从道貌岸然的独裁中解救出来。不过那里依然实施戒严。士兵们进行了战时伪装，将脸涂得像电影里的阿帕切人以免暴露身份，安全部队则坐在黑色轿车内，他们合力控制了这座城市。直升机像大黄蜂一般嗡嗡盘旋；坦克和重型卡车列队经过，压垮了路面，吓跑了流浪狗，它们原本是街道的主人。四处都听到警笛声、呼喊声、枪炮声和爆炸声。人员禁止流动，空中、铁路和公路出行统统暂停；公路上设置了关卡抓捕破坏分子、恐怖分子和游击队员。这不是我们第一次听说敌人的存在，右派报纸早就警示过我们说他们是苏联特工，正在准备武装革命，手中还握有一份计划处死的人物名单。

通信也变得异常艰难。我不能和远在首都的胡安·马丁通话，也无法和仅仅几个街区之隔的何塞·安东尼奥联系。胡里安却在我以为他身处迈阿密的时候突然出现，告诉我他可以来去自如，他因为要给政府委员会提供关键服务而持有通行证。

"你按电视上说的做，维奥莱塔，待在家里，事态平息下来之前别去办公室。如果要找我，就给我住的宾馆留口讯。"

头几日，整个国家都实施绝对宵禁，没有特别许可就禁止上街，倘若遇到严重紧急情况可以举起白手帕示意。亢奋的士兵们推搡着、用枪托把人赶上军队的卡车，把他们不知带去何处，并在广场上点起火堆焚烧书籍、选举文件和记录。新秩序建立之前，民主政权就此搁浅，到了合适的时候我们自然就知道还会不会再次选举。各路政党和议会被宣布无限期解散，媒体受监管审查。超过六个人的集会遭到禁止，可好几个俱乐部和酒店（包括巴伐利亚旅馆）内，人们却聚在一起共饮香槟高唱国歌。我这里说的"人们"是指热切盼望着这一场军事政变的有钱有势之辈，尤其是这一带渴望夺回农业改革中被没收土地的地主们。胡里安·布拉沃告诉我，社会主义政权的拥护者、工人、农民、学生和广大贫民躲在家里默不作声。电视荧幕上只能看到伴随国旗和国徽一同出现的四位将军向市民们发号施令，以及迪士尼的动画片。各种传言像龙卷风一样来来回回，但又相互矛盾，无法证实。我按胡里安的要求把自己关在家里，一门心思照顾外孙；孩子在家里四处乱爬，不是把手指伸进插座，就是吃长了蛆的土。我以为很快一切就会恢复正常。

三天后，泰勒老师趁着宵禁临时解除的几个小时来看我；她借口说给我送孩子的奶粉，之前已经好几个月买不到了，现在商店的货架上一下子就摆满了先前紧缺的商品。我们坐在客厅里喝着著名的大吉岭茶——它是我曾经的家庭教师最喜欢的茶饮，然后她向我说明了真正的来意。

"维奥莱塔，首都的大学沦陷了。好几个老师和学生被逮捕，尤其是新闻系和社会学系的师生。据说系里的墙面上鲜血淋漓。"

"胡安·马丁！"我惊呼，手里的杯子重重地摔在地上。

"你儿子在黑名单上。他必须去警察局自首，他们到处找他。他是学生会主席，名单上头一个就是他。"

"他怎么样了？"

"他昨晚不顾宵禁来了我家，我不知道他是怎么一路走过这么多省的。他没来你家是因为知道他们肯定首先来这里找他。我们把他藏起来了，不过还是得把他送出国。"

"只有胡里安能帮这个忙。"

"不行，维奥莱塔。你儿子说胡里安是军队的同谋，还替中情局卖命，他正是这件事背后的人。"

"他绝对不会告发自己的儿子！"

"这谁也不敢保证。何塞·安东尼奥认为我们可以把胡安·马丁藏在圣克拉拉，至少是暂时。没有人会去农场找他，可我们怎么把他送过去呢？火车肯定不行，一路上都有关卡。"

"我有办法，约瑟芬。"

要救胡安·马丁，我唯一的办法还是求助他的父亲，他这两周一直都在国内。虽然他说如此动荡的日子里他忙得团团转,我还是说动了他来萨克拉门多与我面谈。

"我都提醒过那小子多少回了,叫他小心一点!你不觉得现在来找我帮忙有点太迟了吗?"

"胡里安,那小子是你儿子啊。"

"唉,维奥莱塔,我无能为力。难道你希望我赌上自己的事业吗?我的一举一动都受到监视。既然胡安·马丁有本事不顾宵禁一路来到萨克拉门多,那他也能想办法找到安全的地方。"

"我是想你可以去……"

"什么都别告诉我!我不想知道他在哪里或是要去哪里。我知道的越少越好,我不能成为你们的同谋。"

"胡里安,能不能别只顾着你自己,现在唯一重要的是胡安·马丁。你难道没看到这些人杀人吗?"

"这是打倒共产主义的战争,战争的结局会证明手段的正义性。"

胡里安·布拉沃与强盗为伍,和儿子关系也不好,但正如我所料,尽管不情愿,他还是答应了帮我把胡安·马丁送出萨克拉门多。不到两个小时,他就给我送来了当地指挥官签发的出行许可证。时代不同了,卡米洛。现在用不了一分钟就能查清楚一个人的身份,甚至是他生活中最隐秘的细节,但在七十年代这需要花不少时间,而且也不是什么都能查得到。另一张通行证上的名字是罗蕾娜·贝尼特斯,私人女佣。

三十六个小时后,早上六点,宵禁刚一解除,我就把外孙、必需的衣物和食物塞进车里,开去"乡间小屋"的一间地窖里找胡安·马丁,原来我哥哥把他藏在那里。我上次见到儿子时,他像个胡子拉碴的先知,但这次等着我的是一个高高瘦瘦的女人,后脑勺梳着一个发髻,围着天蓝色围裙,这就是"罗蕾娜·贝尼特斯"。尽管他这番乔装打扮,可你居然一眼就认出了舅舅,伸手搂住他的脖子。幸好那时你还不会说话。

我们在离开萨克拉门多之前一句话都没说,经过第一个关卡后,便沿着公路一直往南走。守卫的士兵们都是紧张好斗的小伙子,全副武装,像不太识字似的慢慢翻看通行证,检查我的身份证,还让我们下车仔细搜了车内,甚至把座椅都拆下来了。至于那个所谓的女佣,他们却看都没看一眼。在这个关卡以及后来的层层关卡,永远不容挑战的社会等级制度和大男子主义对女性的蔑视反而帮了我们一回。

我问胡安·马丁为什么没自首,电视上说了,主动站出来的人什么都不用怕。"妈,你究竟生活在什么样的世界里啊?我要是自首,恐怕就永远消失了。"

"怎么个消失法?我不懂你的意思。"

"他们想抓谁就抓谁,根本不需要理由,过后还矢口否认;

根本没有人知道，从此你就查无此人。他们杀了我们系里的好几个学生，带走了二十多名老师。"

"那……胡安·马丁，这些老师学生肯定干了什么坏事。"我小声说着，这是我在自己的朋友圈里听过无数次的说法。

"他们干的事和我一样，妈，就是维护民主选举出来的政权。"

从萨克拉门多到农场坐火车要两个小时出头，开车的话需要三四个小时；但我们在路上被拦停了太多次，最后花了将近七个小时才抵达纳维尔，此时已经有如惊弓之鸟，身心俱疲。幸运的是，你几乎一路都在"保姆罗蕾娜·贝尼特斯"的怀中安睡，没有招来丝毫怀疑。

我们赶在宵禁开始之前两个小时抵达，其实在这么偏远的地方，根本没有人管。多利托和法孔达什么也没问就迎我们进屋，不过看到胡安·马丁打扮成女人他们想必很吃惊。我想不用解释他们也能明白一定发生了性命攸关的大事。儿子简单跟他们介绍了首都和国内其他地方的情况。圣克拉拉是宁静祥和的世外桃源。

"我得逃出边境。"他告诉他们。

卡米洛，你回来的时候饥肠辘辘，渴得半死，尿布全湿了，直接就被埃特尔维娜·穆尼奥斯抱走了。她是法孔达的大外孙女,她的母亲纳西萨十五岁就生下了她。这个姑娘一直在外婆身边帮着抚养自己的弟弟妹妹们、打理农场;她肩宽手巧,脸圆圆的,拥有很多生存的基本智慧。她没上过学,只稍微会一点读写,这还得感谢露欣达在服老之前的倾囊相授。

那天晚上,你和法孔达、埃特尔维娜挤一张折叠床,蜷缩着睡在她们中间;我和儿子睡在母亲以前的那张铁床上。我在黑暗中惴惴不安了好几个小时,听着门外的动静,怕随时有军队或警察的吉普车寻找胡安·马丁。我开始反思自己作为母亲的表现,想到自己无数次因为工作让他失望,想到他被妹妹分走关注,想到他自小就因理想主义而与父亲矛盾不断。直到天亮我才睡着,两个小时后我醒来时,法孔达已经做好了早饭,埃特尔维娜把你抱在腰上给奶牛挤奶,胡安·马丁正帮多利托料理动物。那个季节的夜晚依然很凉,早晨太阳升起后,树叶上的露珠闪着光,淡蓝色的水汽从被晒热的地上蒸腾。沁人心脾的桂花香一如往日,又唤起了我在圣克拉拉度过的童年鲜活的记忆,那段记忆对我来说永远圣洁。为避免引起注意,我们一整天闭门不出,哪怕我们的农场几乎远离人烟。一只衣箱里有何塞·安东尼奥许多年前的衣服,我们翻出了裤子、靴子和两件马甲,虽然款式过时,但给逃犯穿足够了。

我们围坐在桌边喝着茶,吃着法孔达做的温热面包,胡安·马丁给我们讲了很多事情:草率的审判和随意的处决;被折磨至死的囚徒；成千上万在光天化日之下、在敢探出头来看的路人眼前被强行带走的人；警察预备队、军营、体育馆，甚至学校都关满了囚犯，他们甚至在临时搭建集中营准备关押更多人；此外还有很多我认为根本是耸人听闻的鬼故事。因为在这片充斥着军阀、独裁和政变的大陆上，我们明明是民主共存的典范；胡安·马丁讲的任何一件事都不可能发生在我们这个国度，只可能是共产党的宣传。虽然当时我基本上不信儿子举的例子，但我明白若非走投无路他不可能化装成女人出逃，所以我忍住了，没有反驳他。

傍晚，多利托开始打包出门远足的行李。

"小胡安，你跟我一起吧。"他对我儿子说。

"多利托，你有武器吗？"

"在这儿呢。"巨人一边说，一边给他看屠刀；这把刀在他手里有千百种用途，他出远门时总是随身携带。

"我是说你有枪吗？"胡安·马丁追问。

"这里不是美国的狂野西部，大家都没有武器。我想你也不希望边走边开枪吧。"我打断他。

"多利托，你别让他们活捉我，能答应我吗？"

"我答应你。"

"天哪！孩子，你们在暗示什么？"我喊道。

"我答应你。"多利托又说了一遍。

天一黑他们就立马出发。那是温暖春日里的一个月圆之夜，月光很亮，我们能看见他朝着与大路相反的方向渐渐远去。我有种可怕的预感，这一别就是永别，但我很快把这个念头压下去了；就像我的阿姨们常说的，人不该主动召唤不幸。按我们的估算，多利托再过两年就满七十岁了，但我毫不怀疑他能只带着一身衣服、两块毯子和钓鱼捕猎的必要工具，轻装上阵翻越群山，徒步跨越看不见的边境。他认识只有老向导和部分土著人会走的古道和山路；可胡安·马丁虽然比他年轻至少四十五岁，却不具备探险的素养，他可能因疲劳、恐惧或寒冷而倒下，也可能跌下悬崖。他是知识分子，在运动方面并不擅长；他为人谨慎，与妹妹截然不同。换作聂维斯想逃出生天必定易如反掌。

19

我在圣克拉拉待了十三天,法孔达、埃特尔维娜和她的弟弟妹妹们陪我一同等待儿子和多利托的消息。纳西萨早就跟着她的新男友离开了,留下一窝孩子给大女儿和母亲照顾,眼下又回不来,谁也不知道她被戒严困在了什么地方。每一秒对我来说都是煎熬,我数着度过的每一分钟,在日历上标记度过的每一天,疑惑为什么多利托迟迟不归:除非是遭遇不测,否则这么长时间足够他去边境来回一趟。我大部分时间里都盯着外面的路和周围,焦躁得根本无心照顾外孙,由着他光着身子在母鸡窝里乱爬,像野人一样吃土。别的孩子都比他大很多,对这个走到哪里都跟在后头的小鼻涕虫很是嫌弃。卡米洛,你为了追上他们而学会了走路。我甚至不知道这件事,也错过了你说的第一个词:蒂娜——你还不会说埃特尔维娜。后来你一直这样喊她。

法孔达的生活还是老样子：打理菜园，操持家务，做馅饼和蛋糕拿出去卖，去赶集，和纳维尔的老姐妹们聊天，再把打听到的新闻带回家。她告诉我，距圣克拉拉两公里的地方有一支集结待命的部队；不少农民被带上部队的卡车，此后音讯全无；农场主们硬是夺回了被没收的田产，正在对分占田产的佃户们进行报复；所有佃户都被辞退，许多人被打，还有的甚至被抓走。

虽然已经进入炎热的夏季，这块地方没有一个避暑度假的游客，广场、海滩和旅馆全都空荡荡的；唯独巴伐利亚旅馆例外，军人和政府官员仍然经常下榻。在纳维尔，士兵们以枪托相威胁，集结了一群年轻人逼他们用石灰把画着政治宣传标语的墙面刷白。他们还在集市上把一个男人的下巴打破了，就因为他说了"同志"，这个词如今和"人民"、"民主"以及"军事政变"一样都属于违禁词。最后那个词正确的说法应该是"军事判决"。

"他们抓捕留胡子和长头发的男人，打他们，还把他们的胡子和头发剃掉。我们女人不能穿裤子，因为大兵们不喜欢，可穿着裙子叫我们怎么耕地、打扫马厩呢？"法孔达说。

人人自危，谁也不想惹麻烦，最保险的做法便是闭门不出。因此，某天一个外国人走入农场时，我们都吃了一惊。那个人像篮球运动员一样高，脚也很大，皮肤晒得黝黑，头发几乎全白了，眼睛湛蓝，讲一口教科书式的西班牙语。他自称哈拉尔德·菲斯克，问我们有没有电话，因为这时候纳维尔的电话总站已经关了。他是每年来此地的观鸟者之一，他们的这个行为着实难以令人理解，与亚马孙河流域或中美洲雨林种类繁多的彩色禽鸟相比，我们这里的品种实在少得可怜。

哈拉尔德·菲斯克约莫四十岁，身材像猛长个子的少年似的比例失调，皮肤也因为暴晒而皱纹横生。他背着一只巨大的背包，带着三只双筒望远镜，几台相机和一本厚厚的笔记本，像间谍似的用密码做记录。他实在是有点脑子不太清醒：这个国家已经宣布进入战时状态，连我们呼吸的空气都受到武器的挟制，独裁统治之初如此压抑的气氛之下，他居然还想着研究鸟类，甚至打算在海滩上支个帐篷露营。

"哎，别傻了，您就不怕被杀吗？"我问他。

"女士，最近几年夏天我都来这里生活，从来没有遇到袭击。"他很坚持。

"以前是没人袭击，现在有士兵。"

"我是外交人员。"他说。

"如果他们问都不问就朝您开枪，那您的护照就没什么作用了。您最好还是留在这里过夜吧。"

"我可以让您睡多利托的床,不过如果他今晚回来了,您就只能睡地板。"法孔达提出。

卡米洛,就这样,这个男人闯入了我们的生活。他是挪威外交部官员,负责在荷兰的贸易,妻子和两个孩子都在荷兰。他说自己热爱拉丁美洲,利用假期从北到南走了个遍,尤其钟情于我们这个国家。法孔达把他当憨儿子一样收留下来,后来每当他追随鸟儿南下时都住在圣克拉拉。

等待十三天无果之后,亚伊玛骑着骡子来了。土著医婆数十年来都在与时间的脚步抗争,最终还是不得不向岁月的力量低头。自从比拉尔阿姨的葬礼之后我再也没见过她,其实我以为她已经死了;然而尽管她外表看起来像活了上千年的巫婆,还是和以往一样身强力壮、神采奕奕。我还在青春期时她就认识我,但从来没有特别留意过我,所以我很奇怪她怎么会出现在这里,给我传递口讯。我们俩完全语言不通,所以由法孔达从中翻译。

"福昌,那个大个子朋友,被士兵带走了。"

法孔达跪倒在地呜咽着,而我只想到了我的儿子。

"还有一个男人和福昌一起,一个年轻人。他呢,亚伊玛?"我摇晃着她。

"福昌我们看见了,另一个没看见。会给福昌办仪式。我们会通知。"

这意味着土著人都默认多利托已经死了。

如果多利托独自一人,那么他肯定是在回来的路上,这说明我的儿子可能已经逃走了。我不愿去想这个老好人或许履行了自己的诺言,用尽一切手段阻止胡安·马丁活着落入军队手中。得把多利托救出来!我唯一能想到的还是求助于胡里安。凭他的关系网,一定可以查到多利托和儿子的下落。我们担心电话被干扰,担心每个市民都受到监视;其实这显然是不可能的,但谁也不敢去以身试险。可我没有别的办法。

胡里安住在迈阿密,在国内没有固定住所;他回国就只会住两所宾馆,一所在首都,一所在萨克拉门多。过了这么多年农场里还是没有通电话,我只得从纳维尔的公用电话亭给这两处都打了电话,留言说当晚我会再打来找他。

"我猜你找我是为了卡米洛洗礼的事吧。他舅舅是教父,不是吗?"我还没来得及开口,他抢先说道。

"对……"我有点摸不着头脑。

"他舅舅好吗?"

"我不知道,你能来一趟吗?"

"我明天会在巴伐利亚旅馆开个会。我去看你吧。"

这个使用暗号的荒诞通话让我确定了我们身处何等暴力统治之下,胡安·马丁说的没错。如果连胡里安都觉得不安全,那便没有人安全了。三年来反对党一直在宣传共产主义有多么恐怖,如今我们却处在右派的恐怖统治之下。虽然将军委员会声称这只是临时措施,可却是无限期的,直到新秩序建立起来为止;同时祖国大地上正在重新确立基督教和西方的价值观。我始终满怀信心,认为我们的国家拥有整个南美大陆上最坚实的民主基础,我们的人民是世界范围内具有公民意识的典范,我们很快就会迎来大选和民主的回归。那时胡安·马丁就能回来。

胡里安跟我信誓旦旦地说他没法查到多利托的下落,但我不信;他在权力的核心圈子里都有人脉,可能只要打个电话就能查清楚是谁带走了他,究竟是警察、安全部队还是军队,以及他身在何处。他应当和我一样很想救出他才对,哪怕只是为了知道儿子的下落。想象胡安·马丁各种各样的死法实在是太折磨人了。

"维奥莱塔,你总把事情往坏处想。他现在更有可能在布宜诺斯艾利斯大跳探戈呢。"他说。

他描绘儿子下落时这种促狭的语气证实了我的猜想:他知道什么,但就是不告诉我。我恨他。

在农场里苦等消息也是无济于事,于是我告别了法孔达,回到萨克拉门多。法孔达现在是圣克拉拉名正言顺的女主人,管理它所剩无几的田产。我临走时，她求我把埃特尔维娜一起带走，因为如果她的外孙女一辈子留在乡下，那么她这一辈子便只有农活、贫穷和苦难。

"她可以帮你照顾卡米洛。你不用付她多少钱，但请尽量多教她些知识吧，她想学。"她对我说。

卡米洛，如果我没算错，这是四十七年前的事了。我没有料到埃特尔维娜在我生命中会比我的两任丈夫以及所有爱过我的男人加起来都更为重要。

哥哥何塞·安东尼奥需要我回萨克拉门多。如果想挽救我们的事业，还有很多事情得处理。军队委员会正在深入调查我们和上届政府的合作，因此冻结了"我自己的家"的合同。我们三番五次被叫去上校办公室，被当作犯人一样审问，不过最后他们还是放过了我们。我们损失惨重，因为前期为了在短时间内大量生产房屋，我们在机器和建材上投入了不少，但好在我们还经营别的生意。我没什么可抱怨的，我从不缺钱，一直自食其力。

接下来的几年，我因为胡安·马丁的下落不明而活得备受煎熬，一直为死去的女儿和可能已经死去的儿子哀悼。你是我的安慰。卡米洛，你真是个调皮鬼，让我一刻都不得安宁。你又矮又瘦，到了青春期才疯长——那时候我给你买校服都得买大三个号，这样才够穿一年，鞋子也是每七周就得换新的。你身上既有母亲的果敢，也有舅舅胡安·马丁的理想主义。七岁时有一天你回家时流着鼻血，眼周乌青，因为和一个虐待小动物的大个子干了一架。你把所有东西都送给别人，从你的玩具到悄悄偷走的我的衣服。"你这个小恶魔！我要让人把你关起来，看你知不知道学乖！"我这样嚷嚷。但我从来都下不了手罚你，我的内心非常佩服你的慷慨。你那时是我的儿子/外孙，我的好哥们儿，我的灵魂之友。我必须得说，现在也依然如此。

卡米洛，我为什么还要跟你喋喋不休独裁那些年的事儿呢，这是人尽皆知的老黄历了。我们回归民主已有三十年，过去最糟糕的那部分也已经被曝光：集中营、严刑拷打、谋杀和无数人忍受的高压统治。如今谁也无法否认这些，但当时我们并不知情，没有任何信息，有的只是传言。仍有人在为那段历史辩白，认为那些都是建立秩序、将国家从共产主义手中解救出来的必要手段。拉美许多国家都经历过独裁，我们不是个例。当时正值美国和苏联冷战时期，我们在美国人的势力范围内，正如胡里安·布拉沃早在十年前就提醒我的那样，前者不可能允许美洲大陆上出现左派思潮；后者也同样在他们控制的地盘上推行他们的政治主张。

表面上看，那段时期，整个国家获得了史无前例的发展。

外宾都会惊叹于摩天大楼、高速公路、街道的整洁与良好的治安；再也看不到乱画一气的围墙、街头骚乱、在学校里挖沟壕随时备战的学生、乞丐或流浪狗，这些统统消失了。没有人谈论政治，因为太危险。人们学会了守时、尊重等级秩序和权威，还变得勤劳，"不干活的人没饭吃"是流行的口号。掌权者用铁腕终结了乱政，带着我们迈向未来，我们不再是一穷二白的欠发达国家，而是一跃成为繁荣有序的国家。然而，这是官方叙事。它的内核是一个病态的国家。卡米洛，我也积郁成疾，为我逃亡的儿子、为消失的多利托，也为我的工人和雇员——只有瞎子才看不出来贫穷又担惊受怕的他们境遇有多么艰难。

我们习惯了斟酌用词，回避某些话题，行事低调，遵守规则。我们甚至习惯了长达十五年的宵禁，它能逼着花心的丈夫和叛逆的青少年早早回家。犯罪率也降低了。只有国家在犯罪，而百姓大可放心地在街上行走、夜里安心地在家睡觉，不用担心遭到普通罪犯的袭击。那段时期是工人们的艰苦时期，他们没有权利可言，一夜之间就可能被开除，失业率很高。但企业家们却宛如在天堂，一部分人的繁荣背后是巨大的社会代价。经济持续增长了几年，直到轰然崩塌。我们曾一度是邻国羡慕的对象，是美国的宠儿。现在人们说的腐败，或者叫"非法敛财"，在独裁时期都是合法的。我和何塞·安东尼奥赚了很多钱,我并不以此为耻,因为我们没有任何不法行为,只是抓住了机遇。军人们到处插一手索要回扣,人们不得不付给他们,这是规矩。

何塞·安东尼奥遭遇了一次心脏病发作,于是隐退在家由泰勒老师照顾,但他仍是我们企业的总裁。他认识萨克拉门多一半的人,有几百个朋友,受人爱戴和尊敬。他的经验和人脉是我们签下合同和借到贷款必不可少的因素,而具体工作则由我和安东·库萨诺维奇落实。我们尽可能地提高给员工的待遇,但又必须维持低成本,这样才能在竞争激烈的市场上守住一席之地。

"维奥莱塔,至少让他们有活可干,在我们面前也有尊严。"安东提醒我。

我厌恶了在正义、怜悯和贪婪三者之间保持平衡,最终说服了何塞·安东尼奥,同意将预制房屋生意里我俩的份额转让给安东,这样哥哥能安享晚年,我也能把精力放在别的事情上。当时是炒房和其他生意的大好时机。很多人打算出国,便低价抛售房产,他们中有些是逃亡,有些是厌恶国内的政治制度,有些是寻求更好的发财机会;用我父亲的座右铭来说,房子可以低价买进,高价卖出。

我在首都定居下来,这里的住宅和商业用房市场比下面各省的更多样化、更有意思，这很适合我。待售的房产很多，我会挑也会讲价；我买入的都是地段极好的房子，哪怕房屋状况不好也没关系，翻新后再卖出去便可赚取一笔可观的差价。我很快就成了建筑、翻新、室内装潢和银行贷款方面的专家。这些就是你所说的"我的财富"的根基，卡米洛，不过把"财富"这个词用在我身上有些可笑；和当时以不道德的手段大发横财的人相比，我的财产只能算九牛一毛，而他们如今已是亿万富翁。

埃特尔维娜负责照顾你。你还小，没到去圣伊格纳西奥上学的年纪，这所神父创办的学校是全国最好的小学。这个善良的女人和我都极度宠你，换作别的孩子，肯定被惯成了自私自利没有教养的小恶魔，但你仍然是个讨人喜欢的小天使。我自认在儿女童年时期对他们疏于照顾，所以暗下决心一定不能在外孙的身上重蹈覆辙。我尽量多陪伴你，帮你完成功课，和埃特尔维娜一起去观摩你的体育赛事和戏剧演出（老实说其实你表现得很糟糕）；放假时我们就去圣克拉拉，法孔达会拿出厨房里最好的东西招待我们。我只有在去美国看罗伊这个浑身上下都是秘密的男人时才会短暂地离开你。

我们住了很多年的那间公寓是一栋老式建筑，当时还没有刮起现代化之风，没有缩小空间，也不流行冰冷的玻璃和钢铁。房子位于日本公园对面；我买得很便宜，因为那一带已经没落了，尽管还有几所豪宅和部分使馆；而我最后高价卖出，是因为将要在这块地皮上建一栋三十层的高楼。新贵们的别墅像一座座堡垒一样在山坡上涌现，别墅周围有高墙，还有猎犬看护；中产阶级和商业区则分布在我们生活的片区。我们那栋大楼的入口有两名和善的门卫日夜把守，他们是赛普尔韦达兄弟，是一对长得非常像的双胞胎，我们甚至分不清当值的到底是谁。我们的公寓占了三楼一整层，走廊又长又宽，你在那里学会了骑自行车。它有种没落贵族的气质，高高的天花板、拼木地板和斜面玻璃都让我想起我出生的山茶花府。

一开始，公寓里只有我、埃特尔维娜和一个小男孩，实在太大了；不过几个月后，何塞·安东尼奥和泰勒老师搬来与我们同住。哥哥的心脏还是不好，而萨克拉门多的医疗水平显然没法跟首都的英国诊所相比；我们经常需要火速把他送去诊所抢救，他进去的时候往往半死不活，但每次都能奇迹般地恢复。哥哥和泰勒老师都厌恶大城市的噪声、浓雾和交通，所以他们很少出门，迷上了电视剧，每天准点和埃特尔维娜、和你一起守在电视机跟前。你四岁就懂得了人类最奔放的激情，能模仿墨西哥口音的下流对话；我没有意识到我的外孙已经够年龄去上学拓宽视野了。

以上是独裁统治期间最难熬的几年，那时的权力是通过暴力来维系巩固的；但对我们的小家庭来说，除了胡安·马丁生死未卜之外，那几年其实算是相对美好的时光。我能陪哥哥安度晚年，和泰勒老师找回了年轻时的亲密友谊，充分地参与了外孙的童年。

整个屋子都由埃特尔维娜打理，我从不插手，因为我对家务向来不感兴趣。她管理日常开销，监督两名女佣，还要求她们穿制服。她把电视节目里看到的食谱记下来，最后能做得比任何一个大厨的都好吃。泰勒老师把一套高雅讲究的做派传授给了埃特尔维娜，那是她十七岁时跟第二任主人——那个伦敦寡妇学到的，其实早就过时了，没有人还照做。因为没有电视剧里那种穿制服的男仆，埃特尔维娜亲自规范我们要注意的宫廷礼仪。"我们既然有精致瓷器，为什么不用呢？"她说，还在餐桌上摆上多枝烛台，每个人的餐位上都放三只杯子。你还不会系鞋带，就先学会了使用黄油刀和食物钳。

我一点也不为年龄而苦恼。虽然将近六十岁，但我觉得自己还像三十岁一样年富力强。我挣的钱养活一家人绰绰有余，不用累死累活工作也能攒下一大笔钱；我平时会打网球健身，但并不热衷，因为在我看来用拍子狠狠击球非常荒唐；我在社交场上很活跃，也有不少艳遇，总是维持几天热度，然后很快就抛之脑后。我那时的爱人是罗伊·库珀，虽然我们相隔千里。

卡米洛，胡里安也以他的方式爱着你。他会厌烦你，但我不怪他，因为孩子有时确实惹人厌烦；而且他虽缺乏耐心，却热情过盛。他送你一堆阿拉伯酋长的礼物，你不知道怎么玩，还把家里搞得乱七八糟；他把儿子胡安·马丁不肯学的一切都教给你——使用武器、拉弓、拳击和骑马，不过你在这些方面一概表现平平，这让他很恼火；他甚至给你买了一匹马，最后却被送去农场给法孔达照料，只会在田里吃草，而不是在赛马场上跨越栏杆。

有次你提到想要只狗，你外公便给你送来一只小狗崽。没过多久它就长成了一只漆黑的野兽，搞得公寓楼里人心惶惶，不过其实它性子很温和。我指的是格利斯宾，你曾经的宠物杜宾犬，直到我把你送进圣伊格纳西奥之前它都一直睡在你身边。

20

整整四年,我都没有胡安·马丁的消息,我四处打听,但又不敢声张,怕引起注意。他还在黑名单上,依然是独裁者搜寻的对象,这给了我希望,让我相信他还活着。正如他父亲当时用嘲讽的口吻暗示的那样,他确实在阿根廷待了一段时间,只不过不是大跳探戈,而是当记者,挣的钱勉强够生存。他给多家报社写文章,署的都是假名,还搞到了假护照,平时把我们国内独裁和反抗的消息发去欧洲,尤其是德国,那里的人关注拉美,也同情逃去那里的数千名流亡者。

他完全可以给我传递消息,至少让我知晓他还活着,但他没有。这可怕的沉默导致我曾千万次在心里和他默默诀别,怕他死在了山路上或是后来的路上;对此他唯一的解释是不想让父亲知道他的下落。

他的朋友都是与他志同道合的记者、艺术家和知识分子。其中最特别的是瓦尼亚·哈佩林。她是纳粹大屠杀中幸存的犹太人的女儿,生得苍白柔弱,黑眼睛、黑头发,面庞就像文艺复兴风格的圣母。光看这位在交响乐团拉小提琴的姑娘柔弱的外表,谁也想不到她内心蕴藏的革命热情。她的哥哥是军队决心连根拔除的游击队成员。她是胡安·马丁永远无法忘怀的姑娘。情窦初开的他顽强地追求她,而对方一边拒绝他,一边仍然令他念念不忘。

布宜诺斯艾利斯成熟而迷人,被称为拉美的巴黎;那里有繁荣的文化生活,最好的剧院和音乐,是很多世界知名作家的摇篮。晚上,胡安·马丁经常与志同道合的友人聚在他的阁楼里,就着几瓶廉价的葡萄酒,在令人沉醉的烟雾和革命激情中探讨哲学与政治。不同于这群波希米亚兄弟们的是,他不再留胡子,因为必须长得像假护照上的照片才行。他重温大学里的愉快时光,讲给其他人听左派政府的经验、社会的觉醒和人民掌权的幻想。卡米洛,我之所以说是"幻想",因为它从来就不是事实,无论是过去还是现在。真正重要的军权和财政大权始终都握在同一拨人手中;我们这里没有俄国革命或古巴革命,只是有过一届主张进步的政府,当今欧洲有几个国家也是如此。我们身处错误的半球,又落后于时代,因而付出了惨痛的代价。

当胡安·马丁逐渐在那座伟大的城市扎根时，那里却爆发了军事政变。总司令宣布，为了重建国家安全，不惜牺牲一切必须牺牲的人；这意味着三军中队进行杀戮时享有绝对豁免权。和在我国以及其他国家发生过的一样，成千上万的人被劫持继而消失，或是被拷打至死，永远也找不到尸体。卡米洛，如今我们都知道这是美国制订的臭名昭著的"秃鹰行动"，目的是在我们这片大陆上建立右翼专政，用最残忍的计谋来铲除异己。

阿根廷的镇压并不只在一天内发生，也不是我国这样的公开宣布的战争，而是一场以掩人耳目的方式渗透到社会方方面面的肮脏之战：比如先锋剧场炸弹爆炸，议员被当街射杀，工会领导人暴尸街头。人人都知道严刑拷打的据点，艺术家、记者、教师、政治领导人和被认为可疑的其他人士都开始慢慢消失。先是妻子徒劳地寻找丈夫；后来则是母亲大着胆子将失踪的孩子的照片挂在胸前四处游走；很快外婆和奶奶们也加入这一行列，因为年轻女性在狱中生下孩子后被杀害，而她们的孩子不明不白地消失在非法收养中。

胡里安·布拉沃对此了解多少？他究竟参与到了何种程度？我知道他和进行镇压的军官一样都在巴拿马美洲学院受训。作为一名水平高超的飞行员，他深受将军们的器重；我想他的勇敢、经验和果断为他敲开了权力的大门。有一次，一瓶威士忌下肚后，他打开了话匣子，向我坦白有时候他的飞机上搭载的是戴着手铐、嘴里塞着布团、被下了药的政治犯。不过他向我发誓，他从来没有把这些可怜人扔进海里，军队里的飞行员才会这样做。

"他们称之为'死亡飞行'。"他还说。

首先被带走的是瓦尼亚·哈佩林。他们等她在哥伦布剧场的维瓦尔第音乐会结束后，当着乐队其他成员的面，在化妆间拘捕了她。

"小姐，请跟我们走一趟。别担心，只是例行公事。您不用带小提琴，我们会送您回来。"据说他们当时是这么说的。

进了车里他们才开始对她动武。他们抓她很可能是想调查她的游击队员哥哥，但他的家人已经好几个月没有他的消息了。乐队里目睹事情经过的其他乐师通知了瓦尼亚的父母，他们四处奔走，开始了漫长而艰辛的营救。打听到的最后的下落是有人在海军机械学院见过她，那里已经被改作刑房。

接着又有两名波希米亚青年被绑，其他成员迅速四散逃命。胡安·马丁供稿的一家报社的编辑悄悄约他在小咖啡馆见面，给他通风报信说有安全部门的人员来办公室打听他。

"你赶紧跑，跑得越远越好。"编辑建议，但胡安·马丁不能在瓦尼亚依然下落不明的情况下离开，他必须找到她，哪怕上天入地也要救她出来。

然而，当天晚上，他快走到住的阁楼时，远远看见恐怖的黑轿车清晰可见的轮廓。为了不引起注意，他不紧不慢地转身走开。他不敢向朋友求助，因为怕连累他们。

那晚，他躲在雷科莱塔公墓里的坟墓中间睡了一夜；第二天，他实在没有更好的办法，只好去了比利时传教士的住所。天主教会也参与了野蛮镇压以及声名狼藉的"死亡飞行"，但也有持不同政见的神父和修女愿意为受害者们赴汤蹈火，其中不少人甚至献出了生命。他们向他保证会努力寻找瓦尼亚·哈佩林，他们手头有被绑走人员的名单，上面有个人信息和照片，可他这时候暴露自己也无济于事。他和瓦尼亚的关系一定会被挖出来，一切都只是时间问题。他们说他唯一的希望就是向某个使馆寻求庇护；各国之间的恐怖势力协同合作，如果他在祖国的黑名单上，那么也一定在阿根廷的黑名单上。

胡安·马丁有一个后来起到关键作用的朋友——德国使馆的文化专员，他经常把文章分享给她让她发回国内。虽然德国人民收留庇护了数千名拉美难民，德国政府却暗中支持南锥体的独裁政权，其中既有贸易因素，也有意识形态的考虑，毕竟这是一场打击共产主义的斗争。德国大使同军事委员会的一名将军有私交，但那个文化专员很同情胡安·马丁。她没法在本国的外交驻地为他提供庇护，于是便开车把他送去了挪威使馆。

我的儿子被使馆收留了五周，睡在一间办公室的折叠床上，盼着瓦尼亚·哈佩林的消息。他每分每秒都想象着女孩遭遇的种种折磨，审问、拷打、强暴、训练过的猛犬攻击、电击、鼠咬以及已知的其他酷刑。如果一直找不到逃亡的哥哥，他们还可能把父母抓起来，当着她的面折磨他们。

三十三天后，一名比利时传教士来到使馆，给胡安·马丁带来了一则消息：人们在一间停尸房里发现了瓦尼亚的尸体。她的父母都确认了身份，确实是她。胡安·马丁悲痛欲绝，还怀着失去她独自苟活的负罪感，最后他拿着使馆给他提供的假证件远走欧洲。

当他终于安然无恙地生活在挪威时，我迎来了一位意想不到的来客——哈拉尔德·菲斯克，我们在圣克拉拉农场认识的那位鸟类学家。他给我带来了一些消息和一封短信，是我儿子在使馆官员陪同下去机场之前写的。信里的语气很冷淡，看起来不像私人信件，只是通知我很快就会把我需要的产品信息告诉我。也就是说，他用了暗语。

"眼下他不希望父亲知道他的下落。"哈拉尔德告诉我。

我已经相对冷静、极度耐心地度过了四年，每天都为唯一幸存的孩子的命运而焦虑不安。当得知眼前的挪威人几天前见过他时，我膝盖一软跌坐在椅子上，泣不成声。如释重负的感觉和因为恐惧而释放肾上腺素非常相似，先是感觉身体一下子被掏空，继而全身血管里猛地燃起熊熊烈火。我惊天动地的哭声引来了埃特尔维娜，很快全家人都围到我身边抱头痛哭，而我们的信使一脸茫然地看着眼前的这场情绪大爆发。

哈拉尔德孤身一人在阿根廷当了一年外交官，因为妻子和他离了婚，孩子们在欧洲上大学。他从布宜诺斯艾利斯飞过来告诉我胡安·马丁的事：他是怎么及时逃走的，肮脏之战爆发、他不得不东躲西藏之前在布宜诺斯艾利斯的生活，他的记者工作，他顶着假身份的低调人生，他的朋友和他对瓦尼亚·哈佩林的爱。

"他不愿丢下她独自离开。"他告诉我们。

我们那时还不知道，阿根廷这场长达七年的大屠杀中，总共有三万多人被杀害或失踪。

又过了一年，我终于见到胡安·马丁。他刚到挪威的时候心如死灰，惶恐而压抑，但他得到了二战之后成立的挪威难民委员会的大力协助。一名代表在机舱门口等他，带他去奥斯陆市中心的一间小工作室，他被分配到的这个落脚点里准备了舒适生活必需的物品，包括一件正合他身材的外套，因为他出发时南半球正值夏天，而那里已是隆冬。委员会，尤其是那个心地善良的代表是他头几个月里的救星。他们给胡安·马丁日常开销所需的钱，指导他应付繁杂的手续来获得居留签证和用真实姓名办理的身份证，教会他在城里活动和与人相处的规矩，帮他联系上别的拉美难民，还帮他报了语言学习班。甚至还提供心理治疗，移民们通常需要这种治疗来适应新环境、放下过去；不过胡安·马丁说他逃得及时，没有受到什么创伤。比起治疗，他更需要工作，他不能游手好闲地靠他人施舍过活。

卡米洛，我去挪威看他时，你和埃特尔维娜也陪着我一起；不过你那时才六岁，我想你应该不记得了。许久没见，我的儿子变化太大，在机场时，要不是他向我们走过来，我一定会以为他是陌生人而与之擦肩而过。我记忆中的他干瘦、没气质、毛发旺盛，而眼前的男人却很结实，戴着眼镜，过早地谢顶了。他才二十八岁，看起来却有四十。站在这个陌生人面前，我一时迷茫，愣了足足一分钟，仿佛有一个世纪之久。他给了我一个大大的拥抱，将我埋入粗糙的羊毛中，于是我们又变回了从前那对母子、朋友。

胡安·马丁已经不住在最初那间小工作室，而是搬去了市郊一间简朴的公寓，现在是挪威难民委员会的职员，身份是东道主和翻译。现在轮到他帮助别的难民，尤其是来自拉美的难民，就像当初别人帮助他那样；他的优势在于和难民有着共同的语言和经历。

儿子请了一周的假,陪我们游玩,向我们介绍这个国家。后来几年里我又去了无数次,每去一次都能亲眼看到儿子生活的变化:学着挪威语,尽管说得怪腔怪调;逐渐适应了新生活,有了新朋友;有一天还介绍我认识一个叫乌雅的姑娘,也就是我后来的儿媳、两个孙子的母亲。根据别人对瓦尼亚·哈佩林的描述,我想胡安·马丁第二段爱情的女主角和第一任完全相反。那时的乌雅被夏日的阳光和冬日的白雪晒得黝黑,热爱运动,开朗健美,也没有瓦尼亚身上那么复杂的身世和政治背景。

距离模糊了回忆的轮廓和色彩。我存着胡安·马丁在挪威组建的新家庭的信件和照片,他常给我打电话,最近几年也来看过我,因为我的身体已经吃不消长途飞行;但每当想起我的儿子,我却无法准确地回忆起他的五官和声音。在北半球度过的岁月让他远离了这片土地,在我眼中他和他的妻儿一样都是外乡人。他在第二故乡里平静地生活远远好过留在这个混乱的国度。据说生活在挪威比在世界上任何地方都幸福。我学会了远远地爱着胡安·马丁和他的家人,不抱任何奢望。在感情上,我怀念祖父母和我父母那一辈的大家庭,怀念每周日雷打不动、全家人都相聚在山茶花府的午宴,怀念一大家子人都住得很近的那种安全感;但现实中我无法拥有其中任何一样,因此我也不再需要。

何塞·安东尼奥的痴呆症越来越严重。他有过好几次轻微脑中风,心脏脆弱,血压很高,还开始耳背;我也不知道,或许是各种各样的小毛小病累积起来,最终使他脱离了现实。早在确诊之前他就出现了症状:先是在街上走失,不记得自己有没有吃过饭;后来在公寓楼里都会迷路,不记得自己是谁。

"你是我的丈夫何塞·安东尼奥。"泰勒老师千百次地告诉他,把相册拿给他看,给他讲自己的一生,为了加深他的记忆还增添了不少丰富的细节;但这一切都是无用功,他根本记不住。

他害怕格利斯宾,觉得会被它一口吞掉;这只狗样子吓人,但性情和兔子一样温顺,和我们一起生活了很多年。他这个病最折磨人的一点就是恐惧。他不仅怕格利斯宾,还怕独处,怕被送去养老院,怕钱不够花,怕火灾和地震,怕有人在食物里下毒,怕死。他还认得泰勒老师,但有时会问我是谁,为什么每天都不请自来吃他们家午饭。有一次他光着身子,戴着帽子拄着拐杖就出门了,径直走到一楼大步迈上街;最后两名好心的邻居赶在警察介入之前把他送回家来。

"我去银行把钱取出来,不然就被抢走了。"对此他这样解释。

我和泰勒老师非常难过，疾病把何塞·安东尼奥变成了陌生人；可你和埃特尔维娜却很坦然地接受这一切。你们千百次地回答同样的问题，在他无缘无故大哭时耐心抚慰，想方设法哄着他让他忘却恐惧。他也认得你，但以为你是他的外孙，所以每当胡里安·布拉沃出现以真正的外公自居时，他就大发雷霆。

几年后，格利斯宾也患上了痴呆症。卡米洛，你一直不肯承认，但事实如此，动物也会精神错乱。它和何塞·安东尼奥一样在公寓里迷了路，忘记自己吃过饭，无缘无故鼻子顶住墙狂叫，吸尘器从旁经过时以为地面震动而吓一大跳，并且也不认得我了。那只可爱的小狗曾经会跳着舞欢迎我回家，可后来每次我走进家门都只能迎来哼哼两声。

我的哥哥在另一重空间熬了四年多之后，在八十岁时离开了人世。人生最后的时光他过得既不快乐也不安宁，我们很少听到他开怀大笑。他不再温柔，因为他也得不到温柔的对待；他对泰勒老师发脾气，拒绝她的关爱，还经常用从未对任何人说过的难听话辱骂她。他曾经那么高大魁梧，可病魔令他缩成了一个干瘪的小老头；但也多亏如此，我们才能在他准备用拐杖打人的时候控制住他。他的眼中失去了神采，变得像一个没有教养的小男孩。他的妻子依然带着英式的淡漠忍受着一切，她总说这个男人不是那个持之以恒、屡败屡战追求了她几十年、婚后极度忠于她、深爱她的男子。她只想记住当年那个人，而不是如今这个暴躁的老头。

何塞·安东尼奥临终时非常痛苦，因为他害怕死亡，顽强抗争了好几周。那段日子我们都过得很煎熬，看着他拼尽全力呼吸，胸口发出闷闷的咕噜声，苦苦挣扎，呻吟甚至呼喊。当他终于耗尽了最后一丝力气，不得不向死神投降时，我们都忍不住松了一口气；可看到他僵直冰冷地躺着，皮肤泛着死人的蜡黄，回忆向我疯狂袭来，一股脑儿地涌上心头；我想到了他对我的人生有着多么重要的意义，想到我数不清欠了他多少情义。我和另外四个哥哥很少联系，他们几年前也相继离世。何塞·安东尼奥是我的参天大树，从我出生起就为我挡风遮雨；而从那个遥远的清晨，我在书房发现了父亲之后，他便以一己之力扛起了我的人生。

一年后，死亡又将魔爪伸向了约瑟芬·泰勒，直到离开人世时她依然那么优雅低调。她不想给我们添麻烦。她已经和癌症斗争了一段时间，她说是多年前那个橙子大小的瘤子的后遗症，但这基本不可能，那颗肿瘤在她年轻时就摘干净了，而她得癌症已经是半个世纪后的事了。她可以尝试化疗，但她觉得何塞·安东尼奥不在了，她的人生也随之失去了目标，活了八十六岁的她也确实累了。我常常想起她在最后那段岁月里的模样，像仙女故事里的小老太太，守旧但可爱，坐在窗边，裙子上摆着一本早已看不清字的书，格利斯宾则躺在她脚边。

卡米洛，那一天你一定历历在目，因为你后来经常做噩梦，哭着醒来，焦躁不安，嘴里一个劲地喊着泰勒老师的名字，你一直都是直呼她姓名。那天你放学回家，和往常一样衣服破破烂烂，头发乱七八糟，浑身是汗；你把书包往地上一扔，吹口哨召唤格利斯宾，奇怪它为什么没有出来迎接你。你喊着它的名字找它。我和埃特尔维娜正在厨房等着电视剧，你习惯性地亲了我们一下，直接走到客厅。当时是冬天，外头已经黑了，我们点着壁炉。借着火光和一盏台灯的灯光，你看见泰勒老师坐在椅子上。格利斯宾在她旁边，黑黑的脑袋靠在她的裙子上，一动不动。你一下子就明白发生了什么。

— 第四部 —
重获新生（1983—2020）

21

法孔达给我电话传递的消息比报纸快多了；报纸上的消息隐没在某个页脚，这样人们一不留神就忽略了。她的消息来自土著亲戚们，他们还在使用五百年前征服时期口头传递消息的方式，如同一座座接力的驿站。令人畏惧的高效审查并不能遏制住民怨。失踪者的尸体首次被发现，他们没有被丢进海里或是炸死在沙漠，而是被塞进了山坡上的一个洞穴里，入口被封得死死的。

在政府镇压尤其严酷的一个偏远小镇，住着一名叫阿尔伯特·贝努瓦的法国传教士、政治活跃分子，他在一次忏悔中得知了一个秘密：存在着一座集体坟墓。他也是一名持不同政见的神父，关心每一名被镇压的受害者，曾两次被捕、受刑，红衣主教要求他闭紧嘴巴，不要再惹是生非，但他不肯听。不同于阿根廷的天主教会，我国的教会没有与独裁政权同流合污，而是在揭露暴行和保护反抗独裁的人士之间勉强维持着平衡。纳维尔附近的农村地区有一个退休警察是独裁政权旗下的刽子手，他告诉贝努瓦自己做过什么，还告诉了他山洞在林区的一片山坡上，甚至准许神父将此事向上汇报。

贝努瓦想先确认这个忏悔信息的真实性，再向红衣主教汇报，于是他向南出发。他背着一只背包，口袋里揣着指南针，在自行车上绑了一只尖镐，朝着忏悔者指明的方向开始冒险，一路还要躲避警察盘查。一旦走过了有人居住的村镇就不用担心宵禁，因为已经离开了监视范围。他沿着一条废弃了好几年、难以辨认的路继续走，被茂密的植物团团包围时就用指南针辨别方向并祈祷上帝的帮助。

很快，路面状况不容许他继续骑车，只得改为步行。幸好是在夏天，否则如果下雨，路将非常难走。第一晚他在野外席地而卧，第二天大部分时间都在赶路，最后终于找到了山洞的入口；和他的教民说的一样，入口用大木板和石块盖住了。

天色渐晚，他想还是等到第二天吧。他估算错了路上所需的时间，带的干粮本就不多，早就吃完了，已经饿了几个小时，不过他想偶尔禁食也有好处。路面坑坑洼洼，一眼望去都是绿得深浅不一的茂密植被，到处都是水：水坑、池塘、小河、从山上流下的瀑布、雨水和融化的雪水。他年轻时曾被派去委内瑞拉和巴西边境处的热带雨林，与他熟悉的热带雨林不同，这里即便是夏天也很冷，而到了冬天更是只有专业向导才敢进出。

空气中有腐殖土的味道、树叶的芳香、贴着树干生长的菌类的气味。时不时还能看到高高缠绕在枝头的攀缘植物红色白色的花。白天能听到吵闹的鸟叫声、鹰的号叫、动物在植被间活动的声音，但天一黑整个世界万籁俱寂。

在这荒无人烟的环境中，他感到无尽的孤独，于是他放声祷告："主啊，我在这里，又一次身陷困境。如果我找到了所寻之物，我就得违抗闭紧嘴巴的命令。你能明白，对吗？看在我比任何时候都需要你的分上，请不要抛下我。"最终，他在自己的麻袋里睡着了，不住哆嗦，又饿又疼。他不太习惯透支体力，平日里唯一的运动就是和镇上的孩子们踢踢球，此刻身上的每一块肌肉都强烈要求休息。

伴着清晨的第一缕阳光，他喝了点水，慢悠悠地嚼完了最后几颗杏仁；接着便开始搬开石块、拔掉灌木，用带来的尖镐拆掉堵住洞口的木板。拆掉最后一块挡板的一瞬间，里面立马传来一阵恶臭，逼得他直往后退。他脱下汗衫捂住半张脸，再次祈求他的挚友耶稣相助，然后走进山洞。里面只有一条低矮狭小的通道，但弯腰可以通过。他手里提着灯，胸前斜挎着相机。在洞里呼吸很困难，每走一步空气愈加稠密，臭味也更浓烈，仿佛位于墓穴深处；但他仍继续往前走，这个地方完全符合教民的描述。很快便到了通道的尽头，这里通向一处宽敞的拱顶，他终于能站直了。这时，灯光照亮了第一具尸骨。

卡米洛，这些细节直到几年后才随着贝努瓦的故事一同公之于众。当时谁也不知道这个男人的姓名，也不知道他起的作用，因为他的身份一旦曝光，他将为自己的勇敢付出高昂的代价。红衣主教受忏悔保密特权的保护，上庭做证时拒绝回答可能令他定罪的问题。直到恢复民主政权后，人们才得知全部事实真相。贝努瓦写了一篇文章详细叙述了事情的经过；有一场主题展览，展出的是他那天拍的照片以及其他照片，有些拍的是检察院里的遗骨，有些是军营里陈列的遗物；甚至还有人为此拍了一部电影。

手头的证据给红衣主教的行动提供了极大便利，政府再也无法阻止他。他明白，除了精神上的权威之外，他背后还有积攒了两千年的民间影响力。抓捕甚至偶尔杀害神父和修女是一回事，但若政府公然与天主教会、与教皇代言人为敌，那就是严重得多的另一回事了。多年的高压统治之下，红衣主教学会了巧妙地完成帮助成千上万受害者的使命。为此，他在大教堂内设立了一个代理主教特别办公室，为了调查山洞还秘密组建了一个代表团，由梵蒂冈罗马教皇使节、红十字会的负责人、一名人权委员会观察员和两名记者组成。

红衣主教的年纪已经不容许他跋山涉水；他和秘书一路行至纳维尔，在那里等待其他人员——为避免引人注意，各路人马从首都分头出发。即便他们如此谨慎，村民们还是察觉到一定有大事发生，否则红衣主教不会踏足此地。他穿着运动服，但还是被认出来了，他那张老狐狸的脸实在太出名。

发给报纸的第一份声明是他的使者们从山洞回来时，红衣主教从纳维尔传回的。当地居民已经在传发现了人类尸骨的消息，法孔达打电话来萨克拉门多找我。

"据说是失踪的农民，政变发生后没几天被带走的那些，你记得吗？"

一开始，官方将其定性为一场事故，说可能是进入山洞后因有毒气体窒息而死的游客；后来又解释为游击队员之间的互相报复或是罪犯们的自相残杀；最后，迫于舆论和教会的压力，更迫于所有尸骨上都有弹孔这一事实，将其归咎为军警人员在激战中的擅自行刑，称渴望将祖国从共产主义中解救出来的他们瞒着上级擅自进行了这次行动。政府承诺会让他们受到应有的惩罚，他们打的如意算盘是利用人们忘性大的特点，能拖则拖，趁这段时间把证据搅黄。

山洞周围立起了栅栏，装上了带刺的铁丝网，为的是拦住一批批闻讯而来的人：记者、律师、国际代表团、从来不缺的好事者；后来失踪者的亲人们也默默赶来，不少是远道而来，还带着受害者的照片。这些人是不会被常规的手段逼走的，他们连续几天几夜守在山坡上，直到最后带着遗体离开才肯罢休。当局派来的人全副武装，戴着口罩和橡胶手套进入山洞，搬出了三十二只黑色塑料袋；与此同时，翻山越岭赶来的家属们高唱革命歌曲——虽然几年没唱，却从未遗忘。他们需要给心中的牵挂画上句号；这么多年来他们一直寻找失踪者的下落，希望他们还活着，有朝一日还能回家。法孔达也是其中之一，她因关节炎而佝偻着身体，但还是一如既往地坚强，和其他人一同驻扎在山坡上。

眼看着沸腾的民怨不可能在短时间内平息，如意算盘落空的政府只得下令展开调查；几周后，终于批准潜在的受害者家属进行认尸。这算是给他们的诉求画上句号的一种仪式，其实法医鉴定报告已经明确了洞内尸骨的身份，但这份报告被封存了，直到有新的命令方可开启。

法孔达通知我后，我坐火车到纳维尔陪她一起去军营。大自然里的色彩、寒冷潮湿的空气都说明秋天已经来临，很快便会下雨。军事政变后头几日里被抓走的当地农民家属已经接到了通知。这其中还有一户人家的四兄弟，最小的才十五岁，曾是莫罗家庄园里的佃户。卡米洛，那里的人彼此熟悉，不像如今这个农业工业化的时代，土地属于集团公司，劳作的农民也被临时聘请、四处流动没有根基的劳工代替。那时候，住得近的人往往沾亲带故，他们在那里出生、成长，一起上小学、一起踢球，甚至相爱成家。村里人口不多，年轻人都去了城里寻求机会，因而任何一个人消失都很容易被察觉。失踪的每个男人都是一张关系网中的一环，他们有清晰的面容、姓名、家庭和挂念他们的朋友。

我们排成一队在街上等了将近两小时，一共是二十来个女人，有几个还带着年幼的孩子。大部分人都相互认识，不是亲戚就是朋友；几乎所有人都是那片地区常见的印欧混血儿的长相。辛苦的劳作和贫穷在她们身上留下了烙印，多年的焦虑期盼更是给她们添上了一抹愁容。她们身上褪色的朴素衣着是从跳蚤市场上买来的来自美国的旧衣服。其中几名最年长的妇人和一名孕妇席地而坐，但法孔达一直站着，忍着关节炎的疼痛尽量挺直身子，穿上一袭黑衣做好了服丧的准备，她脸上凝重的表情不是出于悲伤，而是愤怒。和我们一起等候的还有红衣主教派来的两名人权律师、一名记者和同行的电视台摄影师。

我穿着牛仔裤和羊皮靴，背着古驰的包，比别人更白皙高挑，为此我很羞愧，但她们都不介意我富裕资产阶级的外表，而是将我视为她们中的一员，我们因同样的悲痛而团结在一起。有人问我找的是谁，法孔达抢在我开口之前答道：

"她哥哥，她找她哥哥。"

这时我才发觉，阿波罗尼奥·多洛确实就像我的兄长。他与何塞·安东尼奥年纪相仿，自我记事起就一直在我的生活里。我默默向上天祈祷军营里没有他遇害的证据，这种时候不确定反而胜过确定。我希望多利托躲在山上某个角落里过起了隐士生活，那该多么适合他的性格，他对大自然是那么熟悉。我不愿意证实他的死亡。

一名军官走出来大声嚷嚷注意事项：我们有半个小时时间，禁止拍照，不可以碰任何东西；只有这一次机会，一定得看仔细了；必须上交身份证，出去的时候再领回。律师和记者只能在外等候。然后我们便进去了。

军营内院的中间搭了一个巨大的帐篷，帐篷下有两张狭长的桌子，桌旁有人把守。我们看到的不是想象中的尸骨，而是时间长了被虫蛀得破破烂烂的衣服、鞋子、拖鞋、记事本、钱包……所有物品上都有编号。我们缓缓地在这些令人伤心的遗物前站成一排。妇女们哭着在羊毛坎肩、皮带、帽子跟前站住脚步，嘴里喃喃道"这是我哥哥的""这是我丈夫的""这是我儿子的"。

当我们一直走到第二张桌子尽头，几乎放弃希望之际，法孔达和我看到了我们都不想看到的证物。

"这是多利托的。"法孔达泣不成声。

我找了他、等了他很多年，摆在我面前的却只有我们第一次给他过生日时我亲手雕的那只十字架。那时我的母亲、阿姨和里瓦斯夫妇都还在世，法孔达还年轻，我还是个孩子。十字架穿在一根皮绳上，木头戴久了已经被磨得非常光滑，但仍能清晰地看到我的名字——维奥莱塔，另一面应该是多利托的名字。一阵抑制不住的抽泣令我仿佛被踢中了肚子似的弯下腰来，只觉法孔达用手臂扶住了我。这时却听见一声哨响，命令我们离开帐篷。尽管泪水模糊了双眼，我不假思索地一把抓起十字架，把它藏在了胸口。

卡米洛，这是只神奇的十字架。我知道你对我的财产没兴趣，但我希望我死后你能留着它，用它取代你现在佩戴的那只，并且像我现在这样一直戴着它，这样它就能像一直以来保护我一样保护你。它承载着阿波罗尼奥·多洛的忠心、淳朴和坚忍，他多年来一直戴着它，直到最后为救你的舅舅胡安·马丁而牺牲。多利托是我的天使，也将成为你的天使。答应我吧，卡米洛。

人生的道路上，当我们经过某些分岔路口时，并不知道它足以改变我们的命运；但一个人如果像我活得这么久，就能看得足够清楚。在几条道路交会分岔的节点上，我们必须选择前进的方向，而这个选择可能决定我们的余生。我现在明白，拿回多利托的十字架的那一天就是我人生的一个重要路口。在此之前，我一直心安理得地活着，从来没有质疑过我为什么出生在这样的世界里；我唯一认定的目标就是将聂维斯的遗孤抚养成人。

那天晚上，我脱衣服时看到了坚硬的十字架被内衣挤压而在胸前留下的印子，又哭了很久，为多利托、为深爱他的法孔达、为找到了亡故的亲人的其他女人，也为我自己。想到我的房子、银行账户、房产投资、拍卖会上买回的一堆古董和无聊玩意儿、和我同一社会阶层的朋友们、享不尽的特权，我一下子感到自己快被压垮了，仿佛用力拉着一辆板车，它装载着所有这一切以及浪费掉的时光。没想到那一晚会成为我第二次生命的起点。

22

过了好几个月,官方仍然没有公布山洞内受害者的姓名,媒体慑于审查的威力也不敢公布,但那天妇女们在军营里已经确认了他们的身份。政府的对策是以安全为由尽量延长对信息的管控,免得家属们要求拿回尸骨妥善安葬带来的难堪。从山洞里搬出的尸骨被混装在不同的袋子里,要把它们正确拼成一具完整的骨架是个非常麻烦的任务。最好的办法是一股脑儿丢在一个坑里然后永远抛诸脑后,但现在已经来不及这么做了。

我想法孔达肯定把多利托的事告诉了她的家人和一些朋友,可我唯一的倾诉对象只有埃特尔维娜和泰勒老师,她俩是我身边仅剩的尚在人世、还记得那位可爱的大个子的人;我还给胡安·马丁写了信,他这么多年来一直都想知道帮他跨过边境后却销声匿迹的男人究竟遭遇了什么。因此,当胡里安·布拉沃提起此事时，我立马警觉起来。

一次，他为"生意上的事情"临时出差，顺便来了首都——他一直这样形容自己的业务，哪怕其中包括洗钱、走私等勾当。他和往常一样来看我们，并留下吃晚饭，埃特尔维娜做了他最爱吃的樱桃鸭。他还是从前那个帅气、健美的男人，开朗自信的风流浪子。

"你想我吗？"他笑着说。

"一点也不想。阿努什卡好吗？"

阿努什卡是个终日无精打采的模特，因为她不吃东西。可怜的女人，居然饿着肚子过日子。他也承诺会娶她，和对待佐莱达一样一骗就是好多年。

"她过得很无聊。你呢，维奥莱塔，最近忙什么呢？"

"我去了趟纳维尔……"

"哦！我猜是为了山洞里的死人吧。"

"你都不住在国内，怎么会知道的？一共发现了十五个失踪的男人的尸体，军事政变的那几天警察抓走并杀害了他们，然后把尸体藏了起来。"

"这种事不是第一次发生，也不会是最后一次。"他一边仔细看葡萄酒瓶上的标签一边议论道。

"军营里陈列了山洞里找到的残缺的衣服等物品。我和法孔达去……"

"你们找到多利托的东西了吗?"他边给自己倒酒边漫不经心地问。

就在这时,坐在一盘樱桃鸭、一瓶赤霞珠面前的我,终于将散落的碎片拼凑出了一个答案:胡里安·布拉沃。这么多年来隐约有些迹象、线索和证据,但我选择无视,因为承认它们便意味着承认自己也是同谋。我想起了女儿:她悲剧的人生、毒品、苦难、卖身、后颈中枪身亡的乔·桑托罗、她和哥哥一样对亲生父亲的恐惧。我也想起了自己的恐惧:曾遭受的殴打和羞辱、黑社会满脸凶相的家伙、中情局的特工、成捆的钞票、武器、胡里安与独裁政权的关联。我怎么能对这一切视而不见呢?

胡里安知道多利托的遭遇,他一直都知道,一如他知道胡安·马丁在阿根廷避难,却瞒了我四年多。我无法证明是他造成了多利托的死,但很可能胡安·马丁安全之后,他便告发了多利托,因为如果唯一的人证被处理掉了,胡安·马丁的事就不会有人知道了。无论如何,他知道多利托的尸体在山洞里,也知道洞里还有别的尸体。

那几天,胡安·马丁给我寄了一篇关于希望区的详尽报道的英译稿,原版在德国发表并被欧洲其他国家转载。

"爸爸为这些人执行特别飞行任务,对吗?"他问我。

那篇报道披露,希望区根本不是外人想象中宛如天堂的农业公社，而是一块密不透风的封地。移民们为寻找乌托邦而来，结果却被一个疯子控制了，这个疯子对封地里的两百多号人实施野蛮管制，其中不少还是儿童和少年。任何人未经允许都不得进出，移民们必须接受准军事化训练，忍受体罚和性虐待。其中一个移民想办法逃了出来并离开我国，到德国公开做证，说自从军事政变以来整个聚居地就是对政府的反对者施行酷刑甚至灭绝的一个据点。我们国内对此一无所知，因为一切被审查制度掩盖了。

为了运送独裁政权的囚徒，希望区有一条飞机跑道供私人轻型飞机和军队直升机使用。胡里安和希望区的关系清晰地摆在面前，我也明白了他消息灵通、人脉宽广的原因：他参与秃鹰行动，与中情局和独裁政权合作。

"爸爸什么事情都做得出来。"孩子们告诉过我。

胡里安·布拉沃的人生信条是事情的结局会证明方法的合理性。一直以来他都用最可疑的手段达到目的，并总是能逃脱制裁。他自称无懈可击、不可战胜、不受普通人条条框框的约束；他只遵守有利于他的规则，因为法律是掌权者为控制他人而制定的。现在到了我运用他的信条的时候：他的结局会证明我的方法的合理性。

那顿令我幡然醒悟的晚饭之后的第二天，我赶在胡里安回去之前乘飞机去了迈阿密,想找佐莱达·阿布雷乌谈谈。我们一直偶尔联系,我知道她对胡里安的爱已经消磨得差不多了。和前几次一样,我在枫丹白露酒店的酒吧等她,这地方改造之后焕然一新。佐莱达那时四十出头,当年"波多黎各朗姆酒杯"的选美皇后风采依旧,丰乳肥臀,双腿修长。她穿了一条更适合夏天在海边穿的黄色吊带裙。我们互相拥抱。这份友谊来自相同的失望:她也放弃了胡里安曾经让她萌生的幻想。她摘下茶色眼镜后,脸上能看出岁月的痕迹;整形手术能拉紧皮肤,但无法消除疲惫的神态。

我们交流了彼此的近况。她的生活几乎一成不变,她仍是胡里安·布拉沃的秘书、会计、钥匙的女主人、情人和心腹。她和我当年一样,被逼无奈做了输卵管结扎术,因为胡里安要确保世界上不会再出现他的孩子。因为爱那个男人而放弃了做母亲的机会,她一定会永远懊悔。当她告诉我这个消息时,我心想,不知胡里安究竟对多少个女人提出过同样的要求,仅仅因为他懒得使用避孕套。

"我是他的全能员工。"佐莱达的话里有一丝苦涩。

"他付给你的薪水很高吧……"

"金钱弥补不了他对我的虐待。他太爱猜忌,我的生活除了他之外不能有别的。他不许我怀孕,也已经不爱我了,甚至不跟我睡觉。"

"或许你可以离开他。"

"他不会同意的，他太需要我了。"

"你为什么还跟他在一起？"我不依不饶。

"总有一天他会跟我结婚，哪怕只是为了老了有人照顾。"

"你怕他吗？"

"以前怕，现在不了。我现在只想惩罚他，我受够了。"她告诉我。

"我就是为这个来的，佐莱达。"我把阿努什卡的事情告诉了她，胡里安说她是这辈子让他花费最多的女人。

阿努什卡比我和佐莱达都聪明：她先让胡里安相信自己不孕，再在适当的时机宣布自己怀孕了而且已经来不及堕胎，搞得他措手不及。她说这样一来她的模特生涯就到头了，可其实她已经超过三十五岁，本来就很难继续干这一行。胡里安不肯结婚，也从不和她住一起，但在生活上对她和他们的孩子非常大方。佐莱达忍受了胡里安的多次背叛，都是既不光彩也不长久的露水情缘；可她没想到他居然还养了多年的情人和女儿。她立马想到：如果他连生下女儿的阿努什卡都不肯娶，那么也绝对不可能跟她结婚。她想不明白胡里安是怎么瞒了她这么多年，又是如何在账面上不留一丝痕迹地养活那对母女。这笔开支在任何地方都没有记录，而她亲自掌管两本账簿，一本是公开的，另一本是只有她看的非法交易的秘密账簿。她一直自鸣得意地以为胡里安经手的每一分钱她都了如指掌，如今才发现原来他还背着她搞了第三本账簿，甚至可能不只第三本，还有更多。金钱上的欺骗比感情上的不忠更令她心痛。她问我有没有阿努什卡的照片，我给她看了几张从五年前的时尚杂志上剪下来的图。佐莱达开始像昆虫学家一般仔细端详。

"这女人有厌食症。"她只有这么一句评价。

分开时，她向我保证，胡里安将会后悔自己认识她的那一天。

佐莱达的复仇来得迅速而猛烈。十六年来，她满腔热情、不顾一切地爱着胡里安，忠诚而耐心地伺候他。和我去迈阿密拉拢她的时候料想的一样，这份热情同样能驱使她毁掉胡里安。冰雪聪明的选美皇后根本不屑于小说情节和我幻想中的雇佣杀手、制造事故或是给他下毒这类手段。三杯马提尼下肚后，不到两个小时，她就制订好了一个更为成熟的计划。

我飞回家的路上，主持正义的满足感抵消了我的一切过失带来的负罪感；佐莱达·阿布雷乌则打电话给她的初恋，对方是名律师，当年连婚戒都买好了，可她认识胡里安之后就毅然抛弃了他。那名男士已经是三个孩子的父亲，但接到佐莱达电话后二话不说便照她说的做。没有人能忘得了像她这样的女人。他们一起详细制定了她事先跟我商量过的策略。

为了保护自己，佐莱达以匿名的方式，由律师出面向美国国内税务局负责犯罪调查的特别调查员举报胡里安·布拉沃密谋欺诈、偷税漏税。为了证明委托人的可信度并为她争取到豁免权，律师愿意拿出税务局通过其他方式需要花费多年才能搜集到的证据：秘密账本、位于巴拿马和百慕大的空壳公司的名字、瑞士和别的国家的银行账户、装有现金、毒品和重要文件的保险箱密码、他和有组织犯罪之间的联络。据特别调查员向相关联邦检察官介绍，光计算近五年来漏交的税，涉案金额就高达几百万。

佐莱达还提供了胡里安·布拉沃用飞机运输麻醉剂的相关信息，这足以让调查员逮捕他、把他送进牢房，并禁止他逃出美国。这类调查通常耗时两三年，但由于佐莱达的律师提供的证据，调查他的案子只花了十一个月。

法律方面的细节我不懂，不过那也不重要。这件事已经过去三十五年，我想只有佐莱达·阿布雷乌还在回味复仇的美妙滋味。我似乎看到她变成了一个成熟、满足、美丽的女人，在某个豪华酒店的酒吧内嚼着马提尼里的橄榄回忆往昔。但愿她过上了美好的人生。

胡里安缴纳了应付的罚款、税款和利息，并雇了一家以代理罪犯而出名的律师事务所，最后成功地将刑期缩减为四年，服刑地点是一家专门关押白领罪犯、安保级别较低的联邦监狱。他应该受到比这更严厉的刑罚，但最终的判罚只是依据他一些情节轻微的过错，并没有针对他更本质的罪恶。

那几年里，他失去了老客户的信任，这帮人最怕的就是和法律问题扯上关系；我相信美国特工也放弃了他，但他已经赚到了很多钱，其中很大一部分安然无恙。出狱时他虽然瘦了，但依然身强力壮，因为无所事事只能泡在健身房里；并且几乎和以前一样富裕。有一天他若无其事地来看我，仿佛我们上个星期才见过面一般。当时我已经搬去了别的区，但他还是一下子就找到了我。他来告诉我他已经结束了所有生意，在阿根廷境内的巴塔哥尼亚地区买下一座庄园，晚年准备养些品种优良的羊和马，希望能有人陪在他身边。

"我俩都老了，还单身，维奥莱塔，我们应该结婚。"他提议。

于是我明白，他没想到自己在迈阿密的遭遇我其实也搭了把手。

"我们结婚吧。卡米洛会喜欢巴塔哥尼亚的。"他又说了一遍。

我一如既往地拒绝了，并又一次问起阿努什卡。他告诉我说她跟一个巴西实业家结婚了；婚前还向他坦白，他养了好几年的女儿并不是他的孩子。

23

我给你讲一点罗伊·库珀的故事吧。这个出身平民区、外表像拳击手、替人消灾的掮客是我深爱的男人,也是你出生证明上登记的父亲。你见过他,但当时太小,可能不记得了;应该是在你七八岁的时候,我们三个人一起去过迪士尼。你只见过他那一次,但我和他一直保持联系,每年有一两次和他一起度假,每逢此时就把你留给埃特尔维娜或是送去农场给法孔达照顾。

罗伊已经搬回了洛杉矶,继续干他的老本行。他的案子多得忙不过来,洛杉矶是他这种人的理想之城,他能游刃有余地在各色人等之间周旋:各种意义上的罪人、背信弃义之徒、罪犯、黑警和好事的记者。我觉得他很了不起,生活在这样的环境中,他仍能保持心灵纯净、心胸宽广,从不对我提任何要求，甚至不要求我付出与他对等的爱，并且还为聂维斯和你做了这么多。

你是我的外孙，而且是神父，我和你谈论自己的情人似乎有些不够自重，但罗伊除外。胡里安不能归入情人之列，虽然我们没有结婚，但他毕竟是我孩子的父亲。罗伊不爱说话，幽默感比较低俗，喜爱的文化也偏市井，平日里只看报纸的体育版面和袖珍版侦探小说。他身上混杂着香烟和甜腻的古龙水味道，双手粗糙得如同泥瓦匠，餐桌礼仪令我哗然，而且似乎穿的都是二手衣服，因为总是嫌小，款式也老土。总之，他看起来像是哪个罪犯的保镖。

谁都无法想象这个男人实则感情细腻，有自己独特的绅士风度。他对我温柔体贴，既尊重也有渴望。真的，卡米洛，他对我炽热的渴望让我在他身边时能忘却岁月的流逝和痛苦的回忆，重返青春性感。没有人像他那样让我觉得自己美丽而值得称赞。我们做爱的氛围很轻松，笑声不断，也不需要什么想象力；这和我刚认识胡里安·布拉沃时的床笫之欢截然不同，那时我俩恨不得像特技演员一样使出浑身解数，我往往被逼得喘不过气。我和罗伊总是重复相同的套路，不紧不慢，确保彼此都乐在其中，事后相拥着休息，心满意足。我们很少谈心，不介意过去，也不去想未来。他知道胡里安·布拉沃的事，也猜得出来我不再爱他的原因，但从不主动问我；对他来说重要的只有我们共度的时光。我也不打听他的事情,从来都不知道他有没有家庭、是否结过婚、在从事这份奇特的职业之前还做过什么。

罗伊有一辆简朴的房车,我们常常开着它去美国各地游历,尤其是国家公园,每次一玩就是两三个星期。他这辆笨重的大车既不时尚也不豪华,但能很好地完成任务,从不让人失望。它的内部是一个小厅,有一张多用途的桌子、一个简易厨房、一间狭窄到肥皂掉了我都没法弯腰去捡的浴室;最里头有张床,被一扇移门与其他空间隔开。车顶有储水罐,到了营地车子可以插电,还装了化学厕所。这点空间对我们来说够用了,除非连下几天雨不得不待在车里,而这种情况并不常见。

美国是个包罗万象的地方,境内有多个民族和各式景致。我和罗伊悠游自在地旅行,没有固定路线,跟着当下的直觉走。我们去过加利福尼亚的死亡谷,沙漠里逝去的亡魂顶着52摄氏度的高温在那里游走;去过阿拉斯加的冰川,坐过十二只狗拉的雪橇。一路上我们可以随时停下车,徒步行走、在河里和湖里游泳、垂钓、野炊。

我依然清晰地记得我们在房车里共度的最后一晚,仿佛就在昨天。那时我已经六十四岁,却仿佛刚过而立之年。我们刚刚在优胜美地公园度过了美妙的一周;秋初,游客少了,风景也神奇地变了，树木变幻出了鲜艳的色彩：红色、橙色、黄色。和平日的每个下午一样，我们在烧烤架子上烤晚饭——一条新鲜的鱼和一些蔬菜。突然不远处出现一头熊，这只深色的大型动物摇摇晃晃地向我们走来，近得我们能听到它急促的呼吸，甚至闻得到它的气息。我们接受过应对这种紧急情况的训练，但恐惧令我脑中一片空白。有人教过我们应该静止不动，不能喊也不要看它的眼睛，但我忍不住惨叫，害怕得跳了起来。

熊直立起来，两只爪子伸向天空，喉咙里发出一声巨大的咕隆声，仿佛有回声一般混响。罗伊毫不迟疑地拽着我的粗呢大衣，几乎把我一路拎回了房车。我们冲进车里，几乎赶在熊鼻子贴上来之前关上了车门，恼羞成怒的猛兽多番撞击房车，还大力摇晃，后来终于把注意力转到了我们刚在准备的晚饭上。熊用我们的晚餐和垃圾袋填饱肚子后，便坐下来欣赏日落，平和得如同佛教徒。

那天晚上，我们没敢走出车，晚饭就吃了菜豆罐头。不知什么时候，熊终于走了，我们匆忙收拾好东西后也离开了。我这辈子很少有那么深的恐惧，后来我去过几次动物园看熊，如果远看它们还是挺美的。

那次度假，我注意到罗伊的衣服变得空荡荡的；他消瘦了很多，不过依然精力旺盛、充满热情，我便没有在意。第二天我们在洛杉矶机场告别。拥抱时我发现他有些激动,眼眶湿润,他以前从来没有这样过,也不符合他一直以来的硬汉形象。

"替我向我的儿子卡米洛问好。"他大手一抹擦掉一颗泪珠,说道。

他常常问起你,也爱拿我们把你登记为他儿子一事来开玩笑。

当时的我没想到我们再也没有机会同床共枕了。一年后,罗伊死于癌症。他向我隐瞒了病情,因为他希望我只记得那个健康有生气、深爱我的男人;但丽塔·里纳雷斯通知了我。

"维奥莱塔,他一直都是一个人,没有人来看过他;他好像没有家人,也不许我叫来任何一个朋友。他疼得实在受不了了才同意来我这里住。我们从上学起就是朋友;从我初到美国还是个连英语都不太会说的小丫头时起,他就一直在我的生活里;在我需要他的时候他总是出手相助,就像我的亲哥哥一样。"她哭着对我说。

我立刻飞往洛杉矶,希望罗伊还在丽塔家,可他已经被送去医院了。正是你出生、我见聂维斯最后一面的医院,还是那宽阔的走廊、荧光灯、油毡地板、消毒水味道和有彩色玻璃窗的礼拜堂。罗伊戴上了呼吸机,头脑还清醒,说不了话,但我从他眼中看出他还认得我。我愿意相信我的出现对他来说是种安慰。

"我爱你,罗伊,非常非常爱……"我对他说了千百遍。

第二天,他握着我和丽塔的手离开了人世。

卡米洛,你长得真快啊!有天晚上你来我房间道晚安,我惊奇地发现你已经是个陌生的小伙子了。你穿着周五的校服(也就是说沾满了一整周的汗水和污垢),头发乱得像扫把,情绪激动。你的自行车丢了,跑了二十几个街区才在宵禁之前赶回家。

"你跑哪儿去了,卡米洛?都快十点了。"

"我去抗议了。"

"抗议什么?能告诉我吗?"

"抗议大兵呗,还能是什么。"

"你疯了吗?不许去!"

"我觉得你好像也不具备道义上的威信来禁止我这么做。"他对我挤了挤眼睛说道,他身上狡黠的淘气总是能让我败下阵来。

的确,我曾因为被卷入游行而导致锁骨上吃了颗钉子,但那只是运气不好。那次我甚至没有涉险,只是从街上经过,就被卷入人群根本逃不出去。警察用棍棒、催泪弹和高压水枪猛攻抗议者,其中一根水柱直接把我冲到大楼的外墙。手术后的前三天，我勉强靠强力止痛药和大麻镇痛，但胳膊上打了一个月的绷带耗光了我的耐心。当天晚上我第一次隐约预感到只要独裁不结束，我将面临源源不断的折磨。如果你十四岁就加入战争，那么你是活不到成年的，大兵们一定有办法阻止你。为你这个不省心的小鬼操心让我满头白发。

我们已经不住在日本公园对面的那间老公寓了，公园也改名叫"祖国公园"。何塞·安东尼奥和泰勒老师去世后，那套房子对我们来说太大了，再说也不符合我彼时的心境。埃特尔维娜、格利斯宾还有你我一行搬去了地震中塌掉的那座小房子，你还记得吗？房子远离骚乱频发的市中心和军事学校。搬家意味着我又迈出了一步，正逐渐舍弃曾经觉得必不可少，但后来成为累赘的华而不实之物。我留下了笨重的家具、波斯地毯、浮夸的装饰品，只带走了最基本的家居用品。埃特尔维娜先挑了她想要的东西，她暂时把自己的房子租出去赚点租金，等她自己住进去的时候可以用上这些；她挑完后，我又叫来平时很少联系的众多侄子侄女，让他们把喜欢的东西都拿走；如此一来，不到两天房子就几乎搬空了。我们搬家的时候带的东西少到不能再少了，埃特尔维娜很不理解，为什么我们明明能过富人的生活，却突发奇想要活得像个穷苦百姓。

和我年轻时候不同，如今人们很难靠老老实实工作挣大钱。越是苦的工作挣的钱越少；更便捷的生财之道是不需要任何产出的，只是把钱从一处挪到另一处，投机买卖，看准股票市场的机会，为他人付出的努力投资。靠日常工作讨生活却失去一切流落街头很容易，花光巨额财富却很难，因为钱能生钱，在银行账户和投资里成倍增长。我还没来得及想清楚该怎么花就不知不觉攒下了很多钱。

我首先接近的是那天去山洞内指认遗物时认识的那些妇女们：迪格娜、罗莎里奥、格莱迪丝、玛丽亚、玛尔瓦、迪奥尼西亚等等，尤其是索尼娅——也就是纳瓦罗四兄弟的母亲。索尼娅个子矮小，但很结实，那天她见到了儿子们被谋杀的证据，证实了多年来的猜想，但她没有陷入悲伤，而是挺身而出，带领其他妇女要求归还遗骨、严惩凶手。大家都是纳维尔附近地区的农民，其中很多还是法孔达的熟人；她们都是各自家庭的中流砥柱，因为幸存的男丁不是心不在焉就是一蹶不振。她们从小便开始没日没夜地干活，而这样的日子会一直持续到生命的尽头。她们希望儿孙们能读完书、学点技能、拥有比自己轻松的人生。

我开始挨个拜访她们，通常都是在法孔达的陪伴下。她们给我讲失踪的亲人，他们生前的样子，他们如何被带走，寻找他们时见识到的官僚作风，敲门寄信坐在军营前为他们呼吁，被赶走、被捂嘴、被威胁，决不气馁继续四处打探消息。有时说着说着流下眼泪,有时也会笑起来。她们用草药汤、马黛茶招待我,但咖啡是没有的。法孔达提醒我不要准备礼物,因为她们无法礼尚往来,所以礼物可能反而成为一种羞辱。于是我便在她们需要的时候带去药品,给孩子们买运动鞋,这些她们愿意接受,有时还给我母鸡和鸡蛋作为回礼。

我在确保不冒犯她们的前提下,谨慎地逐渐融入这个群体。我坦然接受了自己与她们的不同,即便掩饰也毫无意义。我学会了只是倾听,不试图解决麻烦或发表建议。法孔达出了个主意,让大伙儿周五到她的农场聚会。她现在和女儿纳西萨、外孙女苏珊娜同住。纳西萨变成了霸道的胖主妇,至于苏珊娜我之后再跟你细说。法孔达已经一年多不烘焙了,她说自己的身体吃不消;不过有纳西萨帮忙,她还是为每周五的妇女聚会精心准备拿手的蛋糕。我基本上每个月参加一次,因为从首都过来路途实在遥远。

那段时间,我又重新联系上了安东·库萨诺维奇,认识了他女儿玛伊伦。小姑娘十二岁,长得很瘦,手肘、膝盖和鼻子都光滑干净,但严肃得像公证员,还自称女权主义者。我想起了认识的唯一一个女权主义者——特蕾莎·里瓦斯。我问她如何理解女权主义,她告诉我是反抗父权制,也就是说,反抗普遍意义上的所有男性。

"维奥莱塔,你别听她的。她现在是一门心思忙活这个,但要不了多久这股劲头就过去了，去年她还是素食主义者呢。"她父亲说给我听。

当时我对小姑娘认准目标的那股冲劲印象深刻，不过很快就忘了她。卡米洛，我没有预料到后来她会对我、对你变得如此重要。

这些农村妇女教会我，勇气具有强大的感染力，人多就是力量；孤军奋战办不到的事情，齐心协力就能办到，而且人越多越容易成功。她们属于全国数百名失踪者的妻子和母亲这一群体，意志坚定，政府始终无法将她们分化瓦解。官方声明否认有人失踪，称这是共产主义的宣传；还将那些妇女定性为仇国的破坏分子。报刊严格遵守审查制度，也从不提到她们。但在国外，在人权活跃分子和多年来坚持不懈地揭露专政暴行的流亡人士的努力之下，她们已经为人熟知。

在周五品尝法孔达蛋糕的会议上，我得知从几十年前开始就有不少目标各异的女性团体，连大男子主义的军队也无法镇压。独裁时期她们的行动阻力更大，但也从未停下。我联系了一些争取离婚法、堕胎合法化的团体。她们中有工人、中产阶级、职业女性、艺术家和知识分子。我参加了她们的集会，只是学习，没有出什么力，直到后来我找到了贡献自己力量的方式。

24

讲到这里,该让你回忆起来了:1986年,挪威鸟类观察员哈拉尔德·菲斯克再次出现在我生活中。距离我上一次见他已经过去好几年,当时他从布宜诺斯艾利斯飞来告诉我胡安·马丁逃过了肮脏之战,正在挪威避难。虽然我去挪威看望过几次胡安·马丁,但都没有碰到哈拉尔德,因为他作为外交官必须在几个国家之间辗转。他常常在年底给我送来圣诞祝福;有些外国人会给朋友们分享家里的消息和美满的家庭合照,他寄给我的就是这种信函。在这种群发的函件中从来都只有成功、旅行、新生命和婚礼,从来不见有人破产、入狱、患癌、自杀或是离婚。幸好我们这里没有这种无聊的传统。而哈拉尔德·菲斯克的信函甚至比家庭神话还要糟糕:除了鸟还是鸟。加里曼岛的鸟、危地马拉的鸟、北极的鸟……难以想象连北极都有鸟。

我想我跟你说过这个男人热爱我们这个国家，说它是世界上最美的国家，说这里有各式各样的景致：月球沙漠、高山、原始湖泊、藏着果园和葡萄园的山谷、峡湾、冰川。他觉得我们的同胞和善又好客，因为他对我们几乎没有理性认识，全凭一颗浪漫主义的心。总之，不管出于什么原因，他决定在这里终老。我始终无法理解，卡米洛，如果一个人可以合法生活在挪威，那多半是疯了才会选择我们这个多灾多难的国家。他还有几年卸任，于是想办法被任命为驻我国的大使，这样在不久的未来就可以在任职地退休，安享晚年，实现他一直以来渴望的圆满结局。他买了新的镜头，可以拍到最高峰上的秃鹰；还找了一间很朴素的公寓住下来，埃特尔维娜总笑话他们这些信奉路德教的斯堪的纳维亚人生活单调乏味；然后他找到了我。

我的上一位爱人罗伊·库珀去世已经一年。他离开后，我告别了对浪漫爱情的所有幻想，因为我没想过自己还有爱的能力。我很健康，也有精力；女性组织的活动给了我目标，我可以学习并参与其中。我对自己的生活很满意，心态也很年轻，唯独没有准备好面对一个男人突如其来的亲近。卡米洛，荷尔蒙很重要，到了那个年纪我的激素水平已经大幅下降。放在别的时代或是其他文化环境中——比如说意大利卡拉布里亚某个村子里——一个六十多岁的女人或许就是只穿黑衣的老妇。我对性爱的看法是费那么大力气，满足感却如此短暂！不过我的虚荣心依旧，即便对漂亮衣服没有兴趣，我还是会染头发、戴隐形眼镜。时不时有人误以为我是你的母亲而不是外婆，这对我是极大的恭维。

哈拉尔德一步步地走入我的日常生活。起初，他想方设法和我一起去圣克拉拉的农场。他开着沃尔沃带我去，如今走公路和铁路一样方便，我们还可以在海边的村子停下，到小饭馆品尝世界上最好的鱼和海鲜。"同样的食材，在我们国家做出来的东西就是不好吃。"哈拉尔德除了这样评价菜肴，还会以同样的敬意赞赏我们的葡萄酒。我去圣克拉拉是找法孔达和组织里的其他妇女，他则是去寻找已经看过上百遍的鸟。我们住在纳维尔的宾馆。纳维尔如今不再是我"那段流放"时期那个只有一条街道和木板房的小村子，而是变得繁华起来，有银行、商店、酒吧、理发店，甚至还有一间暧昧的按摩店，里面都是亚洲少女。哈拉尔德很快成了我最好的朋友和伙伴，我们一同去听交响乐演出，去山坡上散步。他邀请我参加使馆的一些无聊晚宴，企图让我扮演女主人，因为他没有太太。作为回敬，我则带他参加越来越频繁、大胆的抗议活动。

我们当时并不知道独裁政权已经日薄西山；军队原本高度集中的权力已经从内部分崩离析，人们开始不再畏惧他们。各派政党被禁止活动，但其实已经在地下复苏，正动员力量要求回归民主。哈拉尔德连参加街头游行都是一身探险者的打扮：

短裤、多袋背心、靴子，脖子上还挂着相机。他在人群中就是一幅奇景：高个子、金发、脱离现实、激动得像狂欢节上的少年。"没有比这更有意思的了！"他一边大声喊一边近距离拍摄大兵们的照片。他的脑袋上从来没挨过棍子，也没被水柱喷倒过，这简直是奇迹；对付催泪弹他则使用游泳镜和一块浸过醋的手帕。过后他再把照片发给欧洲的报刊。

那段时间，你常常逃学去阿尔伯特·贝努瓦生活的工人聚居区。那个开启了死亡山洞的法国男人是你的英雄。他宣扬工人基督的福音、解放教会的福音，因而被判定为破坏分子。他张开双臂挡在装甲车和士兵的自动步枪面前，阻止他们滥杀平民；也制止企图丢石块与军队对抗的愤怒的人群，在他们被屠杀之前让他们冷静下来。有一次他甚至趴在地上阻止军队卡车前进，这一举动无异于用胸口去堵枪眼。而你，卡米洛，就在他身后，混在人群中，作为穷苦百姓的一员，和贝努瓦一样张开双臂面对制度化的暴力行径。你职业志向的种子就是在那里，在石块、子弹和催泪瓦斯之间萌芽的吗？

别的教徒纷纷被逮捕或戕害，但贝努瓦有上天庇佑，只是被驱逐出境。反对军队专政的声音越来越响亮，几乎成了震耳欲聋的呐喊，任再多野蛮的手段也无法平息。

一次周五农场聚会时，我把哈拉尔德介绍给了姐妹们，她们立刻就认出来他就是那个用双筒望远镜观察天空、窥视天使的精神错乱的老外。有几个妇人用各式各样的碎布缝在一块粗麻布上绣起了简单的挂毯，图案反映生活的艰辛、牢狱生活、军营前的长队和大锅饭。哈拉尔德觉得挂毯非常漂亮，开始寄往欧洲，结果销路很好，甚至作为反抗主题的艺术作品在画廊和博物馆展出。赚到的钱悉数回到创作者手中，于是一传十十传百，很快全国上下有几百个妇女开始织挂毯。当局没收了布料，涌现的反而更多；于是政府指定了一个计划，推广积极向上图案的麻布，比如孩子们玩拉圈游戏或是农妇们手里捧着花束，但根本没有人愿意买。

有天晚上，和哈拉尔德聊起我们这个群体和其他的妇女群体时，我告诉他说是她们改变了我的想法，但我觉得自己的付出渺小得如同落进沙漠里的一滴水珠。

"要做的事情太多了，哈拉尔德！"

"维奥莱塔，你已经做得够多了。对于遇到的情况，你不可能全部管得过来。"

"究竟该怎样保护妇女呢？一个十二岁的小姑娘曾对我说终极目标是推翻父权制。"

"这话没错，但眼下这个目标太遥远了。咱们这里首先要推翻的是独裁统治。"

"我应该成立一个基金会资助各类项目，而不是帮助某个个人。要推动法律层面的改革……"

我留下足够的钱确保自己能过得体面,外孙也能得到保护,然后用余下的钱成立了聂维斯基金会。等我离开这个世界时,基金会将是我唯一留下的东西,里头的基金如果投资得当,会带来收益,便能持续运作很长时间。玛伊伦·库萨诺维奇是负责人,但卡米洛,这本该是你的责任。你完全可以用我的钱做很多善事,可惜你缺乏经营基金会的能力,你太迷糊了。你总说上帝自有安排,可上帝从来不给我们安排金钱。你选择清贫的生活,这的确值得称赞;但如果你想帮助他人,自己首先应该活得有声有色。我不该跳着讲,否则就乱套了;在我故事里的这个时间点,玛伊伦还是个妙龄少女,几年之后才进入我们的生活。她只是个比你小三岁的小丫头,却已经比你聪明、成熟得多。

你当时在圣伊格纳西奥学校寄宿,按理说有神父们看住你保护好你。可你是怎么做到动不动就逃学还没被发现的呢?你从小就调皮,不断考验我的耐心;埃特尔维娜总是护着你。我送你去寄宿学校是因为你管不住自己,而不是你所说的想把你打发走。你似乎忘了自己做过的坏事,压死骆驼的最后一根稻草是你和一个朋友闯入一间以为空置的房子偷东西,结果迎面遇上一名女士举着猎枪,差点把你们脑袋都打飞。你说我能怎么办?自然是把你送进神父的寄宿学校。可惜那时已经不兴体罚了，屁股上挨几下揍其实对你大有好处。

我们说回哈拉尔德·菲斯克。谁能想到那个斯堪的纳维亚人会成为我的丈夫！我经常把他说成我唯一的丈夫，因为我真的忘了自己年轻时和法比安·施密特-恩格勒的那段婚姻。那位兽医在我生命中没有留下任何痕迹，我甚至不记得自己和他睡过觉，可见人的记忆是多么善于筛选。过去我曾经盘点自己所有短暂的、地下的恋情，写下他们的名字、日期、场景，还按他们的表现从一分到十分给他们打分；后来就不这么干了，因为这张名单苍白得可怜，只能勉强凑满记事本的两页纸。

一段时间以来，我和哈拉尔德以好友的身份每周见好几次面，一起去南方旅行，在街头游行中尽情释放；直到有一天埃特尔维娜在我脑中植入了一个想法：他爱我。

"哎呀，你怎么能这么想，他比我年轻好几岁呢。他也从来没有过这方面的暗示。"

"那可能是他害羞啊。"她坚持己见。

"埃特尔维娜，他那不是害羞，他是挪威人，挪威人从来不像你看的电视剧里那样为爱冲动。"

"太太，你为什么不问问他？这样就一清二楚，我们也不用猜了。"

"埃特尔维娜，这跟你有什么关系吗？"

"我也住在这个家里不是吗?我有权了解您的打算。"

"我没什么打算。"

"或许哈拉尔德先生有呢……"

我无法从脑中消除这个疑团,便开始注意观察哈拉尔德,留意能解开疑团的信号。只要愿意找,就一定能找到。我发现他似乎找一切借口触碰我,像小狗一样深情地望着我,总之,我无法再心如止水。不久后,我们在一家海边小饭店一起享用烤石首鱼和白葡萄酒时,我决定不再忍受这样的猜来猜去。

"哈拉尔德,说吧,你对我到底是什么想法?"

"为什么这么问?"他茫然地问我。

"因为我已经六十六岁了,正在考虑晚年。还有,埃特尔维娜也想知道。"

"那你告诉她,我在等你向我求婚。"他对我挤了挤眼睛。

"哈拉尔德·菲斯克,你愿意娶维奥莱塔·德尔·巴耶为妻吗?"我向他提出。

"看情况。这位女士愿意尊重我、顺从我、照顾我直到我生命的最后一天吗?"

"这个嘛,至少她承诺照顾你。"

我们满心欢喜地为自己、为埃特尔维娜干杯,因为我们的未来充满了无限可能。开车回去的路上,他牵起我的手,一路哼着小曲,而我却忧心忡忡地设想着在他面前褪去衣衫的那一刻。我从来不去健身房，手臂上有赘肉，肚子上有救生圈，乳房都快垂到膝盖了。然而，这一刻没有我想象中来得那么快，因为家里有个糟糕的消息正等着我。

到家后，我们发现圣伊格纳西奥学校的校长正在安慰啜泣的埃特尔维娜，因为你在他眼皮子底下被抓走了。这不是第一次校长因为你的调皮捣蛋上门来告状，他也不止一次威胁我说要开除你：你曾在学校的宠物乌龟身上大便，还像蜘蛛一样爬到中央银行的外墙上，结果被旗杆钩住，最后被消防员救了下来。但这次的事情严重多了。

"卡米洛又逃出了学校，一队巡逻人员发现他在写反对独裁的标语。和他一起的还有两个男孩，但不是我们的学生。这两个男孩跑了，可您的外孙被抓了个正着，手里还拿着喷漆罐。我们托人调查他被带去了哪里，维奥莱塔女士，很快便会有消息的。"校长告诉我。

我承认，我一下失去了理智。警察的手段无人不知，也绝不会因为我的外孙尚未成年就对他手下留情。我在基金会里听说的可怕往事、有关纳维尔山洞里受害者的回忆一一浮现在我眼前。刚过去的短短几个小时就足够他们把你折磨得连渣都不剩。

我永远无法原谅你犯的这个错误，卡米洛。你那时真是愚蠢至极，差点把我给气死，时至今日回想起来我都火冒三丈。你毫无责任心，明知道那是怎样的高压统治，却只想着又可以恣意妄为一回而不用付出任何代价。你选中的目标是祖国拯救者纪念碑，这座庞然大物是最纯粹的纳粹德国风格，顶部是一把永远在首都上空冒烟的火炬，而你选择给它的大理石底座喷上黑漆。我愿意相信这不是你想出来的计划，而是你的共犯的主意。无论是向校长、向我还是任何人，你始终不肯供出他们的名字，只是秘密地告诉过我他们是阿尔伯特·贝努瓦的教民。警察们把你的脸都快打烂了，一遍遍问你："另外两个人是谁？""你在哪里认识他们的？""快说他们的名字！该死的混小子！"

在当时那种形势下，如果胡里安·布拉沃能出现在我身边，我愿意付出生命。你的外公一直拥有无穷无尽的办法和人脉，换作是别的时候，他一定知道该怎么办、去找谁、贿赂谁；可由于我的错，他失去了原本的权力，去了巴塔哥尼亚的庄园避世。即便他能闻讯赶来、在政府里还有朋友，恐怕也来不及了。我和校长去大教堂想看看能否请代理主教办公室的律师帮忙。我实在太紧张，只好由校长填表，而我心急如焚地数着浪费在手续上的时间。

"您要挺住，女士，这可能需要点时间……"他努力向我解释，但绝望的我什么都听不进去。

与此同时，哈拉尔德·菲斯克也在走动。挪威使馆和另外几个外交驻地一样,都在政府的密切注视中,因为他们多年来都在庇护现政府的逃犯。作为挪威的代表,哈拉尔德自己是没什么影响力,但他是美国大使的朋友,经常一起骑自行车登山。当时,我国政府不再拥有美国人无条件的支持,因为独裁政权已是穷途末路,整个世界的局势也变了。名誉扫地的政权自然不值得扶持。美国大使的秘密任务是为我们这个国家回归民主政治扫清障碍,当然,只能是有条件的民主。

"那个男孩是我女朋友的儿子。他干了件蠢事,但绝不是恐怖分子。"哈拉尔德说。

事实上你是我的外孙,我也不算是他正式的女朋友,而且你从两岁起就堪比恐怖分子;不过这些细节都不重要。美国人答应去说情。

我想你应该对落在警察手里的那两天记忆犹新。我一刻都没有忘记过,假如你被转去了安全指挥部,恐怕还不止两天,而是永远;如果去了那儿连美国大使也没法把你捞出来。你被打得昏死过去,要不是你姓德尔·巴耶,又是圣伊格纳西奥的学生,还会继续挨打。卡米洛,即便是在军警的牢房里,社会等级制度也依然存在。幸好你不是那两个和你一起涂画纪念碑的小伙子,换作是他们肯定会被教训得更加凶狠。

你被释放的时候样子悲惨极了:脸肿得像葫芦,眼周发黑，衬衣上血迹斑斑，浑身都是瘀伤。埃特尔维娜给你敷上冰块，一边怜爱地亲吻你，一边忍不住为你的愚蠢赏你几巴掌；同时，校长在一旁抱怨说我的外孙闯了太多祸，成绩也差，他根本不想做功课，行为表现糟糕透顶。

"卡米洛把一只老鼠放进音乐老师的包里，还把一整瓶泻药都倒进老师们的午餐中。他被抓到过在厕所吸大麻、和一群小学生争抢黄色照片。总之，您的外孙最好转去军事院校……"

"这都是你们的错！"我大吼着打断了他，"他是怎么搞到大麻、泻药、裸体女人照片的呢？这寄宿学校里没有人看管孩子吗？"

"女士，我们是所学校，不是监狱。我们办学的前提是学生不是罪犯。"

"神父，求您别把卡米洛赶走。"我换了策略，改为哀求。

"女士，恐怕……"

"我的外孙正在变成马克思主义者和无神论者……"

"您说什么？"

"您没听错神父，马克思主义者，无神论者。他正处在关键的年纪，需要精神上的指引，可军事院校的士官没这个本事，对不对？"

校长看我的眼神几乎要了我的命，沉默良久之后，他终于开怀大笑。你没有被开除。我常常自问，这一幕是否也是我所说的决定我们命运的十字路口。假如你当初被赶出了圣伊格纳西奥学校,或许你真的会成为马克思主义者和无神论者,而不是去当神父;那么你现在就是个普通人,和我很喜欢的姑娘结婚,给我生几个曾外孙。反正做梦不需要任何代价。

25

九十年代初,整个世界、我们国家和我们的生活都发生了巨变。1989年,柏林墙倒了,我们在电视上目睹了柏林人的喜悦,他们在一夜之间,一锤一锤地拆掉了分裂德国二十八年之久的围墙。没过多久,美国和苏联之间的冷战也正式结束;我们有些人终于可以暂时松口气,似乎看到了和平的曙光,然而总有地方依然战火纷飞。除去几个可怜的国家以外,我们历尽磨难的拉美大陆开始从近年来的种种灾难中恢复:军阀、革命、游击战、军事政变、暴政、谋杀、严刑拷打,甚至种族灭绝。

我们国内的独裁统治在集体努力的推动之下,安静而和平地自行瓦解;某天早上,我们一觉醒来便迎来了民主回归的好消息,年轻人不知民主为何物,年纪大一些的也已经快要遗忘那种滋味。我们兴奋地走上街头庆祝，而你则消失了两天，去了朋友众多的村镇。那里的人们正在筹备阿尔伯特·贝努瓦的欢迎派对，神父到法国后从来没有打开行李，时刻盼着回到自己的第二故乡。当初他张开双臂挡在坦克和子弹跟前舍命维护的人群如今视他为英雄，迎接他归来。和他一同用石头当作武器，游行的有些人当时还是乳臭未干的孩童，比如你，如今早已长大成人，但贝努瓦记得每个人的名字。

首先成立的是过渡政府，这段保守谨慎的民主时期持续了好几年。民主并没有像独裁政权宣传的那样带来混乱，从原来的经济体制中大发不义之财者依然大权在握，没有任何人为犯下的罪恶付出代价。熬过黑暗时期存活下来的政党重新崛起，还有新的政党成立；我们原以为早就死去的团体纷纷复活，人们彼此之间有种默契：尽量不声张，不挑衅军队。独裁者在追随者的欢呼和右派的保护下平静地回到自己家。媒体终于卸下了审查的沉重枷锁，人们一点点地了解到前些年最阴暗的历史，但那时的口号是用遗忘尘封过去、建设未来。

媒体重获新闻自由后将许多秘密公之于世，其中也包括了希望区；这个侨民区多年来一直受军队保护，如今新政府终于打开了它的大门。这里早就成了一座秘密监狱，政治犯被用来做医学实验，很多人被处死。而它的头目毫发无损地逃走了，我想他后来在瑞士生活安宁,直到寿终正寝。卡米洛,看到我说的了吗?坏人往往运气不错。这桩丑闻震惊世人,德国几年前曝光的消息得到了证实,区里的所谓侨民(甚至包括儿童)都是恐怖政权的牺牲品。

与这个名誉扫地的侨民区有牵连的一部分人也上电视了,法比安·施密特-恩格勒也在其中。他和我年轻时的丈夫已经判若两人。他应该已经有七十六岁,身材发福,头发稀少;如果不是电视里提到他的名字,恐怕我根本认不出来。报道也提到了一向受尊敬、被称赞的施密特-恩格勒家族,他们曾在南方建起繁盛的农业、旅馆业王朝。据说法比安为侨民区和军队的暴力机关牵线搭桥,但他对于区域内的暴行并不知情,所以他个人没有被指控任何重罪。我四处查找有关胡里安·布拉沃和他的神秘飞行的报道,但始终无果;提到的只有运输囚犯的军队直升机,没有他驾驶的私人小型飞机。

那是我最后一次听到法比安的消息。2000年,我在报纸上读到了他的讣告,他留下一个太太、两个女儿和几个外孙。别人告诉我,他的两个女儿都是领养的,他和第二任妻子也没有生育。我很欣慰他最终拥有了一个我无法给他的家庭。

胡安·马丁带着妻儿回来庆祝政局的变化。臭名昭著的黑名单已经不复存在。他原本计划在这里待一个月,走遍南北欣赏大好风光;但还没到两周,他就意识到自己不再属于这里,于是找借口回了挪威。他在挪威生活多年始终觉得自己是异乡人，而回国只待上两周，就满足了思乡之情、疗愈了流亡之痛，最终决定在祖国辜负他时收留他的地方扎根。此后，他来看我们的次数屈指可数，并且总是独自前来。我想，他的妻儿不像哈拉尔德·菲斯克对我们这里有么美好的印象。

那些年里，我的生活也变了，我步入了人生之路的另一段旅程。安东尼奥·马查多的诗里说："世上本没有路，路是人走出来的。"我没有走出一条路来，而是在狭窄曲折、时常模糊不清、隐没在密林中的小径上艰难摸索，并没有找到真正意义上的路。迈入古稀之年的我精神放松，没有物质负担，还有了新的感情生活。

哈拉尔德·菲斯克是这个阶段的理想伴侣，我可以用我的亲身经历告诉你，人老了也可以像年轻时那样拥有浓烈炽热的爱情，唯一的区别是多了一份紧迫感——不能再浪费时间在无谓的傻事上。我对哈拉尔德的爱里没有嫉妒、争吵、不耐烦、不包容或是任何破坏我们关系的瑕疵；他对我的爱则细水长流，完全不同于我和胡里安·布拉沃那段充满戏剧性的感情。他卸任外交官后，我们选择在萨克拉门多定居，生活安逸，还能经常去农场呼吸乡下的空气。法孔达去世后，她的女儿纳西萨照料田产。我把首都的房子租出去了，后来再没有去住过，所以房子在地震倒塌时我也不怎么心痛。幸好当时租客们出门度假，没有人被压在瓦砾堆下。

我在萨克拉门多买了一套年代久远的房子，这种房子有数不清的小毛病给哈拉尔德修缮，他正好乐在其中。他从小在家里的木匠铺给父亲和爷爷打下手；年少时的第一份工作是造船厂的焊接工；他的爱好除了看鸟，就是摆弄下水管道，他可以在洗碗池底下接连度过好几个小时的幸福时光。电工方面他懂得不多，但也现学现卖，只有一次差点被电死。他为自己生满老茧的双手、开裂的指甲和干枯发红的皮肤感到自豪，他说："工人的手是诚实的手。"

随着民主的回归，我资助的好几个妇女组织也摆脱了军队思想钳制下的大男子主义束缚，蓬勃发展活跃至今。感谢她们，让今天的我们拥有了离婚的自由，也通过了堕胎法案。我们确实在进步，只不过是以螃蟹的步伐——前进两步再后退一步。

我的基金会终于找到了它的使命。过去我的资助没有任何规划，直到后来我终于找准了焦点，从此便一直围绕着它展开，也希望我死后依然如此——反抗家庭暴力。给我这一启发的是一个叫苏珊娜的年轻姑娘，也就是埃特尔维娜的妹妹。卡米洛，你知道我说的是谁。

法孔达的女儿纳西萨年轻时和不同的男人生了好几个孩子，她把孩子全都丢给法孔达养育，自己和新情人去外头历险。军事政变时，她正和某个情人在一起，两三个月都毫无音讯。当她再次出现时，和前几次一样孤身一人怀着孩子，后来生下了女儿苏珊娜。我在农场见过好多次这个小女孩，她在外婆的盖毯保护下、在哥哥姐姐的呵护下长大。刚满十六岁，她就跟着一名警察离开家，去距离纳维尔三十公里的一个小镇生活。我只通过法孔达了解她的一些情况。法孔达说她的外孙女过得很凄惨，因为那个家伙嗜酒如命，还经常打她。她才约莫十八岁，已经被巴掌打得少了几颗牙。

一天，一个女人带着一个婴儿和一个还裹着尿布、刚会走路的小女孩来到圣克拉拉，把他们交给法孔达和纳西萨照顾。他们的妈妈苏珊娜进了医院，断了一只胳膊和好几根肋骨。那个男人又一次发疯，用皮带抽她，还把她踢得昏死过去。这已经不是她第一次进医院了。陌生女人前来送信的那个星期我刚好在农场。她说她一听到尖叫声便呼唤其他女邻居，她们抄起平底锅和扫把一窝蜂地赶来准备营救苏珊娜。

"我们女人应该保护彼此，所以我们时刻准备着；但有时候我们没听见或是去晚了。"她还补充道。

我陪法孔达去看望苏珊娜，发现她就在大厅，一只手上打着石膏，躺在没有枕头的床上，因为头部也有伤。一名女医生告诉我们,她的工作中最糟糕的部分便是接诊一次又一次出现在急诊室的家庭暴力受害者。

"有一天她们再也不来了。很多女人死在丈夫、情人,有时甚至是父亲手里。"

"警察呢?"

"他们根本不管。"

"苏珊娜的施暴者就是个警察。"

"他就算杀了她,也不会受到任何影响。他会说是自卫。"医生叹了口气。

此时的我已经在妇女组织中工作了一段时间,不再向最初那样莽撞地抨击现实,而是学会了谦逊地寻找合适的方法。她们有经验,能想到对策;我的作用就是全力配合,有求必应。但苏珊娜是法孔达的外孙女、埃特尔维娜的妹妹,她的遭遇令我无法冷静。我去萨克拉门多找了一位法官,他曾是哥哥何塞·安东尼奥的同事,不过比他年轻几岁。

"维奥莱塔,警察如果没有搜查令不能私闯民宅。"我把情况告诉他后他却这样说。

"哪怕有人正在残暴地殴打他人也不行吗?"

"别这么夸张嘛,朋友!"

"这里是家庭暴力事件最多发的国家之一,您知道吗?"

"大部分时候都是家庭内部的私事,维护公共秩序的警力是管不着的。"

"一开始只是棍棒殴打,可最后就活生生打死了啊!"

"这种情况法律是会介入的。"

"我懂了。要等到那个人渣把苏珊娜打死了,您才能签署限制令,是这个意思吧?"

"您冷静点儿。我个人可以出点力,保证施暴者受到严惩,甚至被开除出警察队伍。"

"如果这事落到您的女儿或是外孙女头上,知道他无所顾忌,可能再次袭击她,您能冷静得下来吗?"

那个男人来农场时苏珊娜还躺在医院里,他借口说很想孩子,想见他们。他身穿制服,腰上别着枪。他说是苏珊娜笨手笨脚地从楼梯上摔下来受的伤。法孔达和纳西萨不许他见孩子,怒吼着把他赶走;男人走时发誓一定会回来叫她们见识他的厉害。我这才明白那个法官的承诺只是为了把我打发走而已。

"苏珊娜必须立刻离开这个男人。暴力行为永远只会变本加厉。"我对法孔达说。

"维奥莱塔,她不敢。那家伙威胁说会杀了她和孩子们。"

"她得躲起来。"

"躲哪儿呢?"

"去我家，法孔达。等她出院时我去找她，你把孩子们的东西也准备好。"

我把打着石膏、骨瘦如柴、畏畏缩缩的苏珊娜和她的两个孩子接回来时，埃特尔维娜已经在我家等候多时。我趁路上的时间仔细回想了自己的往事。我也承受了胡里安·布拉沃多年的虐待，从来没有把它称作"家庭暴力"，而是找各种各样的借口原谅他：只是个意外；他喝多了没管住手；是我先挑事儿；他心里不痛快冲我发泄一下，已经保证以后不会再犯，也求我原谅。我不用依靠他，也不需要他；我很自由，也能养活自己。即便如此，我还是花了很多年才摆脱他的虐待。是因为害怕吗？是有害怕，但也有安全感的缺失、情感上的依赖、惰性和对自己身上发生之事保持沉默的习惯；我让自己孤立无援。

埃特尔维娜让我意识到，苏珊娜是幸运的，尚能安全地躲在我家，可还有数百万名妇女无处可逃。聂维斯基金会在各地都资助了受虐妇女避难所，但还远远不够。我和其中一家的管理者聊过，她也有亲身经历，因而非常了解受害者的处境；我们的结论是即便这样的避难所数量翻倍，也远远不够。她告诉我对女性施暴是公开的秘密，我们应该揭开它的遮羞布令世人皆知。

"揭发、通报、教育、保护、惩戒、立法，这些才是我们该做的，维奥莱塔。"她说。

卡米洛，就这样，我给基金会找到了具体的使命。它让我在人生的"第三年龄段"（对我来说应该算第四甚至第五年龄段）仍然保持活跃和激情。如今挑起这个重担的是玛伊伦·库萨诺维奇，当年那个渴望公正的热血少女。当人家姑娘用空余时间投身女权运动时，你却正在迷恋一个超市女职员。卡米洛，你真叫我头疼啊！

苏珊娜和孩子们刚来我家时只是打算暂避几天，但后来跟我们同住了好几年，因为回纳维尔太危险，那个该死的警察会找到他们。哈拉尔德出钱替姑娘补好了牙。当她不再用手捂着脸，而是咧开嘴微笑时，我们发现她和外婆法孔达年轻时长得像极了，也继承了她的冷静和坚毅。她走出了创伤，一等到能把女儿送去幼儿园，就开始在基金会下属的一处收容所工作。小婴儿仍交由埃特尔维娜照顾，她对这个婴儿的爱和当年倾注在你身上的一样多，卡米洛。现在那个婴儿已经三十岁了，成了一名生物老师。我不知道那个警察后来怎么样了，总之他就此消失在我们的视野中。

26

你从圣伊格纳西奥毕业时,成绩在班上排倒数第一,却获得了"最佳学生奖",而且是校长最喜欢的学生,常和他面对面讨论有关上帝和人生的话题。

"维奥莱塔,您的外孙有时真的把我气得够呛;但我很欣赏他,他敢挑战我,也能把我逗乐。您知道他最近冒出来什么念头吗?他说假如上帝存在,那他很可能是马克思主义者——他觉得上帝的存在不是个事实,只是一种观点。明年他就不在我们学校了,我感到很惋惜。"他评价说。

你那时候根本不懂上帝和人生,不过依我看,你倒是很懂女人。你年少时总是轰轰烈烈地陷入爱河。九岁那年,你为了邻居家一个十七岁的姑娘闹着要自杀,而对方甚至都不知道你的存在,直到你偷走我的钻石戒指送给她。我想你应该还记得她吧。可怜的姑娘上门来归还戒指时都羞红了脸。

"卡米洛求我等他毕业后来迎娶。"她老老实实地告诉我。

这段感情失败之后,你每两周换一个女朋友。埃特尔维娜把她们挨个儿吓跑了。"小卡!不许把这些荡妇带进这个家!"她口中的"荡妇"明明只是穿着学生袜和校服的小女孩。

中学毕业后不久,你进入大学学习机械工程时,爱上了一个年纪是你两倍的女人,你就是喜欢年纪大的。我不记得她的名字实属万幸,希望你也忘了。你想和她结婚,可埃特尔维娜说得对,你连给自己擤鼻涕都还不会。那个女人和丈夫分开了,带着两个年少的孩子一起生活,是一家超市的经理;老实说我不知道她看上你什么,应该是太过无助才会注意到你这么个头发乱糟糟、衣服脏兮兮的男孩。嗯,你现在也还是这样。

我不得不介入这件事,因为我答应过聂维斯永远保护你。我先去超市转了一圈,试着同这个女士晓之以理。她在办公室里接待了我,所谓"办公室"其实只是猪肉和鸡肉柜台后面又小又脏的房间。我觉得她平平无奇,不过她对我表现得毕恭毕敬,即便我是警告她别再见我外孙了,这也是为了她好,他这个人没有头脑、轻浮花心、嗜酒如命、无耻下流、性情暴戾。

"谢谢您告诉我这些,德尔·巴耶女士,我会好好考虑的。"她边说边巧妙地将我带到门口。

眼看这个超市经理不睬我,我和胡安·马丁商量让他接你去挪威度假，寄希望于某个斯堪的纳维亚少女能转移你的注意力。你收到的那份三文鱼渔场夏季工作的邀约根本不是因为你优秀而从天而降，那只是我们骗你的说辞；事实上哈拉尔德费了点功夫才办成。那时候的你一无是处，任谁看你一眼都能瞧得出来你是个惹祸精。我们的计划是尽量把你留在那边；计划奏效了，不过我没想到你也因此远离了机械工程。你的这个爱好遗传自母亲这一支。我和你讲过，比拉尔阿姨就是机械天才。她善于维修，还会发明机器，比如那个外观像史前化石做成的巨型空中雕塑、用于干燥瓶子的装置。她的天赋通过纷繁复杂的遗传体系传给了你，因而你在这个领域比做祷告要擅长得多；它对你在垃圾堆里的生活——我是说，你的教区——大有助益。

我不太记得是哪个事件导致好几个城市的数千名妇女上街游行；可能是一个十一岁的女孩怀上了继父的孩子，但被禁止堕胎，最后难产而亡。这时候游行已经不需要冒任何风险。我在人群中遇到了玛伊伦·库萨诺维奇，但没认出她来；从前那个干瘦丑陋的小丫头蜕变成了举着旗帜率领游行队伍的女战士。

"维奥莱塔！是我啊，安东的女儿！"她大喊着和我打招呼。

一方面，她对我很亲切，仿佛我们是同龄人；另一方面，她又为我来参加游行而欣慰，仿佛我已经是个行将就木的老太太。

从那天起我就看上她了，卡米洛。在你突然决定当神父之前，我原本的计划是你和她结婚，但现在我不得不满足于她只是你最好的朋友。除非将来哪天你决定还俗，摒弃禁欲。顺便说一句，禁欲完全是种累赘；放在过去可能令人心生敬意，但如今没什么可信度，你看有谁愿意让孩子和神父独处。光我们国家已知的就有三百个恋童癖神父。我请玛伊伦来家里喝茶（那时候时兴这一套），打算在把她介绍给你认识之前先把把关。哈拉尔德和几个朋友出去钓鱼了，所以我们的聊天私密性也有保障。我不赞成钓鱼这项残忍的活动——抓着一条倒霉的鱼，夺走它到嘴的鱼饵，把它的嘴巴划出口子，再把它放回水里，任由它慢慢死去，或是被循着血腥味前来的鲨鱼吃掉。我好像扯远了，咱们说回玛伊伦。

我以为我会见到街头游行时那个粗声粗气、满头大汗的年轻人，但她努力地想给我留下好印象，所以化了妆，刚洗过头，穿着流行的上紧下宽的海军裤和白色厚底靴。埃特尔维娜给我们做了一块蛋清奶酥饼，我的客人大快朵颐，丝毫不在意热量；这个细节最终让我笃信，这个姑娘是我外孙理想的伴侣，我喜欢能快乐地胖起来的人。

我知道了她正在学习心理学，还有三年毕业。她问我有没有做过心理治疗，我不觉得这样提问是她无礼的表现，而是相信源自职业好奇心。原来她也知道利维医生，因为他的著作是她们系里的教科书；而我认识医生本人也让她觉得大受震撼。医生在她出生之前就过世了，我想当时她算出了我的年纪，发现我和金字塔一样老，不过她依然用对待革命战友的语气和我聊天。

我借机提起我的外孙，说他是个优秀青年，有情有义、坚守原则、英俊帅气、勤劳聪慧。埃特尔维娜刚好来给她再加一块饼，她手里的刀停在空中，问我是在说谁。我跟玛伊伦说你在挪威有一份绝佳的合约，没有说工作具体内容其实是给三文鱼开肠剖肚；还说你在出发前已经开始读工程学，等回来再继续攻读，很快就会来萨克拉门多看我。

"我想让你俩认识一下。"我很不经意地加上一句。

埃特尔维娜嘲讽地"哼"了一声，回到厨房。

安东·库萨诺维奇的母亲是土著人，但他只继承了父亲克罗地亚人的容貌特征。他的妻子是个在南美洲周游列国的加拿大人，在这里坠入爱河，后来再也没有回国。玛伊伦告诉我她的父母一见钟情，生了七个孩子，依然恩爱如初。全家只有她遗传了奶奶身上的土著人特征：乌黑柔顺的秀发、黑眼睛、高颧骨；其他人都是欧洲人的长相。混血儿长相为她平添了一丝吸引力。

我意想不到的是，在我给你物色女朋友的时候，你却在计划着进入神学院。

那时我和哈拉尔德正在热恋，他的活力让我感觉依然年轻。有一次，他硬拉着我一起去南极探险。因为哈拉尔德的外交官身份，我们得以乘坐海军的船舰；又因为他假扮科学家，我们得到了特别许可前往此地。那个洁白、沉寂、荒凉的世界拥有彻底改变一个人的力量。我突然觉得，死亡之地或许就是如此吧，我即将去那里找寻逝去的所爱之人，同聂维斯以及先一步离开的许多人团聚。现在南极已经开放旅游，卡米洛，你也应该趁那个大陆还没融化、海豹还没灭绝的时候去看看。我的丈夫观察没见过的鸟类，举着相机在一大群企鹅之间漫步。企鹅闻起来像鱼一样。船上的乐趣之一是跳入海中蓝色的冰块之间，别人在你体温过低而被冻死之前迅速把你救上来。为了捍卫我们的荣誉，哈拉尔德和我也不得不学着年轻海员的样子一头扎进地球上最寒冷的水中。从此以后我的脚经常冰冷。哈拉尔德经常有这种古怪的念头，我毫无怨言地陪他实现，因为我心里明白他的血液中流淌着对大自然的热爱，不过我和他一起确实忍受了不少恐惧和骨头的疼痛。

除了观鸟这一癖好之外（这在他的国家似乎很流行），哈拉尔德也喜欢用工具干活；在这一点上最初你和他志趣相投。你还记得他教过你木工活的基础知识吗？他说工具和体力劳动是人类共同的语言，人们一起劳动时没有任何沟通障碍。他的祖上都是于勒福斯的木匠和家具工匠，他在那座小城市里出生、成长的房子是他的爷爷1880年亲手建造的。我上次去于勒福斯时，这个小城市的人口应该不到三千，和几个世纪前一样，市民们主要从事的职业依然是铁匠、木匠和贸易。这座城被一条宽阔的河流一分为二，小时候，哈拉尔德和朋友们常常在河里漂浮着的树桩上蹦蹦跳跳，这简直是自杀式的娱乐，脚下一滑就会被压扁或是淹死。

挪威的夏天从来没有真正的黑夜，我们每年这时候都去距于勒福斯三小时路程的森林里的一间隐秘的茅屋。从细节上能看出，茅屋是哈拉尔德自己盖的。面积差不多是六十平米，屋子外面的一个坑就是厕所。晚上极冷，我不敢想象冬天会如何。那里没有通电，也没有自来水，但哈拉尔德装了一个发电机，我们还有桶装水。他用冷水洗澡，我偶尔用海绵涂点肥皂洗一洗；不过我们会一起洗桑拿，房子几米开外的地方有一个木屋，滚烫的石头的蒸汽把我们蒸热，然后我们跳入冰冷的河里潜水一两分钟。我们用铁炉里的木柴取暖，哈拉尔德很善于劈柴和用火柴生火。最好的木柴是来自欧洲的白桦木，森林里多的是这种树。他钓鱼、打猎，我编织、计划新生意。我们吃的是面条、土豆、河鳟以及他用陷阱或猎枪捕获的哺乳动物；闲来无事我们就用阿夸维特酒把自己灌醉，这种40度的烈酒是挪威的国酒。与哈拉尔德的茅舍相比，罗伊·库珀的房车简直称得上是宫殿；但我得承认，我很怀念与丈夫在那片壮丽的森林里度过的悠长蜜月。

入秋后，野鹅开始成群结队迁徙。清晨，空气蒙着一层雾做的面纱，大地上盖着一层霜；黑夜变长，白昼变短，天空总是灰蒙蒙的。这就到了我们告别茅屋的时候。哈拉尔德从不锁门，以便迷路的人能进去住上一两晚。他还给可能到来的宾客留下成堆的木柴、蜡烛、煤油、食物和保暖的衣物。这是在战争年代挪威被德国人占领时，他父亲为庇护流民而养成的习惯。

我曾问过哈拉尔德他有没有什么夙愿；他回答说挪威有五万座小岛，以前他一直想在其中选择一座，宁静而孤独地安享晚年，但爱上我之后就只想在这个国家的南部、在我的身边死去。他很偶尔地会像诗人一样说话。我确定他很爱我，即便他不善于表达爱意；他寡言少语，非常独立并希望我也一样，对我来说他过于讲究实际。他从来没送过我鲜花或是香水，他的礼物只有小刀、修枝剪、杀虫剂、指南针等等。他回避浪漫动情的示爱，觉得它们不可信。既然是真心相爱，又何需大声宣布？他很喜欢音乐，但听到矫揉造作的歌曲和歌剧里夸张的情节时，会不自在地扭来扭去；他喜欢听意大利语的歌剧，这样既能欣赏帕瓦罗蒂的歌喉，又不用听懂他唱的无聊歌词。他不爱谈论自己，而是将挪威人的"詹特法则"贯彻到了极致："别自以为与众不同或是高人一等，要记住锤子落下敲到的是最突出的那颗钉子。"他连对自己发现的鸟类都从不吹嘘。

每次去挪威旅行，我们都顺道去奥斯陆看望胡安·马丁和他的家人，但只待短短数日。我相信儿子远远地爱着我反而会更自在。他已经在挪威生活多年，逐渐适应了与祖国截然不同的文化。逃离肮脏之战的那个革命青年已经消失得无影无踪；取而代之的是一个大腹便便，将选票投给保守派的阔佬。当然，他那里的保守派在我们这儿却属于社会主义者的左派阵营。

27

为了把你从超市经理手中夺回来而送你去挪威的那一年，我和哈拉尔德在去森林小屋之前先一起去看你。那时三文鱼产业已经蓬勃发展了二十余年，挪威是世界上三文鱼第一大出口国。卡米洛，挪威人值得敬佩。他们原本一穷二白，直到在北部发现了石油，天降横财。他们并没有选择像很多其他地方那样挥霍一空，而是用它给举国上下创造繁荣。后来他们凭借着开发油田的务实、对科学的热爱和良好的治理能力，建造了人工鱼礁。

你所在的峡湾夏天来得特别迟，所以那时你还穿着橙色的派克外套、亮绿色的救生背心和靴子，戴着帽子、围巾和橡胶手套。我们大老远就看到你在围着浮式网箱的环形窄木桥上干活；天上飘着粉色的云朵，周围的雪山倒映在清澈、冰冷、平静的海面上，你在这幅画面中看起来像个宇航员。空气纯净得连呼吸都感到生疼。人工鱼礁上的生活非常艰苦，我很欣慰地看到很多女人也和男人干着一样的工作。假如说由于埃特尔维娜的错（反正肯定不是我的错），你曾有过一点大男子主义倾向，那么你在那里终于把它丢掉了。

按理说你能把所有工资都存下来，但你从来都不懂得理财，钱在你手里就像沙子一样流走；这一点你和你的母亲很像。你把钱都用来请全体同事喝啤酒和阿夸维特酒，因此你的人缘很好。我担心你根本没找女朋友，因为我送你来这里的目的正是转移你的注意力，让你忘了那个女士。哈拉尔德比我先看出来你的注意力转移到了别处。

女人们处理鱼肉时看起来几乎千篇一律，都是穿着天蓝色围裙，把头发塞到塑料帽子里；但到了喝阿夸维特酒的时候，就能看出来有些是来打暑期工或是大学实习、和你同龄的漂亮女孩。

"你有没有发现卡米洛根本都不看她们？"哈拉尔德问我。

"你说得对，他在想什么呢？"

"他一直给我们长篇大论地唠叨不公正、人类无穷无尽的需求和他因无法满足这些需求而感到焦虑。在这么美的风景中他本该身心舒畅，可他却阴郁不安。"

"而且他完全没提到过姑娘。你说这小子会不会是同性恋?"我问他。

"不会。不过他可能是共产主义者,也可能是打算当神父。"他说完我们齐声大笑。

第二天,你问我们信不信上帝,前一天的这个玩笑顿时就不好笑了。信仰在哈拉尔德的生活中作用微乎其微。年少时,他随父母一同信奉路德教,但已经脱离这个教派多年。至于我呢,成长于天主教环境中,但又有些异端的表现,比如将许愿、诵经、蜡烛、弥撒、朝拜十字架和雕像视作筹码,与上天讨价还价。多么奇妙的想法。当我选择和胡里安同居、后来又与法比安·施密特-恩格勒废除婚姻关系时,因为通奸罪被驱逐出教会。我把它当作惩罚,因为它让我在家庭和教区里背上了贱民的骂名,但它对我的精神世界没有任何影响。我不需要教会。

1993年,去挪威看你之前,我兑现了对胡安·基洛迦神父的誓愿。当初许下承诺是因为你肆意破坏祖国拯救者纪念碑而被捕,后来我一年年地往后拖,如今这块碑已经改名为自由纪念碑。那时我跪在圣人面前许诺,如果他能保佑我的外孙活着回来,我愿意徒步走一段圣地亚哥-德孔波斯特拉朝圣之路。我必须独自还愿,哈拉尔德便趁我去西班牙的时候去了趟亚马孙雨林。七十三岁的我是从奥维耶多到圣地亚哥的朝圣途中年纪最大的旅人之一,但我拄着手杖、背着背包,步伐坚定地行走了十六天。那段日子既疲惫又愉快，有令人难忘的风景，有与其他行者激动的邂逅，也有灵魂的深思。一路上我回顾自己的一生，最终到达圣地亚哥-德孔波斯特拉大教堂的时候，我确信死亡是通向另一重存在的门槛，灵魂可以飘过去。

卡米洛，这是我有关信仰的诸多思考的起点。

你提前从挪威回来，但不愿回去上大学，而是决定违背我的想法，开启新入教者考验期；不仅是我，所有认识你的人都没想到你会选择这条艰难的路。

"那不叫志向，是任性！"我冲你吼道。

从此，你让我无数次想起这句话。我差一点就去找省区大主教或是自愿献身耶稣会的其他人，告诉他们我对这件事的意见，但哈拉尔德和埃特尔维娜拦住了我。他们觉得你都快二十二岁了，你的外婆不适合再干涉你的生活。

"太太，您别太担心了，小卡当神父这事儿成不了的，他肯定会因为没有教养而被赶走。"埃特尔维娜安慰我。

可我们知道事实并非如此；后来你接受了十四年的学习和培养，过起了神父的生活。

卡米洛，我希望理解你的精神世界变化的原因，而唯一的方法就是反复阅读几年后已经接受圣职的你从刚果给我写来的信。可能你已经不记得它了。你与之共事、为之奉献的人袭击了传教区，放火并砍死了和你同住的两位优秀的修女。你奇迹般地逃过一劫，好像是去替学校里的孩子们寻找粮食。世界各地的报纸都报道了这一事件，而我没有你的消息都快急疯了。

你的信过了一个月才到，信中写道："信仰是全心全意的承诺。我的承诺依据耶稣所说的一切而做出。《福音书》上出现的都是真的，外婆。我从来没见过地心引力，但我可以证明它时刻存在；这也是我对基督真实性的想法，它是一种蕴含在一切事物中的神奇力量，也是我生命的意义所在。我可以告诉你的是，尽管我对教会有些疑虑，尽管我有种种缺点和不足，但我深感幸福。外婆，别为我担心，我一点也不担心自己。"

你去了神学院，留下身后一片巨大的空白。我和埃特尔维娜哭得仿佛你去的是战场，我们都不知该如何度过没有你的人生。

1997年，一向身强力壮的法孔达去世了，享年八十七岁。她从你外公胡里安送给你的马上摔下来，那匹漂亮的小马在圣克拉拉农场过得非常快活，一直是法孔达的代步工具。据说她并非坠马身亡，而是骑在马背上时心脏突然停止跳动。总之，我的这位挚友走得很突然，也没受什么罪。我们在她度过人生大部分时光的庄园里为她守灵；两天时间里，朋友、纳维尔和附近其他村镇的邻居、她在当地的土著亲戚纷纷前来告别。客人很多，于是我们在院子里守灵，将棺材摆在散发着花香和桂枝香的布篷下。我很遗憾你没能来参加葬礼，卡米洛，你当时正在新入教者考验期；哈拉尔德拍了几百张照片和视频，你问埃特尔维娜要吧。

纳维尔的堂区牧师先做了弥撒，然后是土著人的告别仪式。进行仪式者身着专门的礼服，带着乐器，因为他们的告别仪式是唱着进行的。食物自然不能少，我们烤了好几只羊，还准备了嫩玉米棒子、洋葱和番茄沙拉、新鲜的面包、甜品，以及大量烈酒和葡萄酒，毕竟酒精能让人更好地咽下悲伤。守灵的规矩是献祭的动物必须全部吃光，不可以浪费食物。公社里接替亚伊玛角色的是一位老人，他用土著语言说着什么，我听不懂，别人告诉我是对法孔达的规劝，告诉她她已经不再存在于这个世上，别再回来找她的儿孙，而是应该和先前离开的人一样，投入大地母亲的怀抱长眠。

老人通过一只母鸡来给法孔达的灵魂进行最终告诫，帮她顺利迈入祖先所在的世界；他点燃香烟熏了熏母鸡，又在它身上洒了几滴烈酒，然后扭断它的脖子将它扔进火里，它最终化为灰烬。几个仍然清醒的男子抬起棺材将它送入纳维尔的墓园，因为她生前常说想葬在里瓦斯夫妇旁边，而不是土著人的墓园。还能走路的人就跟着送葬队伍步行，其他人就乘坐我专程租来的两辆巴士。路程很短，但我们喝得太多了。仪式在事先挖好的墓穴周围画上句号,我们在那里对法孔达的遗体进行最后的告别,祝她的灵魂一路旅途愉快。

那一年,除了和我有种种牵绊的法孔达,我们还失去了格利斯宾。那只老狗十三岁了,耳聋,眼睛也半瞎,还很疯狂,状况和很多老人的晚景相似。兽医不相信动物也会得痴呆症,但我见过哥哥何塞·安东尼奥一次次走入遗忘的迷宫,我可以告诉你,卡米洛,格利斯宾的症状和他一模一样。最后,它吞下一块磨碎的牛排(因为它的牙都快掉光了),在埃特尔维娜的怀抱中死去。感谢那位不承认它病情的医生给它注射的安乐死药物。我躲在家里最远处的角落,因为不忍目睹这位忠诚的朋友生命的终结。我们没有通知你,否则你一定会因为那一刻不能陪着它而感到极度悲痛;我们跟你说它躺在我的床上幸福地离开,自从你去了寄宿学校,它就一直睡在那儿。

你进入神学院后,我不得不学会远远地爱着你。卡米洛,你不知道这有多难,后来我终于习惯了只有信件。将来你会读到那时自己写的信,重温年轻时与耶稣做伴的热血沸腾,回忆起紧张地学习哲学、历史和神学的那些岁月,是它们为你敞开了解人类的窗户。你很幸运地遇到了你的老师们,他们教会你学习、懂得了欠缺的知识和如何提问。其中不乏真正的学者。你还记得那位教你教会法规的老人吗?第一堂课上,他说你将把这个问题翻来覆去地学，这样才能觅得解放人类的良机；我觉得你似乎向来如此，无论学什么都不留一处疏漏。

你也很会钻空子。我知道不久前主教把你叫过去，批评你给一对女同性恋主持婚礼，哪怕她俩穿着白色婚纱满脸幸福。他把脸书上发布的婚礼照片摆到你面前。

"这很像初领圣餐啊。"你满不在乎地开玩笑说。

"你必须认错道歉！"主教责成你道歉。

你抓住了信徒必须服从誓言的借口。

"我保留告知媒体您对我要求的权利，大人。我不能认错，那违背我的良心，我认为人人都有爱的权利。我愿意承担后果。"

你在电话里告诉我这些事，而我把它写了下来免得遗忘，因为这和你小时候被抓到耍赖捣蛋时的回答如出一辙："外婆，我不能道歉，那违背我的良心。人人都有用弹弓射鸡蛋的权利。如果惩罚我能让你高兴，那你就罚吧。"这么看来你十岁时就已经像耶稣会教士一样辩解了。

你一直不愿告诉我为什么被派去非洲，但我猜测，要么就是惩罚你试图告发部分同事的恋童恶行，要么就是你自己热爱冒险主动要求去传教。你十一岁时同样不怕死地说服了外公胡里安带你去有鲨鱼的地方潜水。那片海域有嗜血如命的鲨鱼出没,你坐在一只装着照相机的笼子里潜入水中,而你的外公居然在小艇上和船长喝啤酒。我知道的时候差点没吓死。

一开始,我以为去刚果传播基督教是个充满诗意的计划,像十九世纪鼓舞人心的小说情节:胸怀理想的年轻人去传播他们的信仰、提高野蛮人的生活水平。令我感动的是,你连英语都没好好学过,而且讲起来也是敷衍了事带着匪气,却为此学了斯瓦希里语。比起做弥撒,你更热衷于用自己的双手踏实做事。然而你的信件中过于乐观的口吻让我不由警惕,你有事情瞒着我。

你给我寄了很多照片:你用自己在锻造厂制作的配件修好的废弃车辆;在你亲手建造的学校餐厅里用餐的孩子们;你在村子里打的井;勇敢无畏的巴斯克修女;总是逗得你捧腹大笑的非洲修女;甚至还有一只被你当作公狗的母狗。但你从来不提自己的生活环境。我对非洲一无所知,不了解它的千变万化、它的历史和不幸,不知道各个国家有何不同,还以为整个非洲大陆上都有大象和狮子。我试着调查一番,发现刚果幅员辽阔,自然资源极其丰富,但也是世界上最暴力的地方,程度甚至超过任何一个战火纷飞的地区。

我通过一封封信逐渐从你口中套出真相,终于明白了某种意义上你是在效仿传教士阿尔伯特·贝努瓦。他几年前在奉献了一生的小镇去世,我代表你去参加了葬礼;为他送行的悲痛人群多得整个首都的生活都停滞了。你和这位法国神父一样，选择与最弱势的群体同甘共苦，不计后果。我知道了那里的部落斗争、战争、贫穷、武装团体、难民营、地位不如牲畜的女人遭受的粗暴虐待，普通人只是运气不好就可能随时丧命。你告诉我有两个童子军，八岁就被强行征召入伍，并被迫残忍杀害自己的父母和兄弟，这样双手沾满鲜血的他们才算真正和军队绑在一起，永远脱离家庭和部落；女人们只是去井边打水却惨遭强奸，而男人们不去是因为他们会被杀掉；你还告诉我腐败贪婪、滥用职权、殖民时期遗留下来的可怕陋习等种种乱象。

你在国内时永远心怀不满：厌恶不公、阶级体系和贫穷；反对教会等级制度、盲目的信仰、政客企业家和众多神父思想观念的愚蠢和狭隘。可在刚果这种问题严重得多的地方，你却反而过得很开心；你既是木匠和机械师，也给孩子们授课，还种菜养猪。它不是你的祖国，你不打算改变它，只是尽力帮忙。"我所做的就是用双手劳动，试着解决实际问题；外婆，我不是来布道的，我是个失败的传教士。"你在信中这样写道。卡米洛，你变得谦卑了，这是刚果教给你的重要一课。

你现在生活的教区在你到来之前几乎是个垃圾堆；等你带我参观时，它却变得干净整洁，住房简朴但体面，还有了一所学校、不同行业的作坊，甚至一间图书馆。我深受触动，尤其是看到你住的水泥地面的破屋子，还收养了母狗和母猫同住。卡米洛，你知道吗？我甚至感到一丝羡慕，希望自己还年轻、能重新开始，抛开浮华只注重内在，学着服务和分享。我知道和他们在一起你发自内心地幸福。你接受了自己无法改变一个国家，更不能改变世界的事实，但你可以帮助一部分人。阿尔伯特·贝努瓦的精神与你同在。你不知道我曾多少次感谢上苍，独裁统治期间你还年少无知，尽管冒失，最终还是逃脱了镇压和抓捕。如今有主教对你耳提面命，还有人因为你与穷人一起工作就称你为共产主义者；但假如是在那个年代，你早就像蟑螂一样被灭掉了。

我可以发誓，我早就放弃了撮合你和玛伊伦·库萨诺维奇的计划，我说等你还俗了就和她结婚自然也是开玩笑。我只剩一口气了，不会浪费在不切实际的幻想上，我知道你会当一辈子的神父。你在非洲时她重新出现在我生活中纯属巧合，我并没有主动找她。

玛伊伦听说过聂维斯基金会，知道它已经运作了好几年，颇负盛名，于是前来提交申请。她已经三十多岁，不再青春，但我很快就问清楚了她还单身。那时候基金会大大小小的事务都由我经手，我身边只有一名秘书，因为想尽量减少管理上的开销。玛伊伦见坐在办公桌后的人是我感到很吃惊，因为她从未把我和慈善联系起来；而我对于她仍在坚守十二岁时的女权事业也感到非常意外。她需要我的基金会资助一个有关避孕药和性教育的项目。

我们当时已经迎来共和国的第一位民选女总统，她格外关心女性问题，尤其致力于打击泛滥的家庭暴力，称其为"国之耻辱"。她就职时，我和她开过几次会，因为我的经验可以助她一臂之力。我的基金会的使命与她的目标不谋而合——揭露暴力行径、让人们了解和接受相关教育、保护受害者、修改法律。这意味着聂维斯基金会有了政府的支持，能获得更高的知名度并吸引捐助者；多年后的今天，他们仍在提供资助。

"我记得新任女性部长在学校实施了这个项目吧。"我告诉玛伊伦。

她让我明白，资金永远无法惠及偏远的农村地区和土著人公社。她告诉我，她有志愿者和政府提供的材料，但缺少运输的卡车，也没有油费和旅途中志愿者食宿的预算；她的需求很合理，我们算了算账，不到十五分钟就谈妥了。

我们离开办公室去一家饭店吃饭。那里的菜品是胆囊的毒药，但实在美味；甜品上来之前，我提议她到我的基金会来工作。

"再过两年我就九十岁了。我不打算退休，但我需要帮手。"我对她说。

就这样，玛伊伦又回到我的生活中，而且这次留下了。

从此，她加入我们这个小家庭，成了我的女儿；不到半年时间，她顺理成章地开始领导聂维斯基金会。卡米洛，与她往来并不是我企图做媒的伎俩；她能成为你最好的朋友、待你如亲兄弟，这就够了。等我走后，她会照顾你，她可比你有常识多了，可以防止你干出太多傻事。

我已经步入生命的最后十年，但因为身体硬朗，加上有哈拉尔德的陪伴，所以并不觉得自己接近死神的领地。人活着的时候都不愿去想终有一死，即便到了九十岁也是如此。我仍然觉得自己还有大把时间，直到有天哈拉尔德去世。我们是一对浪漫的老头老太，晚上牵着手入眠，早上相拥着醒来。我习惯早起，总是比他早醒半个小时；在这段天赐的时光里，我会在黑暗和幽静中冥想，感恩我们一同分享的幸福。这是属于我的祈祷方式。

他和我在一起满足了我的虚荣心，让我觉得自己很美丽。卡米洛，你还记得我以前的样子吗？你来到我身边时，我差不多就是你现在的年纪，可看起来比你现在年轻多了。我早就提醒过你：行善耗人心力，恶人活得更快乐，老来状态也比你这样的圣人更好。如果地狱已经不复存在、天堂也没有定论，我觉得你没必要煞费苦心地当个好人。

我很思念哈拉尔德。假如他还活着,应该在我身边,握着我的手陪我走完最后的日子;他应该已经八十七岁了,站在活了一个世纪的我的角度来看,这不算什么。我八十七岁时,像个年轻姑娘一样学跳伦巴舞锻炼身体,因为跳操太过枯燥;还陪哈拉尔德去巴塔哥尼亚的富塔莱乌富河划独木舟,后来才知道那条绿松石色的河是世界上最湍急的河流之一。卡米洛,试想:八个精神错乱的人坐着一条黄色的橡胶小船,虽然穿着救生衣戴着头盔,但它们的作用仅限于落水后尸体能浮起来,脑袋撞到岩石上不至于脑浆迸裂。

我真的很爱我的丈夫!我无法原谅他这样抛下我。他的身体一直很健康,因此我完全没料到他的心脏突然罢工。他比我小十三岁,却走在了我前头,这很失礼。那时我正在过九十五岁生日,他却在我的生日宴上端着一杯香槟离世。哈拉尔德活得很精彩,死得也很优雅,那一刻他正唱着歌、喝着酒、爱着我;可这对我来说无异于背叛,我的心都碎了。

28

还记得六十四岁那年,我已经到了向衰老低头的边缘,但多利托的十字架迫使我改变了方向重获新生,它给了我目标、成为有用之人的机会和灵魂的自由。我卸下了很大一部分物质负担和焦虑,唯独放心不下你,卡米洛,我总担心你遭遇不测。后来的三十五年,我过得和年轻时一样勇往直前;照镜子时我会看到岁月带来的无可挽回的变化,但我的内心浑然不觉。我衰老的过程很缓慢,但老年感却是突如其来;两者并不等同。

求生的本能让我愿意没有尊严地活着。这三年来,自然的力量毫不留情地夺走我的活力、健康和独立,直至我变成现在的这个老太。九十七岁时,我还不觉得自己老,因为我专注于自己的项目,对这个世界依然好奇,遇到妇女被施暴仍会义愤填膺。我不去想死亡,因为我对生活充满热情。在我漫长的一生中带给我最多幸福的人是哈拉尔德,他已经离开两年了,但我并不孤单,我还有你,有埃特尔维娜、玛伊伦和聂维斯基金会里并肩作战的许许多多妇女。

后来,如你所知,我在楼梯上摔倒了。伤势并不严重,我做了一个置换髋关节的常规手术和几个月的康复训练,又能重新走路了,但却无法独立完成,而是需要借助拐杖、埃特尔维娜结实的胳膊、助行器以及轮椅。坐轮椅最糟糕的一点是我的鼻子正对着别人的肚脐,而我看向他们时首先看到的是鼻毛。我从此告别了汽车、二楼的办公室、剧院和基金会;基金会正式交到了玛伊伦手里,不过从几年前开始她就已经是它的实际负责人。我不得不接受现实:我需要帮助。如果把姿态放低,依赖他人带来的耻辱感似乎就没那么深了。不过,身体的残疾给我带来了一份意外的礼物:头脑的无限自由。我不需要再尽什么职责,因此可以一点点地写下这个故事,让我的灵魂做好离开的准备。

手术后,我决定搬来圣克拉拉农场,我预感自己时日无多,不愿在城里浪费最后的时光。埃特尔维娜在这里出生,我和她都能过得很愉快。想当初我和母亲、阿姨们刚来这个恬静的地方时,还管它叫"流放地"。它不是流放地,而是我们的庇护所。这座房子是1960年地震时里瓦斯夫妇的房子倒塌烧毁后，我和哥哥重新盖起来的那座预制房。此后它屹立不倒，不过我每四年给屋顶换一次尖叶须芒草，还装了暖气来抵御冬天刺骨的寒冷和潮湿。房子周围长满了茉莉花和绣球花，门口是一大片紫色三色堇。我把床和部分家具搬了进来，房子温馨舒适，我能感觉到曾经住在这里的人似乎从未离开：母亲、阿姨们、里瓦斯夫妇、法孔达和多利托。

这里离纳维尔墓园也很近，我最亲爱的人都在里面；包括哈拉尔德，他的子女尊重他的遗愿，同意将他安葬在这里。当时他们带着各自的家人来参加葬礼，全部都是与哈拉尔德一样的金发高个子。他们一到这儿就胃不舒服，文明人似乎都是这样。你母亲的骨灰在这里的一个瓷盒中；多利托的墓也在这儿，不过我们永远无法得知当初领回来的究竟是不是他的遗骨；到时请你让我躺入等候多时的那口可降解棺材中，也一并埋在墓园里。

我知道你在翻箱倒柜地寻找我和埃特尔维娜藏起来的积蓄。手头留点现金以防万一是比较谨慎的做法；万一有人入室抢劫却什么都没找到，恐怕会砍了我们的脑袋。要知道我们真的遇到过一次，当时吓得半死；有几个大胆狂徒从窗户里翻进来，听到我高声呼救后迅速逃走。可如果有下一次，我们未必还有这么好的运气，我也未必还有那样的肺活量。当然，那次是在萨克拉门多,在这里不太可能发生这种事。

那些用圣诞丝带扎起来、藏起来的钞票让大家都不得安宁。很快——也就这几天吧,埃特尔维娜会把钱给你,交给你的"神奇小本子"。你没亲口告诉我,但报纸和电视里都报道了,据说连平时对穷人一毛不拔、宁愿把钱花在交响乐团上的亿万富翁都愿意为你的小本子慷慨解囊。埃特尔维娜觉得他们只是为了面子,并不见得真有同情心。她说你给极度贫困的每个家庭都发了一个小本子,让他们到区里的商店赊账购物,他们把每笔开销记录在小本子上,月底你去结账。这样一来既保证了他们饭桌上有食物,也不会在接受施舍时丧失尊严,又能维持商店的正常经营,免得关门大吉。你时不时会有些绝妙的点子,这便是其中之一。

记住:萨克拉门多那套房子地窖里的东西都归埃特尔维娜,都属于她离开我、重获自由之后即将定居的公寓。那时,她终于可以晚些起床,坐在床上吃早饭,到这个已经归她的农场来度假。她总算能过上她应得的平静生活。我想,你继承的遗产都会用来救助穷人,所以我只留给你钱;当然,按照我的遗嘱,得除掉我留给埃特尔维娜、胡安·马丁和基金会的部分。卡米洛,你可能会大吃一惊,你的那部分足够支付数百本神奇小本子。

我恳求你也在自己身上花一点钱,你需要衣服,也该把鞋底磨出洞的军靴换掉,但恐怕你不会听我的。我觉得教士服和修女袍都太老土了,你整天穿着同一条褪色的牛仔裤和埃特尔维娜八百年前给你织的那件马甲。以后就看玛伊伦的了。你是真的一穷二白。成为神父必需的三个誓愿中,"贫穷"这个承诺你一定可以轻松守住。

当年我只顾着自己的感情和生意,或许对胡安·马丁和聂维斯来说是个失败的母亲;但卡米洛,对你而言,我一直都是好母亲。我把一生中最无微不至的爱给了你,而这份爱从你在聂维斯肚子里的羊水中游泳时就已经开始了。聂维斯在你的生命萌芽之际就深深爱着你;为了保护你、让你健康出生,她戒掉了毒品,它原本是她面对风雨飘摇的不幸生活的支柱。她从未抛弃你,而是一直与你同在;我相信你和我一样能感受到她的陪伴。我第一次抱起你便加深了对你的感情;此后这份爱与日俱增,这一点你可以放心。你是个很特别的人,我这么说可不是老糊涂了,这个国家一半的人都同意我的看法,另一半的意见则根本不作数。

你是我的情感血脉的终点,虽然还有其他人身体里也有我的基因。胡安·马丁给我寄的照片中,他们一家人站在一尘不染的冰天雪地里微笑着,露出过多的牙齿和过于乐观的情绪。你和他们不一样。你的一口牙差强人意,日子也过得很辛苦。正因如此我才这么佩服你、爱你。你是我的知己好友、我的灵魂伴侣，我漫长的一生中最深沉的爱。我多希望你能有自己的孩子，那么他们一定会和你一样，可惜人生在世不可能事事如愿。

生有时，死亦有时，而生与死之间的那段时光则用来回忆。这便是我这些天静静完成的事情，我终于补完了这份遗嘱缺失的细节——并非关系到物质财产的遗嘱，而是情感遗产。我已经有好几年无法用手书写，字迹已经无法辨认；虽然失去了童年跟泰勒老师学来的优雅，但关节炎并不妨碍我使用电脑，它几乎成了我瘫痪的身体最有用的一部分。卡米洛，你还笑话我，说我是唯一一个对电脑的依赖超过祈祷的百岁迟暮老人。

我生于正值流感大流行的1920年，又将死于冠状病毒大流行的2020年。一个这么邪恶的病毒居然拥有如此优雅的名字！我活了一个世纪之久，记忆力不错，还有七十多篇日记和上千封信件证明我来过这个世界。我见证了许多重大事件，也积累了丰富的阅历，但总是为各种事分心忙碌，没有积攒多少人生智慧。如果真的有轮回，我必定会回到这个世上弥补我的缺憾。这种可能性令我不寒而栗。

世界停滞，人类被隔离。我的出生和死亡都恰逢大流行病，真是一种奇特的呼应。我在电视上看到城市的街道空无一人,纽约摩天大楼里空旷得有了回声,巴黎的纪念碑之间有蝴蝶尽情飞舞。不能接待他人来访反而让我安静缓慢地与世界告别。各地的活动几乎都停滞了,焦虑四处弥漫,但圣克拉拉一切如常:动物和植物不懂什么病毒,空气清新,周围安静得我在床上都能听到远处池塘里的蟋蟀声。

除了逝者的灵魂,陪在我身边的就只有你和埃特尔维娜。我本想与胡安·马丁好好告别,告诉他我很爱他,想他,也很惋惜没能更好地了解他的孩子们,但他来不了,从那么远的地方赶回来太危险。卡米洛,幸好你在,感谢你远道而来并留在这里。我向你保证,你不用等太久就可以回去。你恰好是在疫情带走许多生命的地方挥洒你的热情与善心,这让我很是担心。照顾好自己,很多人都需要你。

再见，卡米洛

结束了。我在等着最后那一刻，陪着我的有埃特尔维娜、我的猫咪弗里达、时不时会躺在我脚边的农场里的野狗，以及围在我身边的亡灵。多利托是其中最常出现的一个，毕竟这是他的房子，而我只是客人。他一点都没变——死人是不会变的，还是那个最后一次在我的目光注视下，带着胡安·马丁往公路边走去的温柔的壮汉。他一言不发地坐在角落里的小板凳上用木头雕刻小动物。我问过他山里究竟发生了什么、他是怎么被抓的、为什么被杀害，但他只是耸了耸肩，并不想谈论这个话题。我也问过他那个世界的生活是什么样的，他说我将有大把的时间慢慢了解。

我已经在回忆中弥留了好几日，至少一周。大出血发生得毫无征兆，我当时正在看电视上关于病毒的新闻；我没来得及做相应的准备,而此刻有位女士(想必是死神吧),坐在我的床尾邀请我随她而去。我已经分不清白昼和黑夜,但也无碍,因为疼痛和回忆并不需要用时钟来衡量。吗啡让我昏昏欲睡,将我带入梦境和幻象。埃特尔维娜不得不把一直正对着我的床的一幅画取下来,因为我说那对一直静止不动、挎着野餐篮子、戴着锥形草帽的中国农民走出了画框,踩着草鞋在我房间里走来走去。我猜是吗啡的作用使然,因为我的头脑一直都很清醒;我的身体不行了,但头脑完好如初。怪诞的农民们去了山茶花府,我的父亲正在图书馆里抽着烟等着,他们给他带去了希望的稻米。

如果医生弄错了,我还没到死的时候,我们三个就完蛋了,那将会是巨大的失望。但那不可能。有时我会像烟柱似的升起,从高处看着自己在这张床上挣扎着呼吸,消瘦的身形被毯子一盖就几乎无法勾勒出轮廓。啊!脱离身体飘浮起来的体验真神奇!自由自在。卡米洛,死亡要耗费很大力气。我知道不用着急,反正会死很长时间,但我厌烦了这样的等待。我唯一不舍的是我们即将分开,但只要你记得我,我会继续以某种方式陪在你身边。我问你会不会想念我时,你说我会永远坐在你心中的摇椅上。有时你也很虚伪,卡米洛。我不相信你会想我,因为你总在为绝望的穷人们忙碌,根本无暇念及我,但我希望我的书信能派上用场。如果我的离开让你有点伤心,玛伊伦会安慰你；我突然觉得她爱上了你。我确信你们的朋友关系不会持续太久；我活得太久了，根本不信禁欲誓愿等等傻事。况且，我听见你说独身不等于禁欲。你明明应该是耶稣会教士。

埃特尔维娜会在以为我没听见的时候偷偷地哭。她一直都是我最好的朋友，也是我在身体笨重得连如厕都需要帮助的这把年纪的支柱。我很快将抛下这个快散架的躯体，它曾经良好运转了整整一个世纪，但最终还是败下阵来。

"我快死了吗，埃特尔维娜？"

"是的，太太。您怕吗？"

"不怕。我很开心，还有点好奇。那个世界里有什么呢？"

"我不知道。"

"你问问卡米洛。"

"太太，我问过了，他说他也不知道。"

"如果卡米洛不知道，那就说明什么都没有。"

"太太，您以后可要显灵来看我们，告诉我们死是什么感觉。"她用惯用的调侃口吻请求我。

我是真的既开心又好奇，但有时也会有点害怕。那个世界里或许只有伤心绝望，在宇宙空间里永恒的奔走呼喊。不，不会的，那里一定有光，一定亮堂堂的。这样的疑虑都很短暂，是将我拉回来的生的力量，我很难放下它。

埃特尔维娜想要我趁你在的时候忏悔、领受圣餐；她担心我罪孽深重会遭到天谴。我同意你的观点：忏悔没必要成为一种习惯，人的一生只要在迫切需要卸下灵魂的罪恶感时忏悔一两次就足矣。况且，最近二十年里我并没有犯错的机会，也已经为早年的罪孽付出了代价。我为人处世只有一条非常简单的准则：我希望别人如何待我，我便如何对待别人。然而，我确实伤害过一些人，虽然并没有恶意，只有对法比安和胡里安是例外：我背叛和抛弃了法比安，可我实在无法忍受；至于胡里安那是他咎由自取，我不后悔自己对他做过的事，那是我唯一能想到的惩罚。

我感到双脚前所未有地冰冷。不知现在是白天还是黑夜，有时黑夜漫长得仿佛前后两晚直接相连。如果我问埃特尔维娜今天是周几，她的回答永远都是："太太，你希望是哪一天，它就是哪一天；这里的日子每天都一样。"她很有智慧，已经猜到了只有当下是真实存在的。你呢，卡米洛？你如何看待死亡？一说到这个话题你就笑了；你笑起来仍然有酒窝，眼睛也会眯起来，这一点也像你的母亲。你马上就快五十岁了，见识过远超凡人承受范围的残忍与折磨，但你依然保持着纯真的少年气。

活了一个世纪之久，我感到时光仿佛从我指缝间溜走。这一百年都去了哪儿?

卡米洛,我不能向你忏悔,因为你是我的外孙;但如果你愿意,可以宽恕我好让埃特尔维娜安心。无罪的灵魂缓慢轻盈地飘浮在宇宙空间里,化作了星尘。

再见,卡米洛,聂维斯来找我了。天空真美啊……